文庫 17

伊藤左千夫 佐佐木信綱

新学社

装幀　友成　修

カバー画
パウル・クレー『小さな週末の家』一九二八年
ノルトライン・ヴェストファーレン州立美術館蔵
協力　日本パウル・クレー協会

河井寛次郎　作画

目次

伊藤左千夫

佐佐木信綱

伊藤左千夫

左千夫歌抄

明治三十三年

牛飼

牛飼が歌咏む時に世の中のあらたしき歌大いに起る

新年雑詠

葺きかへし藁の檐端《のきば》の鍬鎌にしめ縄かけて年ほぎにけり

天近き富士のねに居て新玉の年迎へんとわれ思ひにき

ゆたくと日かげかづらの長かづら柱に掛けて年ほぐわれは

茶

冬の日のあかつきおきにもらひたる山茶花いけて茶をたてにけり
いにしへの竹の林に遊びけん人の画掛けて茶を飲みにけり

森

かつしかや市川あたり松を多み松の林の中に寺あり
かつしかの田中にいつく神の森の松をすくなみ宮居さぶしも

〔七日会一周年記念の宴〕

花曇雨ふるらしも人皆は物早く喰ひて歌早く咏め
八千度も花は見しかど今日ばかり楽しかりしは未だ有らずけり

〔麓が家にて〕

刺竹の君が此頃歌の上のかはれる意見聴むとわがこし
魂あへる友をたづねて歌がたりかつ歌詠て夜は更《ふけ》に鳧《けり》

春　雨

春雨のふた日ふりしき背戸畑のねぎの青鉾なみ立ちてけり

なぐさみに植ゑたる庭の葉広菜に白玉置きて春雨のふる
此頃の二日の雨に赤かりし楓の若芽やゝ青みけり

桜　花

天つ日のうら〳〵匂ふ岡のへの桜を見れば神代しおもほゆ
足引の山のかひなる一つ家のわら家の檐の花咲きにけり
谷あひの水車の小屋にかぶされる八百枝の桜花さかりなり
天つ風いたくし吹けば海人の子があびく浦わに花散り乱る
病みこやす君は上野の裏山の桜を見つゝ歌よむらんか

鎌倉懐古

焼太刀のほさきかませる皇みこの御おもしぬばゆ岩屋をろがめば
あだつ国蒙古の使時もおかずはや打ち斬れとたけびけんかも
元の使者既に斬られて鎌倉の山の草木も鳴り震ひけん
杜鵑鳴くや五月の鎌倉に蒙古の使者を斬りし時はも

六月一日四つ木の吉野園に遊びて

岡のへの木立の中の御社に旗立てゝあるそこにも花あり
くれなゐの唐くれなゐのけしの花夕日を受けて燃ゆるが如し
梅のもとにけしの花咲き松のもとにあざみ花咲く藁家のみぎり
蕗の葉の広葉ほこりてかよわなるくはし草花かたより咲けり

読平家物語

赤根さす夕日の風に紅の旗ひるかへり船なみよろふ
風をいたみなみてよろへる八百船に白木綿花の浪うちをどる
うら若き尼の三人が出て汲むあかゐのもとの山吹の花（祇王）

瀧

白妙の長裳すそひく外つ国の少女にあへり瀧のへにして

日光龍頭瀧

夏草の菖蒲か浦に舟よせて龍頭の瀧を見にそわかこし
つがの木のしみたつ岩をいめくりて二尾におつる瀧つ白波

日光華厳瀧

瀧つぼにおりてみらくと苔青き五百個岩群を足読みてくたる

霧降瀧

きりふりの瀧の岩つぼいや広み水ゆるやかに魚あそぶみゆ

〔水中の蟋蟀〕

廿八日の嵐は竪川の満潮を吹きあげて茅場のあたり湖を湛へ波は畳の上にのぼりぬ人も牛も皆にがしやりて水の中に独り夜を守る庵の淋しさにこほろぎの音を聞きてよめる歌

うからやから皆にがしやりて独居る水つく庵に鳴くきり〴〵す

ゆかの上水こえたれば夜もすがら屋根のうらへにこほろぎの鳴く

只ひとり水つくあれやに居残りて鳴くこほろぎに耳かたむけぬ

ゆかの上にゆかをつくりて水つく屋にひとりし居ればこほろぎの鳴く

物かしぐかまども水にひたされて家ぬち冷かにこほろぎの鳴く

まれ〳〵にそともに人の水わたるみおときこえて夜はくたちゆく

さ夜ふけて訪ひよる人の水音に軒のこほろぎ声なきやみぬ
水つく里人のともせずさ夜ふけて唯こほろぎのなきさふるかも

〔百　花　園〕

九月の末つ方百花園に遊ひて

とり〳〵に色あはれなる秋草の花をゆすりて風ふき渡る
秋草の千くさの園にしみ立て一むら高き八百蓼の花
秋草の千くさの園に女郎花穂蓼の花と高さあらそふ
八千むらの萩のたれ枝の花ことに白玉おきて雨すきにけり

二荒山に紅葉を見て

紅葉狩二荒にゆくとあかときの汽車のるところ人なりとよむ。
もみぢ葉のいてりあかるき谷かげの岩間どよもし水おちたぎつ。
たゝなはる八千重岩垣神業と紅葉の錦とばりせるかも。
のぼりゆく向つ八重山紅葉山尾の上になびく天津白雲。
おしなべて紅葉しみてる八重山の谷間遠白く水おちたぎつ。

〔後の月〕

陰暦長月十三夜素明山人を墨堤に訪ふ深更家に帰る即作れる歌

天雲の切れめさやけみ月すみて隅田の水上かりなき渡る
久方の月うすくもる真夜中に野らの畔道ひとり帰りぬ
いさゝめの雲のきれめよ月もれて道の穂蓼の花を照らせり
ほのくらく夜きり立ちこめおしあけや受地のあたり物の音もせす

冬牡丹

咲草の三ツの蕾の一つのみ花になりたる冬深草
さきなつむ冬の牡丹の玉蕾いろみえてより六日へにけり
一花のくれない牡丹床にさせは冬の庵もさふしくあらす
こもります君なくさむるよしもかと吾たてまつる冬深草

〔榛黄葉〕

麓か庭なるはしはみの黄葉を見てよめる

七葉八葉なほ残りたるはしはみの黄葉のさ枝見れどあかぬも
くみかへし苔築波井の水のおもに色うつりたるはしはみ黄葉
色はや丶あかねはみたる苔の上に三葉四葉ちりぬはしはみ黄葉
片庭のはしはみもみちおち丶りて残り少なみはや冬さひぬ

明治三十四年

雨中花に対してよめる

花ちろふす田の河原の寺島を雨ふりくれて蛙鳴くなり
遠人も袖ぬれきつ丶春雨の桜の宿に茶の遊ひすも
花ことに露の白玉ふふみたるくはし桜に夕日さしくも

牡丹六章

ともし火のまおもに立てる紅ひの牡丹の花に雨か丶る見ゆ

かきろひの火をおき見れば紅ひの牡丹の花の露光あり
さ夜ふけて雨戸もさゝず狭庭《さには》なる牡丹の花に火をともし見つ

雨夜の牡丹

雨の夜の牡丹の花をなつかしみ灯《とも》し火《び》とりていでて見にけり
ふる雨にしとどぬれたるくれなゐの牡丹の花のおもふすあはれ

菖蒲園に遊ぶ

夕汐の満ちくるなべにあやめ咲く池の板橋水つかむとす
夕やみは四方をつつみて関口《せきぐち》の小橋のあたり鳰鳥《にほとり》の鳴く

藤

亀井戸の藤もはや末になりたらむを、今一たび見ばやと思へる折しも、心合へる人より、雨だに降らねば明日は午後にまゐるべしなど消息あり嬉くまちしかひは無くて、其日も亦朝より小止みなき雨なればまつ人も来らず、口惜さ徒然さに、やがて雨を冒して一人亀井戸に至りぬ、社の内は寂然として人影もなく、茶店など大方は守る人も居らず、とある家に息ひて暫く打眺めたる中々にあはれ深くなんありける。

亀井戸の藤もおはりと雨の日をからかさゝしてひとり見にこし
長房の末にしなれば藤浪の花のむらさきあせにけるかも
池水は濁りにゝごり藤浪の影もうつらず雨ふりしきる
ふぢなみの花の諸房いやながく地につくばかりなりにけるかも
やまずふる雨をすべなみ藤浪の盛りのいろもおとろへにけり

中村不折ぬしが欧洲に漫遊するを送る

油絵のとつくにわざのたくみ技そこきはめずばやまずとぞおもふ
みづからを恃むちからの瑞霊のこゝろすゝみにふるひたちけむ

何事につけても正岡大人をおもふ

吾大人が病おもへば月も虫もはちすの花もなべて悲しき

明治三十五年

鎌倉なる大仏をろかみて詠める短歌十三首

鎌倉の大き仏は青空をみかさときつゝ万代までに
もろ〳〵を救はむためと御仏の大きみ須加多こゝにまつりし
み仏の尊とく放つ御光を仰く即ち罪ほろふとふ
みもすそに手をふりしかは全き身の血汐し澄める心地しにけり
こしかたのかさなる罪も御仏の光にあみて消ざらめやも
蒼空を御笠とけせる御仏のみ前の庭に梅の花さく

春の歌

そき竹の垣根のもとの芍薬の赤芽ともしく群立にけり。
井戸はたの石間に生ふる鬼しだのうれ巻く芽立色かばにあはれ。

〔黒楽の碗〕

楽道入の茶碗を得て嘻しさ抑かたく。連りに歌二十首を作る。然とも固より連作にあらざるのみならず。歌としても如何しく思へど。さすがに捨難きまゝ本誌の紙面を妨くるにこそ。

いにしへゆいまに至りて陶物のおほき聖《ひじり》の楽の道入。
ことわりのこちたき国にかつてなき物にしありけりこれの楽焼。
日の本のやまとの人の円かなるこゝろゆなりし楽焼ぞこれ。
春雨に吾ひとり居り黒楽の思偲ひつゝ吾ひとり居り。

東宮御巡遊之歌

壬寅之夏東宮越後に御巡遊あらせらる其御様遥にうけたまはり即詠める歌

高知らす照る日の御子がひた土に道ふますかも越の山河。
うまし国越の国原ときは木も冬木もなべて新みとりせり。
朝宮につかへまつると夜一夜雨にあみけむ青葉みづやま。

遊雄島作歌

松島のながめは天か下に勝れ雄島のをかしきは又松島のうちに勝れたるべし庵室様のもの二つ三つ寧一山のかけるといふ大なる碑など立ちたり。

真玉つく雄島松むら雨を浴み夕日もさすか松の千露に。

さながらに常世なれやも玉たれの雄島の松に夕日照れゝば。
岩床の雄島のいそは雨風の掃らふさながらちりもとゝめず。

秋夜山行

月代に虫がねしぬび山路ゆく衣はぬれぬ山のさきりに。
山畑の芋の葉むらを白露のいやしら〳〵に月ふけにけり。

讃正岡先生歌并短歌

明治三十三年の秋いまだ残暑の頃なりき、一日夕かけて訪ひまゐらせしに、常ならぬ御苦み、いたはしさ心細さ手に汗を握りけるが、やゝありて暫しまどろませ給へる間に、何か慰め奉らばやと詠て奉りたるもの、、面白しとの御詞もありけるを当時世に示すは聊か穏ならず、思ひしまゝひめ置けるなりけり、先生かつて戯れに歌玉乃舎といはせ給ひたることあり歌是によりてなる。

大八洲、国の最中の、豊旗乃、豊島の岡に、宮柱、太敷立てゝ、神ながら、神さびいます、大王乃、御代の光と、天地之、千万神の、神業に、作りましけむ、呉竹の、根岸の里の、歌玉の、奇しき御玉は、見る人の、人のまに〳〵、見る時の、時のまに〳〵、八千色の、千色の光、朝比子の、かゞやく如く、夕月の、い照るが如く、天が下、仰ぎ尊み、万世に、いひつきゆかむ、大御代の、かざしの玉の、歌つ御玉は。

反歌

大御代のかざしの玉と万世にい照りかかやく歌津玉かも。

落　葉

病臥吟

ちりひとつなしと歌はれし吾庭の荒れにけるかも落葉つみつゝ
石にまどひ木の根にまどひ落葉らはおのがまに〳〵たむろせるみゆ
霊水といはひたゝへしつくは井に落葉うづみぬ吾病しより

子規子百日忌

敷妙の枕によりて病伏せる君がおもかげ眼を去らず見ゆ
梅椿みはかの前によろしなべ誰がさゝげゝむ見らくうれしも
うつそみに吾さゝげゝむ野菊はもみはか冬さび枯れにけるかも

明治三十六年

御題　新年海二十首

あきつ神吾大王此のあした海の大御歌遊ばすらしも

天地のみたまつゝしめ吾国の国つゝとめは海の上にあり

東の海の真面にさかえたつ大八洲国春立にけり

海潮波流るゝ極み皇国とおもひてゆかねますら雄の伴

〔釜 の 響〕

釜大なれども音かすかなり、波の遠音にも似たらんか、

氷解けて水の流るゝ音すなり

こは故正岡大人が、吾所蔵の釜に題し賜はりし所、今宵しも其釜をかけ、炉辺近く机すゑつゝ、左夜ふくるまゝに釜のひゞきいやさやに耳立ち、有し世の事どもそゞろに思ひいでゝ、限りなき感慨とゞめあへずなん。

大御代のひじりの人と名に立てる大人がめでゝし釜にしありけり
朝宵に思は絶ずしかすがに此釜のとにしぬびかねつも
釜の音にありし世もへば其夜らの有の事々眼に浮びくも
さ夜ふけて釜の湯の音はいや細り命たゆかに心悲しも

けふのゆき

暖き冬雪ふらぬ冬いつになき冬の有様。只ならぬ時の狂や、今年のみのりも如何あらんかと世の中物思ひげに見えつるを。今日は朝より寒さ俄に打増りやがて降出で雪は夜に入りていよ〳〵つもるさまなり。いやましにふれよなどと幼児さびて独り悦びつゝ(卅一日)

まちふれる雪のつもるを雨戸あけしば〳〵みるも雪のつもるを
軒近み木ぬれにつめる雪あつめたきる釜にし煮つゝたのしむ

蛙　独吟十三章

左夜ふけて声乏しらに鳴く蛙一つともきこゆ二つともきこゆ
雨戸おし庭打見れは月くもり池の蛙が懶けに鳴く

天地の春たけなはに遠地こちと蛙鳴く野や昼静かなる
青野原川一筋の長き日を物さびしらに鳴く蛙かも

〔岡田村〕

六月廿七日平福百穂と筑波山に至る長塚桜芽又岡田より来て登山を共にす、翌々廿九日長塚か家に宿る、暁雨新に晴れて邸宅清麗を加へ、庭苑の竹木又相悦ふに似たり、即短歌五首を賦して後の紀念にあつ

さきりたつ岡田の里は朝鳴にまつめしば鳴く家のいもりに
旅なづみ足なやむあけの朝庭の松雀か鳴くをとこぬちにきく
庭の先森を木高み長鳴くやまつめが声に霧晴れんとす

吾庭之松

軒の端に立てる蚊柱水うてば松のこぬれにたち移るかも。
庭清め吾するひまに月よみは松か枝はなれ銀杏にうつりぬ。
秋つ風ふきゆるなへに下草の木賊《とくさ》か中に松葉落ちる。
水のこと清き月夜に松葉ちる庭にしあれは世のおもひなし。

〔憶高山彦九郎〕

み歌にし君を偲べは藤原や寧楽の御代なる人にしありけり、

明治三十七年

起て…日本男児

限りなき敵国の横暴は遂に吾内閣の諸公をして大決断を覚悟せしむ正に眼前に迫れる活劇を想へば吾等一介の文士と雖も猶神飛び肉躍る即中宵寒硯を磨して短歌二十一章を賦す。

にく〳〵しロシヤ夷を片なぎになぎて尽さね斬りてつくさね

吾を謀るゐみしロシヤを天地のとはのかたきと誰れか知らざる

千早振神の剣をみ世継の国の宝と伝へたらずや

肉群はこれ悉く胆なりと千世ほこり来しやまと物の夫

冬籠

冬こもる庵の日向に生土の茶わに七八つ棚に並べほす

茶を好む歌人左千夫冬こもり楽焼を造り歌はつくらず

開戦の歌

焼太刀の鋭刃《トバ》のさやけき名に負へる日の本つ国民こぞりたつ

国こぞり心一つと奮ひたつ軍の前に火も水もなし

正岡先生三年忌歌会

秋海棠

夢現はや二とせや。　三週のはや秋なれや。
ふる雨にさびし御庭に。　雞頭も秋海棠もあれど。
あるとのみ数乏しらに。　かまつかは種絶えぬらし。
金網に鳥も住まなく。　糸瓜棚朽てやれつも。
杉垣に鳴く虫さへや。　声の淋しき。
をみなども朝夕出で丶米洗ふ背戸川岸の秋海棠の花

朝川にうがひに立ちて水際なる秋海棠をうつくしと見し
朝川の秋海棠における露おびたゞしきが見る快さ
米洗ふ白きにごりは咲きたれし秋海棠の下流れ過く

寺島の百花園

打渡す墨田の河の秋の水吹くや朝風涼しかりけり
かやの門を入るやみきりのむら薄穂には出でねど秋さびにけり
今朝のあさ咲き盛れるは女郎花桔梗の花我毛香《われもかう》の花
朝つく日さしくるなべに草村の根に鳴く虫も声ひそみなく
赤羅曳く朝日おしてる花原の園のまほらに秋津群飛ぶ

汽車中作

こもりくの森を少くなみ里皆が家あらはなり甲斐の国原

廿四日晴朗、桃村予か為めに東道の主人となり御嶽の勝を探る、予は日光を見て日光以上と思へり、耶麻渓を見たる人は耶麻渓以上と云ふと云へり、別に記さむと思へは茲には省く、二十五日上諏訪に至る、久保田山百合道にあつて予を待つ一見旧の如く相携て旅亭にゆく、二十六日諸同人遠近相会するもの十余人徹夜歌を詠む、当時の作歌は茅花会の雑誌比牟呂に掲くるの筈なり、

汲湯して小舟こぎ行く諏訪少女湖の片面は時雨降りつゝ
夕日さし虹も立ちぬと舟出せば又時雨くる諏訪の湖
諏訪の海の片辺うづめて広らなる氷車とまりどは今成らんとす

二十七日山百合千洲柳之戸竹舟郎と予と合して五人、蓼科の麓、北山村巌の湯に趣く又新湯の名あり途中竹舟郎は妨起りて家に帰る、此夜湯に浴し炉を囲み途上即詠を賦す

天そゝりみ雪ふりつむ八ケ岳見つゝをくれは雲岫《しう》を出づ
久方の青雲高く八ケ岳峰八つ並ふ雪のいかしさ

初冬宿山寺

只二人法師と吾と居る寺を雲はつゝめり心あるらし
天雲の消えゆく見つゝ山寺のあしたの窓に茶を弄ぶ

明治三十八年

明治三十八年之寿歌

東に天地開く国力《クニチカラ》ちからは展びて年明にけり。
ひむかしの大海原に年明けて光りこゞしき国あらはれぬ。
志岐志万のやまとの国に天津日の照りし時より始めての年。

釜は初代寒雉の作茶碗は本阿弥光甫の作草庵の重宝なり

冬の夜のさ夜しづまりて釜のにえさやさや鳴るに心とまりぬ
炉に近く梅の鉢置けば釜の煮ゆる煙が掛る其梅が枝に
此釜の煮えをしきけば秋の夜の蚯蚓《みゝず》が鳴くに似てを偲ばゆ
赤らくのゆたけき形の大きもひ徳川の代の盛りおもほゆ

千本松原

八十国の松は見しかど神代なす此松原にしくは見ざりき
ほがらかに月夜晴れたる松林松たかくして風の音もせぬ
松原を磯の近くに吾来れば今伊豆山に月出でむとす（以上二首空想）

草庵の若葉

庭に一株の槐、幹は三本に生ひ立ちて、枝張などいと面白く、若葉瑞々しき此頃、朝宵に打ち眺めつゝ、思ふとはなく詠める歌いくつ

朝戸出に幼きものを携て若葉槐の下きよめすも
うらくはし風の静けくゆるなべに槐の若葉眉動くなり
槐蔭若葉こほしみたゝずめば月遠くより吾を照らせり
伏庵に住まひ居れとも心やすく槐若葉の月をたのしむ

行々子

荒玉の長き年月住ひ居りあやしこの夏葦切の鳴く
庭十坪市に住まへど春されば蒿雀《アヲジ》さへづり夏行々子
垣外田の蓮の広田を飛び越えて庭の槐に来鳴く葦切

五月雨に茶を抹き居れば行々子槐が枝に声断たず鳴く

よき人の来る家なれば天飛や鳥のやからも来てを鳴くらむ

声遠くつねは聞きたる行々子いま庭にして暫しまどひつ

葦切のきよろろと響く近き声蓄へ置かむ器しほしも

五月雨を朝寝し居れば葦切が声急き鳴くも庭の近くに

〔釜〕

五百とせの昔鳴りけむさながらに煮え鳴る釜したふとかりけり

桃山の黄金の城に召されつゝ釜作りせる辻の与次郎

若葉風かをるいほりに釜の煮え聞きつゝもとな独楽しも

小園秋来

十日に足らぬ旅なりしを、秋風隈なき小園のさまや、一夜二夜と吹き荒みけむ、嵐のあとを掃はねば、生々しき落葉のみだれ、草むし石荒れて怪しき虫ども打這へるも、あはれいと深きに、垣根の檜扇やそこ茲の群野菊など、もの寂しらに吹き出でたる、今しも主人を迎へて、とりどりに待ちわびし思ひを訴ふるにや、なか〳〵に看過ぐし難き趣になむ、新に室を掃ひ空たきゆかしく湯を呼びて茶を立てつゝ、聊か懐を述ぶ。

うなゐらが植しほほづきもとつ実は赤らみにたり秋のしるしに
手弱女の心の色をにほふらむ野菊はもとな花咲きにけり
生死もわかず年経し猛夫等も秋風立つに家思ふらんか
まつ人も待たるゝ人も限りなき思ひ忍ばむ此秋風に

初冬雑詠

山の手は初霜置くと聞きしより十日を経たり今朝の朝霜
家ぬちに蠅一つ居ず朝つく日光りこひしき冬とはなりぬ
白菊のしべ紅ばみてこほろぎも鳴かず霜置く今朝の静けさ
鶺鴒《せきれい》の来鳴く此頃藪柑子はや色つかね冬のかまへに
霜くもり淡き日影は斜めさしガラス障子を透きて映れり

初冬の連日、空に雲なく地に風起たず、籠居最も意に適す。

空澄める初冬《シヨトウ》の庭に吾立つと小鳥が来鳴く篠の小籔に
松が根の苗の楓は色おそく未だ残れり霜ふりしかど

播磨なる岡本倶伎羅が、養痾のため飾磨の家島に
移り住めりとてあはれなる歌、数多おこせたるに
遥かに同情の思ひを寄す。

癒がての病になやみ家さかり家島《イヘシマ》の浦に一人居るかも
西吹けば島の巌に荒るゝ波いねがてにして一人聞くらむ

静といふ題にて

さ夜ふけの空のしら〳〵霜白き月夜入江を人渡るみゆ
浦遠く人等あまたがさ夜更に物も語らず静にゆくも
沖遠く夜舟の笛の音曳くやどよみは波の上渡りくも
ゆき過ぎし旅の人どち夜煙に声遠のきぬ見れと見えなく
天地はねむりに静みさ夜更て海原遠く月朱けに見ゆ

明治三十九年

〔仙娥瀧〕

色深み青ぎる瀧つぼつくづくと立ちて吾が見る波のゆらぎを

紫に黒み苔むす大巌のまほらを断ちてどよもす瀧つせ

瀧つぼの青みが底に潜みたる蛟《みづち》舞はせむ笛の音もかも

懸橋を丹塗青塗瀧つぼに天降る少女が来遊ぶ吾見む

正月二十日夜麓大人の家に茶に招がる、茶碗は例の道入の黒楽なり、涙出でむ許り嬉く後に歌詠み送る、またかと眉寄する人もあらんか。

小さかしきやからをいなむ楽焼の碗《モヒ》のこころを誰と語らむ

世の中の愚《ヲロカ》が一人楽焼の茶碗を見ては涙こぼすも

日知の釜

よき人の日頃用ゐ給へる釜とて世に伝はれるものに同形同種のいと古き釜を得ぬ即ち嬉しき思を歌ふ

み仏につかへ楽む聖人《ヒシリ》すらも炉に親します時あれるらし

うつそみの眼に見る形のさながらに五百歳経たる釜にしありけり

いにしへの煮えの音偲び一人居り聖《ヒシリ》さびすも梅かをる夜に

春雨に雪とけ流れ山川の溢れみなぎる思す吾は

現世の人の気絶えし真夜中に聖《ヒシリ》の釜の煮えの音を聞く

俳書堂即詠

北裏の二階に迫る椎若葉はゆる若葉を風が揺るかも

五百枝さす椎のしみらの若やぐや若葉の光り家もあかるく

小雨ふる椎の若葉の枝下ゆ見おろす池に鴨か遊へり

西明き雲の光は萌黄立つ椎の若葉を透きてかゞよふ

日に透きて若葉明るき高とのに人気をさかり八百日へましを

讃唱歌

奇特なる信心の行者こそありけれ、越中の人、井沢清次郎となむ云へりとぞ、事は求道三の巻四に記されたり、実に信心の行者ほど嬉く有難く覚ゆるはなし、即尊き仏縁を讃して、聊か懐を詞章に寄す。

人心あやうきものと思ひ知り尊とき御名をせめて申すも
吾こゝろ暗くしあればみ仏の光こほしみ止む時もなし
よき人の心とほれるみ教に吾世《ワガヨ》百年《モヽトセ》楽しきを経め

梅雨金閣　叙事連作

八十国のつかへまつりて作らへる鹿苑院は青葉せりけり
五月雨に淋し池水鴛鴦二つ将軍《シヤウグン》未だ朝寝《アサヰ》ますらし
ひむかしの松の林の渚辺に立ては眼に入る衣笠の山
金閣《キンカク》を囲む池水池水を囲む木立や君か俤
おばしまに手弱女倚れる金閣を霧らうに見れは夢に似るかも

女の童二人おり立ちなきさ践《ふ》み雲間うかゞう衣笠の山

将軍の嗽《うがひ》ひにかしづく手弱女が二人端居に立ちてさむらふ

お広間は寂《ジャク》と神さび花瓶を四尺の青磁《セイジ》対《ツイ》に据えたり

五月雨のまた降りいでし午過を君閣上《カクショウ》に明兆を召す（明兆は当時大名の画家）

かくやくと黄金かゞやく高閣《カウカク》に仏《ブツ》の御影《ミエイ》を拝し給はく

金閣は歌舞《カブ》にふさはず林泉《リンセン》の高き好みは見るに潔《サヤ》けし

み灯霞む鹿苑院の沈《ジン》の香《カ》や山ほととぎす閣《カク》近く鳴く

青　葉　叙情連作

一目見ておもそらしけむ君が目を青山枯れむ日にや忘れむ

吾心青葉の岡の常色に秋をなみかも思ひかれねば

吾思ふ千重の一重も相思はゞ青葉に渡る風に寄せこそ

白妙の麻の衣にもみうらの匂へる妹を青葉しみ山

吾知れる詞極り吾思の一重もつきず青葉ゆる風

蓼科游草

丙午八月信濃甲斐の間に、汽車通ひ初めつと聞て此五日に一週を思ひ立ちぬ、先づ松本なる浅間の湯に胡桃沢望月堀内の諸子と会す、湯に上原三川子あり、各旧知の人ゝなれど又初見の人なりけり、談笑夜をこめて尽きず、翌七日胡桃沢望月の二子余を山辺の湯に誘ふ、山辺の湯は又湯の原の湯とも云ふ、此あたりの地名殊に優美にして趣き又それにかなふ、詠み捨てたる歌数首を録す。

奈良井川さやに霧立ち遠山の乗鞍山は雲おへるかも

菅の根の長野に一夜湯のくしき浅間山辺に二夜寝にけり

みすゞ刈る南信濃の湯の原は野辺の小路に韮の花さく

夕されば河鹿鳴くとふすゝぎ川旅のいそぎに昼見つるかも

蓼科の山の奥がと思ひしをこは花の原天つ国原

下界《うつそみ》の人の子われはゆく〳〵と見る花毎に折らまくするかも

天雲のいや遥けくと晴れし日に下つ国原見ゆるかと思ふ

天の原くしき花のみさはにして吾知る花は少なかりけり

つはぶきに似てを見ゆれど三尺《みさか》にも余れる丈の深山辺の花

真白玉透き照るまでに明らけく清き出湯が瀧つせのごと
信濃には湯は沢なれど久方の月読のごと澄める出湯や
朝湯あみて広き尾のへに出でゝ見れば今日は雲なし立科の山

合歓木

秋立つと未だいはなくに我宿の合歓木はしどろに老にけるかも
秋の色に老し合歓木の葉しかすかになほ霄々に眉作るあはれ
此ゆふべ合歓木のされ葉に蜘蛛の子の巣がくもあはれ秋さびにけり

千葉之一夜

丙午の晩秋、下つふさなる千葉寺村に瀬川博士の楽々亭を訪ふ、其夜気静に月澄めり、主客茶を愛して清談刻を忘る、遂に一宿して短歌数章をとゞむ。

千葉の野の海を見おろす南岨松をよろしくいほりせりけり
事繁く都に住めば週くる日の一日を茲に野をや楽む
虫も鳴かず風も動かぬ天地の静けきよるを茶に物語る

峡中所観

丙午初冬峡中恵林寺々畔の同人を訪ふ此地栗の産地として古来其名に聞ゆ

天人の笛吹川に名も立てる岸の栗原色づきにけり
笛吹の岸の木原の栗黄葉時雨に過ぎて心ともしも

明治四十年

丁未歳旦之頌

打ち渡す八十の群山萌え出づる若国日本年明けにけり
地図見れば手にも隠るゝ秋津洲力怪しく世界振へり
大潮の満ち来る如くいや高に栄ゆる御世をことほく楽しさ

〔じやぼん〕

おぼろかに二つ買ひたるじやぼん玉袂に入らねは手に持てあます

牛飼の歌人左千夫がおもなりをじやぼんに似ぬと誰か云ひたる

勾玉日記

四月十五日　前なる小田に蛙も鳴きいでぬ、さゝやかなる吾庭の植込みにも松雀の鳴くを聞きぬ、人繁き都の市辺にだに、溢るゝ春の色なれや、まゐくる友垣のたよりいづれか花のにほひならざる

海棠を写す　　　　斎藤茂吉

菅の根の長き春日を書《ふみ》も読まず絵をかき居れば眠むけくもなし

面白く思ひうつせど青さびの色六つかしく絵になりかねつ

返し歌

世の人の巧み何せん君が絵に春の光のたゝよふ見れば

天然《てんねん》に色は似ずとも君か絵は君が色にて似なくともよし

四月十九日　けふは吾が子規先生の忌日なり、毎月必ず此の日一日は家に籠るを例とせり。壁に遺墨を展じ炉に釜を懸けつゝ、会する人のあるもあ

らずも、茶を折り茶を啜りて、清く静かに此日を遊ぶはこよなき草庵の楽事にこそ、昼過ぎに胡桃沢無果花を別れて、跡より木郁芳雨が珍らしく訪ひこしに逢ふ、更に故人を偲びて共に暮春を語る。「佐保神の別れ悲しもこん春に再び逢はんわれならなくに」と歌ひ給ひけんも、実に今頃の事なりけり、あはれみまがり給ひてより早やくれゆく春も五つ度を重ねぬ、現し世の常なき習ひは人の心も物の有様も思ひの外なる事のみぞ多き、今「本紙」の為に筆を染めつ、故人を悲むの心、うた、深くなんありける。

桜ちる月の上野をゆきかへり恋ひ通ひしも六とせ経にけり
日のめぐり幾度春は返るともいにしへ人に又も逢はめやも
うつそみはとはに消ゆとも魂合ひて相思ふ心さからふべしや

四月二十六日　怠るとも思はぬひまに、日記を四日こそ休みけれ、さう誌「馬酔木」の編輯など事繁げきに夜昼徒らに過ぎつる心地しぬ、今日は心のどなる事ありて筆とる、此春の始め頃なり、ゆくりなくも、文晁の画幅四枚いと価少なに得てければ、不折画伯を語らひ、くじ引きといふこととして、二枚づゝ分ちとりしが、此の日表具新たに成れる嘻しさ、独り壁に展じ見ての楽み、云ひつくす詞もあらずけり。
一つは山中の湖辺に舟一片、木立の蔭に人家二つ三つ、野分の風の荒れに荒れし跡とおぼゆるが、なか〳〵に常よりも静なる趣あり、一つはあたかも今頃なる新緑山寺をおほふて只塔の上ばかりぞ見ゆ、水墨の色の濃く淡く、硯傾けて紙面に墨汁打ちかけたらんさまなり、眼新たに心躍る、家にあるの思ひもなくてなん。

夏山の青葉の住居思ひ居れば山川鳴るが聞えくるかも
夏山の緑のしげりうらゝかに鳴くは松雀《マツメ》か谷遠にして
世の並みの人なる吾や事繁く若葉山川家としかねつ

四月二十七日　朝の間をさら〳〵と雨ふり過ぎての跡は、湿めりを含める若葉の色に曇れる空も明るくなん、二十坪には足らぬ庭なから、さすがに新樹の眺めあり、槐や楓や柿などおほ方よりは芽立ち早ければ、萌黄の下の薄匂ひ、影にも色ある若やぎなり、独り家にありて古器物を好み茶を楽むも然かもなほ遊魂外に動き、心は遠く山河の上に飛ぶ、人そゝのかす緑の神のわざとこそ思へ。

山中の湖のめぐりの冬木原一夜に萌へて緑靡けり

籠坂ゆ北見おろして日にきらふ三ケ月の湖の萌黄せるみゆ

四月二十八日　庭前の植込を囲へる篠の籬、木立の蔭には苺と山吹と背比べしてこそ生繁れ、山吹はうつろひはてゝ、苺は今し花の盛なり、山吹は花をたゞへ、苺は其実にたゝへらる、山吹の実なきを人は云へど、苺の花あるを云ふものはなし、此夕ぐれの雨もよひ、若葉ほのぐらき物の蔭、しら〳〵と清らに淋しき花苺、艶なる色の果なき風情を、あはれと見けむ人も聞かぬぞ口惜しき。

心細くおもふな吾妹汝がいはゞ神にも背き世をも捨つべし

群肝の心隈なく語り合はゞ其夜果つとも悔は残さず

四月二十九日　花のたよりもいつしか疎く、若葉の室の衣更、外のべも内べもおのづから、晴れ〳〵しうなり来にけり、きのふまでも雪に籠るなど云ひこしける、諏訪人のたよりにさへ、温泉湧く信濃の山里も、夏は都におくれずとありて

柿の村人

山国の春もくれぬれ、種おろす田なべのカリンさ芽暢びにけり

錦木の八十樹百樹の植籬《うゑまがき》あたり清らに小花散りつも

こたへ歌

竪川の野菊の宿は初芽過ぎ二の芽摘むべく群生ひにけり

青あらし楓はゆらぐしかすがに常盤木椎は猶眉芽《まよめ》なり

五月四日　鷗外博士の家に歌の会ありてまゐりぬ、こは世の常の歌会にはあらず、いと六つかしき心もて起れるなりけり、さればまどひの人々はおのがしゝ一癖持てる角々しきゝはの人のみにぞある、会の些事は今書かず、石といふ題にて各癖歌をこそ作り出でけれ、太鼻いと高き一人の男が読る歌。

石蹈みてあよむは苦し肉《しゝ》太《ふと》の吾がゆく道に石なくもがな

五月七日　われみづから書けばこそ絵はがきも面白けれ、野山の草木、前栽の花ものなど、時に従ひてさま変れる折々、筆のまゝに写し出で、消息書きそへて、友垣問ひかはす嘻しさ、ひたすらに世を憂きものに思ふこそ愚なれなど思ふ

斎藤茂吉

にひ緑垂るゝにこもる青梅の玉いとけなく未だちいさし

渡辺幸造

山河の若葉によりて我家の五月の鯉のひるがへる見ゆ

和へうた

紫の藤の名はうれし玉の緒にかけてかなしき人の名故に

君か絵のうら若藤の匂ひにも幼く恋ひし人の上思ふ

五月九日　炉の名残とて茶の湯催しぬ、釜はこごしき古天明の作なり、高麗の茶碗に茶入は伊賀焼の大海など用ゆ、若葉の宿のすが〳〵しきに、夕凮心地よくつどへるはみやび心相合へる友どち四人、覚束なきあるじ振も、こゝろは真を失はず、床には故子規子の遺墨をかゝげて歌は只一首紙の片辺に記せるが。なか〳〵おもしろく。

竹乃里人

竪川の茅場の庵に君つかば二十日の月い野を出てぬらむ

有りし夜偲ぶ歌ごゝろ、こたへ歌とにあらねど、われもかくなん記し置きぬ

柿若葉ゐんじゆ若葉のゆふやみに鳴くはよしきり声近くして

茶の湯する若葉のいほは空たきの沈の香さやに夜に入にけり

磯の月草

上つふさなる九十九里に暑を避け一夕磯原に逍遥しつゝ、秋立つ天外の雲を眺めて歌数首を得ぬ

九十九里の磯のたいらはあめ地の四方の寄合《よりあい》に雲たむろせり
秋立てや空の真洞はみどり澄み沖べ原のべ雲とほく曳く
和田津美の磯の広らに三人居り八すみ暮れゆく雲を見るかも
幼きをふたりつれたち月草の磯辺をくれば雲夕焼けす
白雲もゆふやけ雲も暮れ色にいろ消えゆくも日は入りぬらし

水籠十首

八月二十六日、洪水俄に家を浸し、床上二尺に及びぬ、みつく荒屋の片隅に棚やうの怪しき床をしつらひつゝ、家守るべく住み残りたる三人四人が茲に十日余の水こもり、いぶせき中の歌おもひも聊か心なくさのすさびにこそ

水やなほ増すやいなやと軒の戸に目印しつゝ胸安からず
西透きて空も晴れくるいさゝかは水もひきしに夕けうましも

ものはこぶ人の入りくる水の音の室《しつ》にどよみて闇響《やみひゞき》すも
物皆の動をとぢし水の夜やゝいや寒む寒むに秋の虫鳴く
一つりのランプのあかりおぼろかに水を照らして家の静けさ
ガラス戸の窓の外のべをうかゞへば目の下水《したみづ》に星の影浮く
庭のべの水づく木立に枝高く青蛙鳴くあけがたの月
空澄める真弓の月のうすあかり水づく此夜や後も偲ばむ

恋　嫦　娥

蒼空の真洞にかゝれる天漢《あまのかは》あらはに落ちて海に入る見ゆ
ひんがしの空の一隈《ひとくま》やゝ白みやゝ朱《あけ》につゝ月出でんとす
日を読めば二十日の月を天の原の高山の上に迎へつるかも

大御世をたゝへまつりてよめる歌

み空は澄みほがらかに。赤ら曳く朝日は昇る。うるはしや瑞国原。まぐはしやこの山河。鳥群れて魚さ躍り。唯楽し耳にも目にも。紅葉を折るえをとめ。菊を採るえをとこ。相舞ひてまた相歌ふ。歌はこれ天長地久の曲。

反歌

高光る日のかゞやきの豊栄にわが大皇の御世は興れり
秋山の霜葉の色のおごそかに匂へる御世し尊とかりけり
かしら重くおもへる敵を言向てひんがしの海守りとゝなふ

明治四十一年

家の楽しみ

うら清き年の朝げに　奥の間に家内あつまり　父をひだり母をみぎりに七人《ななたり》の児等はまどゐす　九人《ここのたり》病も知らず　年神《としがみ》を祝ひことほぐ　年神やここにますらむ　産土神《うぶすな》もそこにますらむ　神々の守《も》らす吾家《わぎへ》は　日を安く夜を平けく　万世もかくてあらむと　嬉しもと思ひてあれば　見るもの眼《め》に楽しく聞くもの耳にたのしく　食物《をすもの》はなべてうまけれ　吾《あ》は三つよ吾《あ》は七つよと

丹《に》の頬《ほ》に笑《ゑ》みかたまけ　父を呼び母呼びさわぐ　天地は賑ひにけり　わが家のため

反歌

天地のめぐみのままにあり経《ふ》れば月日楽しく老も知らずも

貧しきも貧しきままに救はれて神のめぐみの御手《みて》に住むべし

恋の籬

相思の人を里にやりて独居の淋しさに堪ず恋情むらくとゆらぐをゆらぐまにく歌の詞に綴り見ぬ

冬されの庭の燥きは暮てふる雪に静めど吾れなぎかたし

うつくしく思へる恋の堪へがてに手触る吾が手を否と云はざりし

百年に心足らせる吾恋もこもり果つべしはつるともよし

さ丹つらふ妹が笑眉のうら若み曇らぬ笑みは吾れを活すも

冬籠

冬ごもる明るき庵に物も置かず勾玉一つ赤き勾玉

雪の道未だ開けず勾玉と古き書とに我こもり居り
冬ごもる我を親む隣媼雪割蕈を今日もくれしも
山人のつとの兎に冬ごもるいほりの七日淋しくもなし
玉をめで茶をめで一人冬ごもり空しき心二十日過ぎしも

冬　林

朝霜の静けき畑の桑の間ゆ杉の林に小路とほれり
天地は霜気に明けて杉林おほにくらきを煙つゝめり

蓼科雑詠

白雪をかざしによそふ蓼科の麓のみ湯にのどに籠らむ
山川の鳴るも鳴らすもおのづからおのがまにまに世にしあるべし
白雪の床敷く道をおりくれは軒の湯煙ゆく手つつめり
馬の湯の外の湯の煙朝日受け雪の谷間は見るにのどけし

黒　姫　山

松山を幾重さきなる天つへに雪まだらなり黒姫の山

こもりくの谷の若葉のしげり深み蛙ころなく声さびしらに
足曳の大沢森のしげけり沢松杉の間も若葉うづめり

瓊乃音

世にも嬉しき雪人小平大人、篠原志都児を介して三たひ曲玉を予に恵まる、大人の厚きみこゝろ如何に報ゆべきかを知らず、歌人なる予は只歌を作りて聊か恵みに酬ゆるあらんことを思ふ、仍て三たび曲玉の歌を作る。

青丹照るうづの勾玉二つもち今神代なす吾がいほりかも
いにしへの皇子大王も宝とぞ恋へる曲玉我れ二つ得し
あなうれしこれの曲玉吾が心のどにゆたかに神さびにけり

七夕行

たなばたの夜は近づきぬ然れども君に吾が逢ふいつの日にかも
秋されば必ず行くと君がいひしその秋の立つ今日の宵かも
天の川世《よ》の目《め》あらはに相逢はむ恋にしあらば何かなげかむ

心の動き

秋の空澄むに醒めくる胸門にしつく〱と我を顧みるかな

風さやく槐の空を打仰ぎ限りなき星の齢をぞおもふ

秋の空の物悲しきに顧みて虚仮をいだける心悔やしも

天地のなしのまに〱鳴く虫や咲く百草や弥陀を知るらむ

うつそみの八十国原の夜の上に光乏しく月傾きぬ

まなかひに見えて消ゆともおのが光り立てゝ消えなば悔いはあらめや

かにかくに土にも置かずはくゝめは吾命さへそこにこもれり

よきもきずうまきも食はず然れども児等と楽み心足らへり

よき日には庭にゆさふり雨の日は家とよもして児等が遊ぶも

七人の児等が幸くは父母はうもれ果つとも悔なくおもほゆ

すこやかに児等が遊ぶに秋もあらず曇りもあらずうら〱常春

暫くを三間《みま》打抜きて七人の児等が遊ぶに家湧きかへる

柿も栗も成るしるしあり心から嘻しき声の児らが叫びに

悦びをさながら声に叫びつゝ嘻しむ児等にまつはる花むら
わくらはに淋しき心湧くといへど児等がさやけき声に消につゝ
おのづから我を傾むけ父親の心たぎれば世は楽しかり

子規先生七週忌

秋草の花咲く頃にみまかりしみたま七年を忍ぶ雨かも
さゝけたる大まろ玉菜は阿弥陀組み吾語り居る肩に並べり

草

幾たびか霜はおりぬと不二見野は蕎麦草枯れて茎ら目に立つ
財ほしき思はおこる草花のくしき不二見に庵まぐかね
天地のくしき草花目にみつる花野に酔て現ともなし

採草余香

秋の野に花をめでつゝ手折るにも迷ふことあり人といふもの
美しき笑まひの底に二心かくす眼し裂きて球くれ
うまし子に嚙みて含ませ物やるとかみ聞ゆれと解せぬ君かも

差並のとなりの人の置去りし猫か子を産む吾家を家に

夜深く唐辛煑る静けさや引窓の空に星の飛ふ見ゆ

冬の夜の夜のしづまりにペンの音耳に入り来つ我かペンの音

秋更けて日和よろしき乾草のうましきかをり小屋に満たせり

さぬつとりき丶すが立てる羽根音の強きどよみをつ丶む恋かも

吾妹子が嘆き明かして脹面《はれおも》に俯伏し居れば生けりともなし

朝清め今せし庭に山茶花のいさ丶か散れる人の心や

立襖一重のおくに隔たりし君かけはいは人を死なしむ

花匂ふ君か心に夕暗のほのかに触れて身をあやまてり

人を思ふ人の偽り根を深く問ひ明らめて泣きにけるかも

偽りを知らぬ二人が世の中を生くすべ知らに思ひ切りきや

明治四十二年

御題　雪中松

一夕友を招いて相酌む、酒酣にして御題雪中松を詠む、友人筆を採り予口詠連りに十二首を記す、真にこれ作れる歌に非ずして咏める歌也

わがめづる庭の小松にこのあした初雪ふれり芝の小松に
松の上にいさゝ雪つみ松が根の土はかくろし今朝のはつ雪
芝原の小松が上にいさゝ積む雪をよろこび児等がさわぐも
初雪の松のながめをくはしみと室を清めて友よびあそぶ
大君のみ笠の松のさかえまつ今朝は雪つみあやにたふとき
炭つげば火つきの前になる音のかすかに二人夜をかたるも
大桶の八尺の桶にかみし酒しらゆふはなと泡立ち湧くも

海の国山の国人性別ることしたふとし神のみこころ
世にありと思ふ心に負ひ持てる重き荷を置く時近つきぬ
ことわりに生くるならねば人のつくす正しき言も我を救はず

春来

春めきし此の一夜さに梅もやと心動けば書読みかたし
さねさす相模の国の海の辺を思ひは駈ける其梅のべを
釜の煮えのおほに鳴りつゝ春とおもふ心はみちぬ夜のいほりに

紅梅

紅梅は悲しき花と語り居る臣の少女を絵にかけるかも
ねたましき思ひをつゝむ手弱女の笑みにたくへむ紅梅の花
かぎろひの朝日の軒に鮮かに咲きつゝ憂けき紅梅の花
たそかれの月にかなへる白梅に夜はゆつりけり紅梅の花
紅梅に春猶寒き朝な〳〵形つくりもいたつらにして
紅梅の濃きくれなゐのなか〳〵に物思ふ色をつつみかねつも

三月六日独鶯を聞く

あたゝかき心こもれるふみ持て人思ひ居れは鶯の鳴く
此の朝小雨の庭に鶯や我が嘻しみをゆりつゝ鳴くも
幼けに声あとけなき鶯をうらなつかしみおりたちて聞く
朝もやに鳴くや鶯人ながら我れ常世辺に家居せりけり
鶯や吾家を近く汝か声のうひ〳〵しきに我れまけはてぬ

浮く煙

春の葉の若やぐ森に浮く煙吾かこふる人や朝かしぎする
吾妹子が炊くけふりと妹か目し現しく浮ふわが心とに

湧き出づる十億劫の湛へ湯の蒼き湯つぼに朝湯あみ居り
そば湯にし身内あたゝめて書き物を今一いきと筆はげますも
人まねてほりする児らに片碗の蕎麦湯汲みわけて夜更けしらずも
人像と人との影のおのづからたがへる影を能く見て我が居り

足曳の木原にさわぐ風の音の息ふひまなく世を送る吾は

梅　雨

さみだれのまた降り出づる夜の音の沖つ田闇に行々子鳴く

信州数日

月の二十二日、予東都より馳せて松本に至る、会するもの堀内、胡桃沢、篠原、湯本、久保田の諸氏。諸同人相見て只相悦ぶ。真情言外にあり。共に相擁して薄暮浅間に至る。独望月氏の病を以て此の行にもれたるを恨みとなす。家は小柳の湯といふ。楼上極めて遠望に富めり。

とりよろふ五百津群山見渡しの高み国原人もこもれり

秋風の浅間のやどり朝露に天の門ひらく乗鞍の山

二十五日、蓼科に入りて巌温泉に浴す。志都児又従ふ。滞溜数日、予は蓼科山に老を籠らむと思ふ心いよ〳〵こひまさりぬ。

思ひこひ生の緒かけし蓼科に老のこもりを許せ山祇

朝露にわがこひ来れば山祇のお花畑は雲垣もなく

久方の天の遥けく朗かに山は晴れたり花原の上に
秋草は千草が原と咲き盛り山猶蒼し八重しばの山
吾庵をいつくにせんと思ひつゝ見つゝもとほる天の花原
空近く独りいほりて秋の夜の澄み極まれる虫の音に泣く
山深み世に遠けれや虫のねも数多は鳴かず月はさせども
淋しさの極みに堪て天地に寄する命をつく〲と思ふ
草の葉の露なるわれや群山を我が見る山といほり居るかも
後遂に我が住む山と親しみの心を持ちて見るがたのしも
童べが母に物こひかねことをうれしむ恋をわれもするかも

吾児のおくつき

夕雨にこほろこほろぎうら淋し新おくつきのけいとぎがもと
おくつきの幼なみ魂を慰めんよすがと植うるけいとぎの花
秋草の花のくさぐささささぐれど色は一日をたもたずあはれ
数へ年の三つにありしを飯の席身を片よせて姉にゆづりき

古への聖々のことはあれど死といふことは思ひ堪へずも
み仏に救はれありと思ひ得ば嘆きは消えん消えずともよし
群肝の心千切れと破り果てば我が悲しみは少し足るべし

懐砂之賦

羽後の田沢湖は、又槎湖の称あり、水の深きと其色の麗しきとは世に類なきところ、国人は、神のいます湖水と唱へ、深く粛敬して種々の神話を伝ふ、湖畔に一美姫あり、辰子と云ふ、美容の永久に変るなきを湖神に祈りしが、祈願の容易に遂け難きを恨み、遂に湖心に投して死せり、国人祠を建て丶之を祭る、其祠猶今に存す、予一日茲に遊ひ、美姫の神話を聞て、哀憐の情禁すること能はず、即短歌十二章を賦して聊か其の霊を弔ふ。

あらかねの国つみ神のみさをかも瑠璃湛へたるこれの水海
田沢のうみ霊しく活ける水の色に神を恋ひしと泣きし君はも
はて知らぬ地底に通ふ瑠璃の海世にかゝはらぬ其水の色
春秋に色あらたむる草木にもおのれを嘆く少女子あはれ

瑠璃色の水底にこもる鱒子等が湖のまに〳〵あるしこひしも

明治四十三年

曇

五百重山千重の曇りの奥知らに深くつゝみて世に背くべし

山深く入るとも飽かず天雲はとはに曇りて我れをつゝまね

天つ風いたらぬ山の奥もがも曇りを願ふ心満たさむ

浮　藻

（五月二十四日七枝子一週忌）

み仏と変りし御名をさゝげ持ち吾がにひむろにうつしまつりぬ

去歳の今日泣きしが如くおもひきり泣かばよけむを胸のすべなさ

人くれば人と笑ひてありといへど亡き児偲ぶに我がむね痛し

汝をなげくもの外になしいきの限り汝を恋ひまもる此の父と母と

ダアリヤ

天地の哺育のまゝにあまえ咲くダリヤの花は幼なさびたり

世の中を憂けく淋しく病む人らしまし茲に居れだありあの園

白

白妙の早苗をとめが笠紐のくゝしめの跡の顋《あご》赤みかも

夕涼の河岸のたゝずみ細々し我がおもふ人のたゞ白く立つ

子規居士九周忌歌会

九といふ題

九つを頭に四人をみな児の父なりし日は未だ若かりき

九たりの親の今なる我に猶人を思ふ情消えずあるかも

あづさの霜葉

飯つなのすそ野を高み秋晴に空遠く見ゆ飛驒の雪山

霜枯の天の高原飯綱野の山口のとに鳥居立ちたり
草枕戸かくし山の冬枯の山おくにして雨にこもれり
おく山に未だ残れる一むらの梓の紅葉雲に匂へり
櫟《くぬぎ》原くま笹の原見とほしの冬枯道を山深く行く

明治四十四年

悲しき罪のこゝろ

打破りしガラスの屑の鋭き屑の恐しきこゝろ人の持ちけり
親しみのなごみのこゝろ涸れはてゝ猶生けりける人を悲しむ
我が妻に我が子になごむ情ありて何の心ぞも世に親まず
日本人《やまとひと》常《つね》持ち来せる潤ひのうせはてしこゝろ神に背きつ

冬のくもり

霜月の冬とふ此のころ只曇り今日もくもれり思ふこと多し
冬の日の寒きくもりを物もひの深き心に淋しみと居り
独居のものこほしきに寒きくもり低く垂れ来て我家つゝめり
ものこほしくありつゝもとなあやしくも人厭ふこゝろ今日もこもれり
裏戸出でゝ見る物もなし寒む〳〵と曇る日傾く枯葦の上に
よみにありて魂静まれる人らすらも此の淋しさに世をこふらむか
我がおもひ深くいたらば土の底よみなる友に蓋《けだ》し通はむ
よみにありて人思はずろうつそみの万《よろづ》を忘れひと思はずろ

三ケ月湖にて

久方の三ケ月の湖ゆふ暮れて富士の裾原雲しづまれり
夕ぐれの三ケ月のうみ雲しづみ胸しづまりぬ妹に逢ひし夜は
こゝにして妹が恋ひしもゆふ雲のおりゐ沈める高野原の湖
秋の花の三ケ月の湖をあくがるゝ心きはまり死なむとおもひし

富士見野にて

不二見野は野をさながらの花園に時雨の雲がおりゐまよへり
秋草の花は園なす小松原木の子もさはに神の子我は
すむ空ゆやがて這ひ来し白雲は人を花野にこめてつゝめり
旅急ぐ我も行き得ず君も来ず秋草の花に立ちて嘆くも

我が命

今の我れに偽はることを許さずば我が霊《たま》の緒《を》は直ぐにも絶ゆべし
苦しくも命《いのち》ほりつゝ世の人の許さぬ罪を悔ゆる瀬《せ》もなし
生きてあらん命《いのち》の道に迷ひつゝ偽はるすらも人は許さず
わが罪を我が悔ゆる時我が命《いのち》如何《いか》にかならむ哀しよ吾妹《わぎも》
世に怖ぢつゝ暗き物蔭《ものかげ》に我が命僅かに生きて息つく吾妹《わぎも》
明るみに心怖ぢ怖ぢ胸痛み間なく時なく我れは苦しよ
悲しみを知らぬ人等の荒らゝけき声にもわれは死ぬべくおもほゆ
世の中を怖ぢつゝ住めど生きてあれば天地は猶吾を生かすかも

明治四十五年・大正元年

黒髪

世に薄きえにし悲しみ相嘆き一夜泣かむと雨の日を来し

日暮るゝ軒端のしげり闇をつゝみかそけき雨のおとをもらすも

うらすがしき頬にまつはる黒髪を見るに堪へねど目よは放《はな》れず

花と煙

壬子一月湯本秃山に逢うて去歳の信濃を思ふ

不士見野のちぐさの秋を雲とぢて雨寒かりしゆふべなりけり

諏訪の神のみすゑの子等と秋深き不士見野の花にいにしへ語るも

不士見野を汽車の煙の朝なづみ我が裳裾辺の花は露けく

不士見野はまだ霧居れど八つが岳の雲開き来て花見え渡る

湯田中の河原に立ちて飯綱峰《いつなね》や妙光《みやうくわう》の山くろひめのやま

黒姫は越のこひしき鯖石の我が思ふ人の郷の上の山
北信濃にとはに燃立つ浅間山秋の蒼そらにけぶりなづめり
澄む空に霜枯つゞく軽井沢うす暮るゝおくに家まほろ見ゆ
帰りせく寂しき胸に霜枯の浅間のふもと日もくるゝかも
霜枯野のうすくらがりに大けき悲しき山が煙立て居り
こゝにして信濃に別る浅間山汝が悲しきをとはに泣くべし

招魂歌

あはれ究一郎、命を現世に寄すること僅かに十三日、幽かに弱かりし汝が霊魂、今いづれのところにか迷ふ。明界の一員として、名は国籍に記されたるも、汝が命を哀れみ、汝が俤と汝が名とを永遠に慕ふもの、この世に於て只汝が父と母とあるのみ。我れ茲に高く汝が名を掲ぐ。あはれ究一郎、幽魂速かに汝が父母に帰れ

いきの緒のねをいぶかしみ耳寄せて我が聞けるとにいきのねはなし

かすかなる息のかよひも無くなりてむくろ悲しく永劫《とは》の寂《しづ》まり
よは〱しくうすき光の汝がみたま幽《かす》かに物に触れて消にけり
かくまでにうすき命を汝がみたま蓋し迷ひて汝れに寄れりや
汝がいのち夢と淡しき母の子よ母を離れて汝は空しかり
朝しめり日にかぎろひて立つかげの幽かなりし汝れよ吾が子と思へど
はらからの八人のことも夢のごといのちかそけくみたま消ぬらむ
ほそ〱と香の煙のかすかなりし汝が玉の緒をつく〲と思ふ
春寒の小夜の火桶を灰掻きつゝ胸のおくがに汝が見ゆるかも
世に生きる命の力弱かりし汝が泣声を思へば悲しも
うらかなしくとはに眠れるそのみ目を今ひとたびと覆《おひ》の衣《きぬ》取り
おもかげや神と尊くにほへりし淡しきみ目をとはに偲ばむ

ほろびの光

おりたちて今朝の寒さを驚きぬ露しと〱と柿の落葉深く
鶏頭のやゝ立乱れ今朝や露のつめたきまでに園さびにけり

秋草のしどろが端にものものしく生きを栄ゆるつはぶきの花
鶏頭の紅《べに》古りて来し秋の末や我れ四十九の年行かんとす
今朝のあさの露ひやびやと秋草や総べて幽けき寂滅《ほろび》の光

大正二年

年明けてふみ児は四つ鈴子は五つ
我《わ》がこもる窓《まど》の外《と》のべにとゝと呼《よ》ぶをさなきふたり且《か》つ相《あひ》かたる
黒髪《くろかみ》のうなゐふたりが丹《に》のおものまろき揃《そろ》へて笑《ゑ》みかたまけぬ
幼児《おさなご》をふたりはぐゝむ我《わ》がさちをつく〳〵と思《おも》ふとみかう見《み》して
みぎひだり背《せ》に寄《よ》りつくを負《お》ひ並《な》めて笑《わら》ひあふるゝ真昼《まひる》の家《いへ》に
いとけなくめぐしき児等《こら》が丹《に》のをもの輝《かゞや》くいまを貧《まづ》しといはめや

静なる日

おとろへし蝿の一つが力なく障子に這ひて日は静なり
死にたるとおもへる蝿のはたき見れば畳に落ちて猶うごめくも
厠に来て静なる日と思ふとき蚊の一つ飛ぶに心とまりぬ
壁の隅に蚊のひそめるを二つ三つ認めそのまゝ厠を出でし
物忘れしたる思ひに心つきぬ汽車工場は今日休なり
七人の児等が遊ひに出てゝ居ずおくに我れ一人瓶の山茶花
日影去りて冷たくなりし静けさを惜む思ひに黙坐《もくざ》つゝけぬ
勾玉と鈴と柱に掛りありて床の山茶花に我れに静けし

大正二年の紀元節に逢ひて

かけらふの春のひかりの豊明《とよあか》り海山はれてまつりおこなふ
神代より人は争ひきしかれども今日のまつりに相諫むべき
日の光り負ひて戦ふみいくさの打ちてし止まんの歌のとよめき
壁にさす白玉椿こゝちよく家の内外を今日はきよめき

南総の春

九十九里の波の遠音や降り立ては寒き庭にも梅咲きにけり
春早き南上総の旅やどり梅をたづねて磯に出にけり
月寒き梅の軒端に我こゝろいやさや澄みて人の恋しも

小天地

松杉三本四本の植込に、いくつかの飛石、さゝやかなる我小庭にもはや早春の潤ひ来るを見る

朝起きてまだ飯前のしばらくを小庭に出でて春の土蹈む
まづしきに堪へつゝ生くるなど思ひ春寒き朝を小庭掃くなり
三四日寒気《かんき》のゆりし湿めり土清めながめて生ける思ひあり
海山の鳥毛ものすら子を生みて皆生きの世をたのしむものを
児をあまた生みたる妻のうらなづみ心ゆく思ひなきにしもあらず
漬物に汁に事足るあさがれひ不味《まづ》しともせぬ児等がかなしも

椎の若葉

九十九里の波の遠鳴り日の光り青葉の村を一人来にけり

椎森の若葉円かに日に匂ひ往来の人等みな楽しかり

稍遠く椎の若葉の森見れば幸運《さち》とこしへにそこにあるらし

ゆづり葉の若葉

世にあらん生きのたづきのひまをもとめ雨の青葉に一と日こもれり

わか〳〵しき青葉の色の雨に濡れて色よき見つゝ我れを忘るも

みづ〳〵しき茎のくれなゐ葉のみどりゆづり葉汝れは恋のあらはれ

日本新聞に寄せて歌の定義を論ず

伊藤春園

吾人歌を酷愛すと雖も敢て歌を以て世に立つ者にあらず　又敢て歌を以て世に知られんことを求むる者にもあらず　従て歌に従事すること拾年敢て一度も世の所謂歌人間に交を結びしことなく又敢て一度も世の謂ふ所知名の歌人に藉を捧げたることなし　然るを頃日ゆくりなくも日本紙上に顕はれたる新自讃歌なる者を見れば吾人平生の所信に違ふや甚し　以請らく是後世を誤るなからんやと　平居歌を好むの情覚へず筆を採て聊か記者の参考に供せんと思ひしを宏量なる記者は直に紙上に掲げて世人に示され端なくも一時歌界を騒すに至りたる已に吾人の本志にあらず　況や小隠子と論戦を重ねんとは固より予期せざる所に属す　然りと雖も事茲に至りては又好める道に忠なる所以の義思ふ所を尽さんと欲するの念に堪へず　記者足下今一度の余白を吾人に給与せよ

戊戌年弥生の七日

日本新聞記者足下

歌の定義を論ず

小隠子が再論は其出立の業山なるに係らず其掛声の甚だ盛なるに係らず其議論や悉く組打的肉迫的にして戦法極めて陋劣なり　今世歌人の迷夢を破り枯凋散落せる今日の歌界に春気を促す的なる議論は今少しく堂々たらざるべからず　吾人は思ふ如斯屑屑たる議論は神聖なる詩壇の問題を決する所以にあらずと　然かも彼が議論の多くは吾人の論旨を誤れり　そは両説を熟覧せる人の必知する処ならん　故に吾人は重ねて口論的なる反駁の労を厭ふ　吾人は先に務めて無要の弁を避けんが為めに旨意を一括して立論せるものなるを彼は頻りに要領を得るに苦むと云ひつゝ強ひて有ることなき順序を逐はんとしたるが如き豈陋ならずや　且彼が小出の歌を庇するや曰無趣味なる非文学的なる歌に比すれば一歩を進めたり云々と　浅膚寧ろ笑ふに堪たり　無趣味なる非文学的なる即全然非詩的なる歌に比して一歩を進めたりとて焉ぞ卑調にあらずと云ふを得んや　吾人不敏と雖筆を取て歌旨を論ず　豈に今世の屑歌詠の歌を標準とせんや　尚彼が高尚上品の他に優麗豪壮流暢荘重其他の調を有し云々と云ひたるが如き普通の理義を得解せざる言様なり　其他衣服の譬を解し得ざるが如き意匠即調と云ふ意

味を解しえざるが如き詩形と調との論点に向て一言を出す能はざるが如き到底彼は詩哥の深旨を談ずるに足らざる者なり　吾人今は彼と論鋒を交へんことを願はず　三度茲に稿を寄する所以は只吾人が平居懐抱する所の歌の定義なる者を公にして今回の論局を結ばんと欲するのみ

夫れ皇御国の歌は第一品格高尚なるを旨として調ぶべき事　第二歌ふと云ふことを旨として調ぶべき事　此二つの者は則歌の定義にこそあれ　吾人は第一義を論ずるに先ち文学の階級を論じ置かざるべからず　文学の眼中只美あるのみ　豈に階級なる者あらんやとは思ふに小隠等一二輩の言説にあらず　必や今世一部詩壇の解見ならん歟　是吾人が茲に一言の必要ある所以なりとす　抑天理は人類を平等視すると雖も人道は社会の階級を無要視する能はず　何となれば政事の必要ある社会は秩序の必要を認めざるを得ざればなり　よし理想の発達は人爵を無視するに至ると雖も人類の性質に天賦の賢愚利鈍あるを免れざる以上は社会に階級を生ずる是自然の勢ならずんばあらず既に已に社会に階級ある以上は此社会中の一物たる文学豈独り階級あるを免れ得んや今之を事実に徴すれば医術業代言業と豆腐売野菜売との如き社会の必要よりみれば同じく人生に欠くべからざる者なれど営業の品格に差あること争ふべからざるが如く演劇に於ては能楽と芝居音楽に於ては琴と三絃文書に於ては修身哲学と稗史小説画に於ては本画と浮世絵詩に於ては歌と俳句皆是同じく社会に必要なる美術文学なり　而し

て其間各品格の差あるは免るべからざる事実ならずや　吾人平居画を酷愛す　請ふ画を以て譬へん　円山応挙の遊女の画其上乗なる者に至ては価数百金美術品として又貴重の物ならずんばあらず　然ども其浮世絵（応挙を浮世絵師と云ふあらず）たるの品格は遂に高貴なる宮殿に入る可らざるにあらずや　是即馬糞を詠み焼芋を詠みたるの俳句は従令文学としては貴重すべき価直を有したりとも其品格は遂に高貴なる精神を養ふに適せざるに異なることなし　詩の眼中階級なしとは畢竟強弁に過ぎざるのみ

人或は云ふ　歌の品格を云々するは自ら歌の範囲を狭ばめて歌を束縛し歌を不自由にする者なりと　彼豈に詩の本義を知らんや　其束縛あり不自由あるは則詩の品格を保つ所以なり　豈に独り詩に於てのみならんや　世事多くは然り　苟も世の上級に居る者にして其品格を保たんとせば必ず謹慎正粛を基とせざるはなし　謹慎正粛は即温和なる不自由の母ならずや　見よ彼れ漢詩に於ても厳に声律を逐ふにあらずや　要するに不自由束縛は総の詩の一素因と云はざるべからず　且夫れ吾人が品格を云々するも浅陋なる姿声を避けんと欲するに過ぎざるのみ　思ふに俳句の起れるは歌の足らざる所を補ふべき必要に促されたるにあらざるなきを得んや　俳句は下級にある丈け不自由も少く範囲も広きは理の正に然るべき所にして感化力を社会の下層にまで及さんとの必要は品格の下れるを致したる所以ならずんばあらず　本画の不足を補はんが為に浮世絵なる者起りて社会の好尚を満したるが如く歌俳両々相待て大和民族が精神の営

養に供するに至りし者にして又各相混すべからざる定義は其中に存するなり　然るを歌は俳句の長きものなり俳句は歌の短きものなり　三十一文字なる故に歌にして十七文字なるが故に俳句なりと思ひ誤り詩形の外に各異なれる節あるを知らざる輩は到底共に詩を談ずるに足らざるなり　然れども吾人は決して歌は上級の者なるが故に重く俳句は下級の者なるが故に軽しと云ふにあらず　自然的性質は彼が如く階級を生じたりと雖も社会の必要上に於ては歌俳に軽重なきを信ずるものなり

従是吾人は筆を転じて歌なる物は何を以て品格高尚なるを旨とすべきやを説明せんと欲す

夫れ万葉の歌は則歌の本体なること今日に於て何人も異議なき所ならん　是誠に当然の理なり　我国に歌なる者ありてより千有余年人麿赤人家持憶良等の歌聖相次て起るに及で詩運隆盛の極に達したり　此時に当りて歌なる者は已に発達し得るだけ発達し成熟し得るだけ成熟して歌てふ一の文学は茲に完全無欠の物となりしや敢て論を待たざる所なり　故に此時の歌を歌の本体と定め此時の歌を玩味研窮して歌の定義を茲に求むるは又当然の順序ならずんばあらず

偖《さて》熟《つら》〳〵当時の歌を考へみるに盛に冠詞を用ひたる所務めて簡潔に詠流したる処何となくつゞけたりと思ふあたりに反て心をこめたりとみゆるなどに依りても専ら品格の高からんことを期したるの跡歴々想像し得らるゝなり　殊に男女間の濃厚複雑なる恋

情を歌ふにすらも務めて単純なる想を序し務めて簡潔なる言葉を撰びたるが如きはまたく歌の品格と云ふ点に深く心を用ひたるものと知らるゝなり

人或は曰万葉の歌の大概単純簡潔なるは当時士人の思想皆簡朴なるが故なり　或は曰万葉の歌の品格高きは自らなる姿にして求めて高を致したる者にあらず　或は又曰当時の歌は皆当時普通の言葉を以て有のまゝに詠める物にして殊更に言葉を撰み調べを巧みたる物にあらずと　吾人の見を以てすれば是皆極めて浅膚なる臆説にして大に誤れる僻言なり　何を以て之を云ふ　予一年寧楽の旧都に遊び法隆寺其他の古刹に就而其当時の美術工芸品なる物を歴覧せしことありしが高雅優麗なるは固より論なく其緻密精彩を極めたる点に於ても今世人の容易に及ぶ可らざるが如き者あり　抑如斯緻密精彩なる美術工芸品を殊愛したる所の当時士人の思想を只管簡朴なるべしと想像するは道理の決して許さゞる処なり　然ば則当時の歌の簡潔単純なりしは品格の高きを求めたるが故にして其品格の高きを要めたるは則歌の本義之をして然らしめたるや知べきのみ　其言葉に於ても冠詞の如き者普通の言語にあるべき筈なく歌は言葉の花と言ひ伝へ吾国は言魂のさきはふ国と言ひ伝へたるを見ても決して自らなる姿など云ふべき物にあらずして其詞を撰びしらべを巧み煉磨を尽したる者なることは知り得べしされど今人と古人との思想を比較し見たらんには古人の今人より簡潔単純なるは論なかるべし　吾人の言は只人の想像するが如き者にあらずとなすのみ　思ふに百代の歌

聖と仰がるゝ人丸赤人の如きは必ずや畢生の力を尽して煉磨砥励以て金玉を遺されたるに疑なし　万葉の歌を以て徒に自然の調なり有のまゝの言葉なりなど云ふは詩旨を得解せざる愚人の言ならんのみ　是を以て吾人は断ず品格高尚なるを旨として調ぶるは歌の本義なることを

第二歌はうたふと云ふことを旨として調ぶべき事是れまた吾人は万葉の歌に依て断ずる者なり　万葉の歌が哥ふといふことを旨としたることは種々の古書に歌ひ給ふ云々とあるをみても後世の識者の所説に依りても歌其物の姿に依りても充分に知り得らるゝなり　前にも云へる如く万葉の歌は詞を煉り品格高く調るを専として是を歌の第一義と為し思を述ると云ふ方は第二義となしたる者ぞ　是歌ふ者なるが故なり　然るに世くだちていつしか此定義は破れにけり　故に後世の歌は専ら思ひを述ぶると云ふ方に傾きて言葉調べなど云ふことは思ひを述ぶる材料に過ぎざる様に成ゆきて歌は長く衰へにケリ　実朝卿賀茂翁の如き者稀に起りて名歌を詠まれたりと雖も自身其人の歌のみにして遂に他に及ばざりしものは思ふに此根本の定義を回復して教を立てざりしに由るなからんや　抑吾邦の古代初て交を漢土に通じ彼の文物典章を盛に採用せし時に当り一時漢土崇拝の思想は朝野を支配せるや必せり　思ふに当時天下の文士を挙て漢詩を弄し遂に歌をして非常なる否運に陥らしめしならん　皇御国の言葉の花なる歌の定義は全く此時を以て破にたりと思はるゝなり　詩を訓して唐歌と云ひ歌をば「や

まと歌」と唱へたるが如き即其証なり　何となれば漢土に於ても詩と歌とは確然定義を異にし詩は志を述べ歌は言を永ふしと云へるなり　然るを何事ぞや其志を述ぶるを定義とせる詩に訓し唐歌と云ひたるは　是やがて歌ふを旨とするなる吾国の歌を誤りて漢土の詩と同じく志を述るものとなせるなり　彼貫之古今集の序を作り夫れ「やまと歌」は心を種として云々と説き其心を以て古今集を撰び其心を以て己れも歌を詠みけらし〔欄外記入〕宇多と云ふ詞は吾国より外になし　何を苦てやまと、はことわりたるぞ　やまと歌と云ふ語の中に漢詩崇拝の思想残れり　貫之にして既に如斯　当時の歌人を挙て蕩々誤の淵に沈みたるや知べきのみ　是併其以前より已に誤り来りたる者にして独貫之等を罪すべからずと雖も中古の歌聖なりとまで尊まれたる此人にして覚る所なかりしは歌の定義の長く混乱したる所以にして又歌の永く衰退したる所以なり思へば豈に怨恨せざるをえんや　県居の翁は云へり古今集には読人しらへぬ歌にこそ善き歌はあるなれと　誠に理りなり　則歌の定義未破以前の歌なればなり

然れども吾人今日に及ては其思を述ぶる的なる三十一文字詩を全然排却消滅せんとは決して思はざるなり　寧一体の詩として歌の外に適当なる名称を付し之を存し置かんと欲するのみならず猶之が発達をも希望する者なり　只歌ふを旨とすると思を述ぶるを旨とするとは詩旨に於ても詩形に於ても自其趣を異にすべきは当然の理義なるを以て自今劃然二者を区別して各其特有の光を発輝せしめんとするは吾人の希望に属す
呼嗚歌てふ物は敷島の道と迄称へつ、国名を冠する程なる吾邦唯一の詩にして定義の

混乱したること千有余年なるは実に吾邦文学の一大汚辱と云はざるべけんや　世上文学に従事するの人士よ願くは少しく思を茲に致されよ

上陳の如く歌道衰退の大原因は漢詩の浸蝕に遇ふて歌の定義破壊せられたるに基き爾来漢詩崇拝の思潮は長く吾哥界を毒したり　殊に其著しき者を白楽天の詩なりとす　林間暖酒焼紅葉香炉峰雪撥簾看などの詩に係る美談より例の中世の歌宗と仰がれたる定家の卿が手に白氏文集を離さゞりしと伝ふるに徴しても当時の文人等が如何に楽天の詩を崇拝したるかを知り得し　吾人は断ず歌の徒に非哀的厭世的婦女的玩弄的に傾きて益柔弱に益蕩冶に陥りたるは白氏文集崇拝の毒潮が慥《たしか》に其一原因を為せりと　吾人の見を以てすれば彼楽天の詩は一種の体として尊ぶは妨げなかるべきも之を詩神の本尊視するに至りては甚しき誤なり　然るに詩と歌との区別さへ得弁へざるまで無見識なりし当時の文人等は濫りに之を歓迎崇拝したるの結果は遂に歌をして百代振ふ能ざるかと思ふばかり哀しめたり　吾歌道の為めに一大痛恨せざるを得んや　然りと雖も是畢竟歌人の罪にして歌の罪にはあらざれば今世と雖も一朝大歌人の起るありて大手腕を振ふ者あらば敷島の日本の歌は粲として東海の表に光を発するや疑なし　故に吾人は今世歌人の振はざるが為に決して落胆せざるも只此際速に歌の定義を明にせんことを願ふや切なり

近世の歌神と吾人が敬ふ所の県居の翁は既に其端を開き給へり　其新学に於て巻頭唱

破して曰　古の歌は調を専にせり歌ふものなればなり　其詞の大凡はのとにもあきらにも云々　其調と云ふ意義に就ては少しく吾人と見解を異にするやの疑あれど兎に角歌は歌ふと云ふことを旨として調ぶべきは歌の定義なりと教へられたるや明かなり　宜べに翁の歌は皆此意義に基きて作り給へり　然るに数多ある門人等一も翁の意を得ること能はず　遂に歌の心をして翁と共に死せしめたり　豈にいとをしき事ならずや　八田知紀氏は近世の達識なり　新学に絶対的反対を試みたる香川氏の門弟なれども其調の直路に於ては歌は調を本とすべき事論なしと云はれ歌ふと云ふことを旨とすべきやう論じたり　其天賦の調云々と云ふ点に就ては吾人大に反対なれども兎に角一部の見を同せり　此人をして県居の門に出でしめたらばと思はる、もなつかし　天賦の調は勿論総て調と云ふ意義に就而は吾人は古今の学者と見解を異にせり　異日機を見て論ずる事あるべし　以上歌の定義は畧説尽したりと思へば今世歌人たる者は自今如何なる体度を取るべきやに付て吾人の考を説て此章を終べし

夫れ歌は姿の整ひたるのみと思を云ひえたるのみとを以て満足すべきにあらず　調べの働即言葉の使様に依りて綾に響くを必要とするなり　此ひゞきの中にこそ趣味てふ者と気韻てふ者はこもるめれ　人の心を動すと云ふも一に此ひゞきの力に依る者なるし　通常の談話と雖も猶云ひ様によりて人を感ぜしむること深きものあり　況んや歌に於てをや　故に趣味と気韻となき歌は直に歌にあらずと云ふことを得べし　是を画に譬ふれば画想と画形とは如何に完全に写し得たりとも筆の働と彩墨の配色とに依り

て趣味と気韻なる無形の妙味を顕すなくんば此画は未だ以て美術と称すべからざるが如し　夫れ詩と非詩との堺美術と非美術との境を説く豈に容易の業ならんや　吾人の凡庸なる只心に悟るあるのみ　之を口に云ふ能はず　之を文に説く能はざるなり　今の急進画家等が徒に画想画形の上にのみ偏托して技術の煉磨を次にすると今の青年哥人等が作哥の技倆を余所にして歌の改良進歩を云々すると毫も異なることなし　根本已に〳〵誤れり　焉ぞ其奥に近くことを得んや

天下の万物を粉砕して美術となし天下の万事を溶蕩して詩となすの技倆あり始めて文学美術の上に新機軸を談ずべきなり　一物一事の上にすら詩趣を得るに覚束なき連中が暗雲に出過ぎたるこそなか〳〵に片腹痛けれ　詩形を新にするも人の感を動すの方法として決して軽ずべきにあらずと雖も詩の趣旨と云ふことを等簡にしては誠に甲斐なからんなり　大凡詩形の種類千状万体なるべしと雖も要するに詩趣を顕すべき方法たるに過ぎず　故に吾人は充分に詩趣を顕しえたらんには詩形の如きは何れにてもよろしく必しも新しきと珍しきとを問ふの必要なき物と信ずるなり　兎に角作哥の技倆を煉磨しえたらん後にして歌の改善を云々すべきが当然の順序と信ずる者なり　猥りに自家独許の怪しき歌を世に出すは反て後進を誤るの恐れあり　大志ある者は自ら重じる処なかるべからず　世の識者以て如何となす

戊戌の弥生七日の夜　於水石庵　伊藤春園記す

牛舎の日記

一月十日　午前運動の為め亀井戸までゆき。や、十二時すぐる頃帰て来ると。妻はあはて、予を迎へ。今少し前に巡査がきまして牛舎を見廻りました。虎毛が少し涎をたらしてゐました故鵞《が》口瘡《こうそう》かも知れぬと申して。男共に鼻をとらして口中をよをく見ました。どうも判然はわからぬけれど念のため獣医を呼んで一応見せるがよかろふと申して。今帰つたばかりです　どうしませうと云ふ。予はすぐ其の足で牛舎へはいつて虎毛を見た。異状は少しもない。老牛で歯が稍鈍くなつてゐるから。はみかへしをやる度自然涎を出すのである。此牛はけふにかぎらずいつでもはみかへしをやる度に涎を出すのはきまつて居るのだ。それと角へかけて結びつけたなはの節が。てうど右の眼にさはるやうになつてゐたので涙を流してゐた。巡査先生之を見て怪んだのである。獣医を呼ぶまでもなしと予が云ふたので。家内安心した

十一日　午後二時頃深谷きたる。当区内の鵞口瘡は此六日を以て悉皆主治したとの話

をした

十二日　午前警視庁の巡回獣医来る　健康診断のためである。例の如く消毒衣に服を着かへて。くつを下駄にはきかへて牛舎を見廻つた。予は獣医に府下鵞口瘡の模様を問ふた。本月二日以来新患の届出でがないから。もう心配なことはなかろふとの獣医の答であつた

十三日　午前二時朝乳を搾るべき時間であるから。妻は男共をおこしに往つた。牛舎で常と変つた叫ごゑがする。どれか子をうみやがつたなと思ふてゐると。果して妻は糟毛がお産をしました。親の乳も余りはりません　犢《こうし》も小さい。月が少し早いやうですと報告した。予も起きて往て見ると母牛のうしろ一間許はなれて。ばり板の上に犢はすはつてゐて耳をふつてゐた。背のあたりに白斑二つ三つある赤毛のめす子である。母牛はしきりにふりかへつて犢の方を見ては鳴てゐる。八ケ月位であろふ　どうか育ちそうでもあるから。急に男共に手当をさして。まづ例に依つて暖かい味噌湯を母牛に飲ませ。寝わらを充分に敷せ犢を母牛の前へ持来らしめた。とりあへず母牛の乳を搾りとつて。フラソコ瓶で犢に乳を飲せやうとしたけれど。どうしても犢は乳を飲まない。よく〳〵見ると余程衰弱して居る。月たらずであるのに生れて二三時間手当なしであつた故。寒気のためによはつたのであろふと思はれた。それから一時間半ばかりたつて遂に絶命した。予は猶母牛の注意を男共に示して置て寝てしまつた

夜明けて後男共は今暁の死犢を食料にせんことを請求してきた。全く或る故障より起つた早産で母牛も壮健であるのだから食うても少しも差支はない。空しく埋めてしまうのは惜しひと云ふ理由であつた。女達はしきりに気もちわるがつてよせ〳〵と云ふ。予は勿論有毒なものではあるまいから喰いたいならそちらへ持て往て喰へと命じた。やがて男共は料理して盛にやつたらしかつた。なか〳〵うまいです少々如何ですかと云つて。一椀を予の所へ持て来たけれども。予は遂に一口を試むるの勇気もなかつた

十四日　暖かであるから出産牛のあと消毒を行はせた。けふは午后から鵞口瘡疫の事に就て。組合本部の役員会がある筈なれど差支へる事があつて往をやめた

十五日　朝根室分娩牡犢である。例に依て母牛に視せずして犢を遠く移した　母牛は壮健である。杉山発情午後交尾さした。アンヤ陰部より出血　十三日頃発情したのであるを見損じたのである。次回のさかりの時をあやまるなと男共及び妻に注意した

十六日　前夜より寺島の犢がしきりに鳴く。午后の乳搾る頃になりてます〳〵鳴く。どうしたのじや飼の足らぬのじやないかと云へば。飼は充分やつてあるのです　又よく喰ふのです。なんでもあいつは。十五日朝はなれて母牛の乳を一廻残らず飲みましてそれから鳴のです。ですからあれは母牛の乳をまだ飲たがつて鳴のでせうと男等は云つた。日くれになつてもまだ鳴いてゐる。気になるから往つて見たが。どうでもない　矢張男等が云ふ通りにちがひないやうであつた

春の潮

一

隣りの家から嫁の荷物が運び返されて三日目だ、省作は養子に往つた家を出てのつそり戻つてきた、婚礼をして未だ三月と十日許りにしかならない、省作も何となし気が咎めてか、浮かない顔をして、吾家の門をくゞつたのである。

家の人達は山林の下刈に往つたとかで、母が一人大きな家に留守居してゐた、日あたりのよい奥のえん側に、居睡りもしないで一心にほぐしものをやつてゐられる、省作は表口からは上らないで、内庭からすぐに母の居るえん先へまはつた。

「おツ母さん追出されてきました

省作は笑ひながらさういつて、えん側へ上る、母は手の物を置いて、眼鏡越に省作の顔を視つめながら、

「そらまあ………

驚いた母は直ぐに跡の詞が出ぬらしい、省作は却て、母に逢つたら元気づいた、これで見ると省作も出てくるまでには、いくばくの煩悶をしたらしい。

「おツ母さん着物はどこです私の着物は

省作は立つたま丶、座敷の中をうろ〳〵歩いてる。

「おれが今見てあげるけど、お前なにか着替も持つて来なかつたかい

「さうさ又男が風呂敷包なんか持つて歩けますかい

「困つたなあ

省作は出して貰つた着物を引掛け、兵児帯のぐる〳〵巻で、そこへ其儘寝転ぶ、母は省作の脱いだやつを衣紋竹にかける。

「おツ母さん茶でも入れべい、とんだことした菓子買つてくればよかつた

「お前茶どころではないよ

と言ひながら母は省作の近くに坐わる。

「お前まあ能く話して聞かせろま、どうやつて出てきたのさ、お前にこ〳〵笑ひなどして、ほんとに笑ひごつちやねいぢやねいか

母に叱られて省作もねころんではゐられない。

「おツ母さんに心配かけて済まねいけど、おツ母さんとてもしやうがねんですよ、あ

んだつていやにあてこすり許り言つて、つまらん事にも目口を立てゝ小言を言ふんです、近頃はあいつまでが時々いやな素振りをするんです、わたしもう癪に障つちやつたから

「困つたなあ、だれが一番悪くあたるかい、おつねも何とか言ふのかい

「女親です、女親がそりや非度いことを言ふんです、つねのやつは何とも口には言はないけれど、此頃失敬な風をすることがあるんです、おツ母さんわたしもう何がなんでもいやだ

「おツ母さんもね内々心配してゐたゞよ、非度いことを言ふつて、どんなこと言ふのかい、それで男親は悪い顔もしないかい

「どんなことつて馬鹿々々しいこつてす、おとつさんの方は別に悪るくもしないです

「ウムそれでは非度い　こつちはおとよさんの事かい、ウム

「はあ

「ほんとに困つた人だよ、実はお前がよくないんだ、それでは全く知れつちまたんだな、おツ母さんはそれ許《ばか》り心配でなんなかつたゞ、どうせいつか知れずにはゐないけど、少しなづんでから知れてくれゝばどうにか治りがつくべいと思つてたに、今知れて見ると向うで厭や気がさすのも無理はない

母はかういつて暫く口を閉ぢ深く考へつゝ溜息をつく、暢気さうに、笑ひ顔してゐ

る省作をつくづくと視つめて、老の眼に心痛の色が溢れるのである、やがて又思ひに堪へない風に、

「お前はそんな暢気な顔をしてゐて、此の年寄の心配を知らないのか

　さういはれて省作は俄《にはか》に居ずまゐを直した、さうして、

「おツ母さんわたしだつてそんなに暢気でゐやしませんよ、年寄にさう心配さしちや済まないですが、実はおツ母さん、あの家はむかうで置いてくれてもわたしの方でいやなんです、なんのかんの言つたつて、わたしがゐる気で少し気をつければ、訳はないですけど、何だか知らんが、わたしの方で厭やになつちまつたんでさ、それだからおツ母さん心配しないでください

　これは省作の今の心の事実であるが、省作の考へでは、かういつたら母の心配をいくらかなだめられると思うたのである、ところがさう聞いて母の顔はいよ〳〵六づかしくなつた、老の眼はもう涙に潤ほつてる、母はずつと省作にすり寄つて、

「省作、そりやおまへほんとかい、それではお前あんまり我儘といふもんだど、おツ母さんは只あの事が深田へ知れては、お前も居づらい筈だと思うたに、今の話ではお前の方から厭やになつたといふのだね、其ではおまへどこが厭やで深田にゐられない、深田の家のどいふ所が気に入らないかえ、おつねさんだつて初めからお互に知り合つてる間柄だし、おつねさんが厭やな訳はあるまい、其年をして只訳もなく厭やになつ

たなど丶いふのは、其は全く我儘といふものだ、少しは考へても見ろ
　省作はだまつて俯向いてゐる、省作は全く何がなし厭やになつたが事実で、茲《こゝ》がかうと明瞭に意識した点はない、深田の家に別に気に入らないといふ所があるのではない、つまるところ省作の頭には、おとよの事が深く深く染みこんでゐるから訳もなく深田に気乗りがしない、其に此頃おとよと隣りとの関係も話の極りが着いて、いよ〳〵おとよも他に関係のない人となつて見ると、省作は何にもかにも馬鹿らしくなつて、俄に思ひついた如く深田にゐるのが厭やになつてしまつた、併しそれをさうと打つけに母にも言へないから、母に問ひ詰められて旨く返答が出来ない、口下手な省作には勿論間に合せ詞は出ないから、黙まつてしまつた、母も省作のおちつかぬはおとよ故と承知はしてゐるが、わざと其点を避けて遠攻めをやつてる、省作がおつねになづみさへすれば、おとよの事は自然忘れるであらうと思ひこんで、母は只省作を深田の方へやつて置きたいのだ。
「お前も知つての通り深田はおら家《うち》などよりか身上《しんしやう》もずつとよいし、それで旧家ではあるし、おつねさんだつて、あの通り十人並以上な娘ぢやないか、女親が少し六づかしやだといふ評判だけど、其六づかしいといふ人が大変お前を気に入つて断《た》つての懇望で出来た縁談だもの、居られるも居られないもない筈だ、人はみんな省作さんは仕合せだ仕合せだと言つてる、何が不足で厭やになつたといふのかい、我儘いふも程が

ある、親の苦労も知らないで…………お前は深田に居さへすれば仕合せなのだ、おッ母さんまで安心が出来るのだに、どういふ気かいお前は、いつまで此の年寄に苦労をかける気か

母は自分で思ひをつめて鼻をつまらせた、省作は子供の時から、随分母に苦労を掛けたのである、省作が永く眼を煩つた時などには、母は不動尊に塩物断ちの心願までして心配したのだ、殊に父なき後の一人の母、それだから省作はもう母にかけては馬鹿に気が弱い、のみならず省作は天性余り強く我を張る質でない、今母にかう言ひつめられると、それでは自分が少し無理かしらと思ふ様な男であるのだ。

「おッ母さんに苦労許りさせて済まないです、なるほどわたしの我儘に違ひないでせう、けれどもおッ母さん、わたしの仕合せ不仕合せは、深田に居る居ないに関係はないでせう、あの家に居ても面白くなく居ては、やつぱり不仕合せですからねイ、又よしあそこを出たにしろ別に面白く暮す工夫がつけば、仕合せは同じでありませんか、其でもあの家に居さへすればわたしの仕合せおッ母さんもそれで安心だと思ふなら考へなほして見てもえいけれど、もうかうなつちやつては仕方がなかありませんか

母は少し省作を睨むやうに見て、

「別に面白く暮す工夫てお前どんな工夫があるかえ、お前心得違ひをしてはならないよ、深田に居さへすればどうもかうも心配はいらないぢやないか、厭やと思ふのも心

のとりやう一つぢやねいか、それでお前は今日どういつて出てきました

「別に六づかしいこといやしません、家《うち》へ往つて一寸持つてくるものがあるからつて、あやつにさう言つて来たまでゞす

「さうかそんなら仔細はないぢやないか、おら又お前が追出されて来ましたといふから、物言ひでもしてきた事と思つたのだ、そんなら仔細はない今夜にも帰つてくろ、お前の心さへとりなほせば向うでは屹度《きつと》仔細はないのだよ、なあ省作、今お前に戻つてこられるとそつちこちに面倒が多い事は、お前も重々承知してるぢやねいか

省作は又だまつてる、母も暫く口をあかない、省作は漸く口重く、

「おツ母さんがそれほど言ふなら、兎に角明日は帰つて見ようけれど、何だかわたしの気が変になつて、厭やな心持で居たんだから、それで向うでも少し気まづくなつた訳だとすると、わたしは心をとりなほしたにしろ、向うで心をなほしてくんねば、しやうがないでせう

「そりやおまへそんな事はないよ、もと〳〵懇望されて往つたお前だもの、お前が其気になりさへすりや、訳なしだわ

話は随分長かつたが、要するに覚束ない結局に陥つたのである、これからどうしてもおとよの話に移つる順序であれど、日影はいつしかえん側をかぎつて、表の障子をがたぴちさせ一さんに奥へ二人の子供が飛びこんできた。

「おばあさん只今
「おばあさん只今
顔も手も墨だらけな、八つと七つとの重蔵松三郎が重なりあつてお辞儀をする、二人は起ちさまに同じやうに帽子をはふりつけて、
「おばあさん一銭おくれ
「おばあさんおれにも
二人は肩をおばあさんに小擦りつけてせがむのである。
「さあをぢさんが今日はお菓子を買つてやるから、二人で買つてきてくれ、お前らに半分やる
二童《ふたり》は銭を握つて表へ飛び出る、省作は茶でも入れべいと起つた。

二

翌朝省作は兎も角も深田に帰つた、帰つたけれども駄目であつた、五日許りして又省作は戻つてきた、今度はこれきりといふつもりで朝早く人顔の見えないうちに、深田の家を出たのである。
母は折角言うて一旦は帰したもの丶初めから危ぶんでゐたのだから、再び出てきたのを見ては、もうあきらめて深く小言も言はない、兄は只、

「しやうがないやつだなあ

かう一言言つたきり、相替らず夜は繩を綯《な》ひ昼は山刈と土肥作りとに側目も振らない、弟を深田へ縁づけたといふことを大へん見栄に思つてた嫂は、省作の無分別を只管口惜しがつてゐる。

「省作お前あの家にゐないといふことがあるもんか

何遍繰返したか知れない、頃は旧暦の二月田舎では年中最も手すきな時だ、問題に趣味のあるだけ省作の離縁話は致る所に盛んである、某々が大変よい所へ片づいて非常に仕合せがよいといふやうな噂は長くは続かぬ、併しそれが破縁して気の毒だといふ場合には、多くの人がさも心持よさゝうに面白く興がつて噂するのである、あんまり仕合せがよいといふので、小面憎く思つた輩は如何にも面白い話が出来たやうに話して居る、村の酒屋へ瞽女《ごぜ》を留めた夜の話だ、瞽女の唄が済んでからは省作の噂で持切つた。

「省作が一たいよくない、一方の女を思ひ切らないで、人の婿になるちは大の不徳義だ、不都合極まつた話だ、婿をとる側になつて見給へそんなことされて堪るもんか

かう言ふのは深田贔屓の連中だ。

「さうでないさ、省作だつて婿になると決心した時には、おとよの事はあきらめて居たに極つてるさ、第一省作が婿になる時にや、おとよはまだ清六の所に居たぢやない

か、深田も懇望して貰つた以上は、そんな過ぎ去つた噂なんぞに心動さないで大事にしてやれば、省作は決して深田の家を去るのではない、だからありや深田の方が悪いのだ、何も省作に不徳義なこたない

これは小手贔屓の言ふところだ。

「えいも悪るいもない、やつぱり縁のないのだよ、省作だつて、身上はよしおつねさんは憎くなかつたのだから、居たくないこともなかつたらうし、向うでも懇望した位だから固より置きたいに極つてる、それが置けなくなり居られなくなつたのだから、縁がないのさ

こんなことといふは婆と呼ばれる酒屋の内儀だ。

「みんな省さんが悪るいんさ、ほんとに省さんは憎いわ、省さんはあんなえい人だからおとよさんがどうしてもあきらめられない、おとよさんがあきらめねけりや、省さんは深田に居られやしない、深田のおツ母さんは大へんおとよさんを恨んでるつさ、おつねさんもね、実は省さんを置きたかつたんだつて、それだから、省さんが出た跡で三日寝てゐたつち話だ、わたしやほんとにおつねさんが可哀さうだわ、省さんはほんとに憎いや

これは女側から出た声だ。

「なんだい篦棒《べらぼう》ほめるんやらくさすんやら、お気の毒様手がとゞかないや、省さんほ

んとに憎いや、もねいもんだ

「そんなに言ふない、おはまさんなんか可哀さうな所があるんだアな、同病相憐むといふんぢやねいかハ、、、、、

「あん畜生ほんとにぶちのめしてやりたいな

「だれを

「あの野郎をさ

「あの野郎ぢやわからねいや

「馬鹿に下等になつてきたあな、よせ〳〵

おはまがゐるから、悪口も此位で済んだ、おはまでもゐなかつたらなか〳〵この位の悪口では済ない、省作の悪口を言ふとおはまに憎くがられる、おはまには悪くおもはれたくない儕《てあひ》許りだから、話は下火になつた、政公の気焔が最後に振つてゐる。

「おらも婿だが、昔から譬にいふ通り、婿ちもんはいやなもんよ、それに省作君などはおとよさんといふ人があるんだもの、清公に聞かれちや悪いが、百俵附けがなんだい、深田に田地が百俵附あつたつてそれがなんだ、婿一人の小使銭に出来やしまいし、おつねさんに百俵附を括りつけたつて、体一つのおとよさんと比べて、とても天秤にはならないや、一万円がほしいかおとよさんがほしいかといや、おいら一秒間も考へないで…………

「おとよさんほしいといふか、嚊《かゝあ》にいひつけてやるど、やあい〳〵で話はおしまひになる、おはまが帰つて一々省作に話して聞かせる、そんな次第だから省作は奥へ引込んで、ゝ夜でなけりや外へ出ない、隣りの人達にもどうも工合が悪い、おはま許り以前にも増して一生懸命に同情してゐるけれど、向うが身上がえいといふので、仕度にも婚礼にも少なからぬ費用を投じたに係らず、四月《よつき》と居られないで出て来た、それも身から出た錆といふやうな始末だから一層兄夫婦に対して肩身が狭い、自分許りでなく母までが肩身狭まがつてゐる、平生極く人のよい省作のこと故、兄夫婦もそれ程つらく当る訳ではないが、省作自ら気が引けて小さくなつて居る、のつそり坊も、もうのつそりして居られない、省作も漸く人生の苦労といふことを知りそめた。

深田の方でも娘が意外の未練に引かされて、今一度親類の者を迎ひにやらうかとの評議があつたけれど、女親なる人が迚《と》ても駄目だからと言ひ切つて、話はいよ〳〵離別と決定してしまつた。

上総は春が早い、人の見る所にも見ない所にも梅は盛りである、菜の花も咲きかけ麦の青みも繁りかけてきた、此頃の天気続き毎日長閑な日和である、森を以て分つ村々、色を以て分つ田園、何もかもほんのり立ち渡る霞につゝまれて、悉く春といふ一つの感じに統一されてる。

遥かに聞ゆる九十九里の波の音、夜から昼から間断なく、どう〳〵どう〳〵と穏やかな響きを霞の底に伝へてゐる、九十九里の波はいつでも鳴つてる、只春の響きが人を動す、九十九里附近一帯の村落に生ひ立つたものは、此の波の音を直ちに春の音と感じてゐる、秋の声といふ詞があるが、九十九里一帯の地には秋の声はなくて只春の音がある。

人の心を穏かに穏かにと間断なく打ちなだめてゐるかと思はれるは、此の九十九里の春の音である、幾千年の昔から此の春の音で打ちなだめられてきた上総下総の人には、殆ど沈痛な性質を欠いて居る、秋の声を知らない人に沈痛な趣味の有りやうがない、秋の声は知らないで只春の音許り知つてる両総の人の粋は温良の二字に依つて説明される。

省作は其温良な青年である、どうしたつて省作を憎むのは憎む方が悪いとしか思はれぬ、省作は到底春の人である、慚愧不安の境涯にあつても猶悠々迫らぬ趣きがある、省作は泣いても春雨の曇りであつて雪気の時雨ではない。

いやな言を言はれて深田の家を出る時は、何んのといふ気で大手を振つて帰つてきた省作も、家に来て見ると、家の人達からはお前がよくないと許り言はれ、世間では意外に自分を冷笑し、自分がよくないから深田を追出されたやうに噂をする、いつのまか自分でも妙に失態をやつたやうな気になつた、臆病に慚愧心が起つて、世間へ出るのが厭やで堪らぬ、省作の胸中は失意も憂愁もないのだけれど、周囲からやみ雲にそれがある様に取扱はれて、何となし世間と隔てられてしまつた、それで我知らず日蔭者のやうに、七八日奥座敷を出ずに居る、家の人達も省作の心は判然とは解らないが、もう働いたらよからうともえ言はないで好きにさして置く。

　此間におはまは小さな胸に苦労をし乍《なが》ら、おとよ方に往復して二人の消息を取次いだ、省作は長い〳〵二回の手紙を読み、切実でさうして明決なおとよが心線に触れたのである。

　萎れた草花が水を吸上げて生気を得た如く、省作は新たなる血潮が全身に漲るを覚えて、命が確実になつた心持がするのである、

「失態も糸瓜《へちま》もない　世間の奴等が何と言つたて………二人の幸福は二人で作る、二人の幸福は二人で作る、他人の世話にはならない

かう独言を言ひつゝ、省作は感に堪へなくなつて、起つて座敷中をうろ〳〵歩きをするのである、省作はもう腹の中の一切のとゞこほりがとれてしまつて、胸はちやんと定まつた、胸が定まれば元気はおのづから動く。

　翌朝省作は起されずに早く起きた。

「おツ母さん仕事着は

と怒鳴る。

「ウム省作起きたか
「あおッ母さんもう働らくよ
「ウムどうぞま、さうしてくろや、お前に浮かぬ顔して引込んでゐられると、おらな寿命が縮まるやうだつたわ
　中しきりの鏡戸に、づん〳〵足音響かせて早仕事着の兄がやつてきた。
「ウン起きたか省作、えい加減にして土龍《もぐら》の芸当は止めろい、今日はな種井を浚《さら》ふから手伝へ、くよ〳〵するない男らしくもねい
　兄の詞の終らぬ内に省作は素足で庭へ飛び降りた。
　彼岸がくれば籾種を種井の池に浸す、種浸す前に必らず種井の水を汲みほして掃除をせねばならぬ、これは殆ど此地の習慣で一つの年中行事になつてる、二月に入ればよい日を見て種井浚ひをやる　其夜は茶飯位拵へて酒の一升も買ふと極つてる。
　今日は珍らしくおはま満蔵と兄と四人手揃ひで働いたから家中愉快に働いた、此の晩兄は例より酒を過ごしてる。
「省作、今夜はお前も一杯やれい、おらこれでもお前に同情してるど、ウム人間はどんな事があつても元気をおとしちやいけない、何んでも人間の事は元気一つのもんだよ
「兄さんこれでわたしだつて元気があります

「アハヽヽヽヽ、さうかよし一杯つげ

省作も今日は例の穏かな顔に活気が満つてるのだ、二つ三つ兄と杯を交換して、曇りのない笑ひを湛へて居る、兄は省作の顔を見つめて居たが、突然、

「省作お前はなおとよさんと一緒になると決心してしまへ

省作も兄の口から此の意外な言を聞いて、一寸返答に窮した、兄は語を進めて、

「かう言ひ出しからにやおれも骨を折るつもりだど、ウン世間がやかましい………そんな事かまふもんか、おツ母さんもおきつも大反対だがな、隣りの前が悪いとか、深田に対して愧かしいとかいふが、おれが思ふにやそれは足もとの遠慮といふものだ、なお前がこれから深田より更に財産のある所へ養子に往つた処で、それだけでお前の仕合せを保証することは出来ないだらう、よせ〳〵婿にゆくなんどいふ馬鹿な考へはよせ、はま公今一本持つてこ

おはまは笑いながら、徳利を持つて出た帰りしなに、そつと省作の肩をつねつた。

「まあ能く考へて見ろ、おとよさんは少し位の財産に替へられる女ではないど、さうだ無論おとよさんの料簡を聞いて見てからの事だ、今夜はこれで止めて置く、篤《とく》と考へて置け

兄は見掛けに寄らず解つた人であつた、未だ若年な省作が、世間的に失敗した今の境遇を、兄は深く憐んだのである、省作の精神を大抵推知しながら先を越して弟に元

気をつけたのである、省作は腹の中で、しみ〴〵兄の好意を謝した、省作は今が今まで、是程解つてる人で、きつぱりとした決断力のある人とは思はなかつた、省作はもう嬉くて堪らない、誰が何と言つてもと心の内で覚悟を定めてゐた所へ、兄から我思ひの通りの事を言はれたのだから嬉いのが当前だ、省作は有らん限りの力を出して平気を装うて居たけれど、それでもおはまには妙な笑ひをくれられた、省作は昨日の手紙に依つて今夜九時にはおとよの家の裏までゆく約束があるのである。

三

女の念力などいふこと、昔よりいつてる事であるが、さういふことも全くないものとはいはれんやうである。

おとよは省作と自分と二人の境遇を、つく〴〵と考へた上に所詮余儀ないものと諦らめ、省作を手離して深田へ養子にやり、いよ〳〵別れといふ時には、省作の手に涙をふりそゝいで、

「かうして諦らめて別れた以上は、妾《わたし》のことは思ひ棄て、どうぞおつねさんと夫婦仲よく末長く添ひ遂げて下さい、妾は清六の家を去つてから、どいふ分別になるか、それは其時に申上げませう、あゝさうでない、それを申上げる必要はないでせう別れてしまつた以上は

詞には立派に言つて別れたもの、それは神ならぬ人間の本音ではない、余儀ない事情に迫まられ無理に言はせられた表面の口の端《は》に過ぎないのだ。

おとよは独身になつて省作は妻が出来た、諦きらめると詞には言ふても、詞の通りに心はならない、ならないのが当前である、浮気の恋ならば知らぬこと、真底から思ひあつた間柄が理窟で諦らめられる筈がない、たやすく諦らめる位ならば恋ではない。

おとよは意志の強い人だ、強い意志で我が思ひを抑へてゐる、幾ら抑へても只抑へて居るといふだけで、決して思ひは消えない、寧ろ抑へて居るだけ思ひは却て深くなる、一念深く省作を思ふの情は益すことはあるとも減ることはない、話合ひで別れて、得心して妻を持たせ乍ら、猶其男を思つて居るのは理窟に合はない、幾ら理窟に合はなくとも、さういかないのが人間の当前である、おとよ自身も、もう思ふまいもう思ふまいと、心に藻掻いてゐるのだけれど、いくら藻掻いても駄目なのである。

「わたしはまあしやうがないなあ、どうしたらえんだろ、ほんとにしやうがないな

人さへゐなければさういつて溜息をつくのは夜毎日毎のことである、さりとて余所目に見たおとよは、元気よく内外の人と世間話もする、人が笑へば共に笑ひもする、胸に屈托のある素振りは殆ど見えない、近所隣りへ往つた時たまに省作の噂など出たとておとよは色も動かしやしない、却ておとよさんは薄情だねいなど蔭言を聞く位であつた、それ故おとよが家に帰つて二月たゝない内に、省作に対するおとよの噂はい

つ消えるとなしに消えた。

胸に遣るせなき思を包みながら、それだけにたしなんだおとよは、えらいものであるが、見る人の目から見れば決して解らぬのではない。

燃えるやうな紅顔であつたものが、漸くあかみが薄らいでゐる、白い部分は光沢を失つて稍青みを帯んでゐる、引締つた顔がいよ〳〵引締つて、眼は何となし曇つてゐる、これを心に悩みあるものと解らないやうでは恋の話は出来ない。

それのみならず、おとよは愛想のよい人で誰と話しても能く笑ふ、能く笑ふけれどそれは真からの笑ひではない、只おはまが来た時に許り、真に嬉しさうな笑ひを見せる、それはどういふ訳かと聞かなくても解らう、それでおはまが帰へる時には、どうかすると涙を落すことがある。

それならばおはまを捕へて、省作の話許りするかと見るに決してさうでもない、省作の話は寧ろ余りしたがらない、いつでも少し立入つた話になると、もうおよしと言つてしまふ、直接には決して自分の心持を言はない、又省作の心を聞かうともせぬ、其の癖省作の事に就ては僅かな事にまで想像以外に神経過敏である、深田の家は財産家であるとか、省作は深田の家の者に気に入られてゐるとか、省作は元気よく深田の家に働いて居るとか、省作は余り自分の家へ帰つてこないとか、こんな噂を聞かうものなら、何遍同じ噂を聞いても、人の前に居られなくなつて、何んとか言つて寝てしまふのが常である、そりやおとよの事故、勿論人の目に止まるやうなことはせぬ、でさういふ所に意思を労するだけおとよの苦痛は一層深いことも察せられる、固より勝気な女の持前として、おとよが彼是言ふたから省作は深田に居ないと世間から言はれてはならぬと、極端に力を入れてそれを気にしてゐた、それであるから姉妹も啻《たゞ》ならぬ程睦ましい、おはまがありながら別後一度も、相思の意を交換した事はない。

表面頗《すこぶ》る穏かに見えるおとよも、其心中には一分間の間も、省作の事に苦労の絶ゆることはない、これほどに底深く力強い思ひの念力、それがどうして省作に伝はらずにゐやう。

省作は何事も敏活にはやらぬ男だ、自分の意志を口に現はすにも行動に現はすにも手間のとれる男だ、思ふ事があつたつて、すぐにそれを人に言ふやうな男ではない、それ故おとよの事に就ては随分考へて居つても、それをお浜にすら話さなかつた、殊に以前の単純の時代と反対に、自分には兎に角妻といふものが出来、一方には元の恋中の女が独身で居て、然かもどうやら自分の様子に注意して居るらしく思はれる境涯、年若な省作には余りに複雑過ぎた位置である、感覚の働きが鈍ぶつた訳ではないけれど、感覚の働きがまごついてゐるやうな状態にある、省作は丸で自分の体が宙に釣られてる思ひがしてゐる、かう言ふ時には必ず他の強い勢力を感じ易い、おとよの念力が極々細微な径路を伝はつて省作を動かすに至つた事は理窟に合つてゐる。

「おとよさんは、わたしがいくとそりや嬉しがるの、いくたびにさうなの、人が居ないとわたしを抱いてしまふの、それでわたしが帰へる時にはどうかすると涙をこぼすの

おはまから是れだけの言を聞いた許りで、省作はもう全身の神経に動揺を感じた、此時最早省作は深田の婿でなくなつて、例の省作の事であるから、それを俄かに行為の上に現はしては来ないが、吾が身の進転を自ら抑へる事の出来ない傾斜の滑道に這入つて終つた。

こんな事になるならば、おとよはより早く、省作と一緒になる目的を以て清六の家を去ればよかつた、さうすれば省作も人の養子などに往く必要もなく、無垢な少女おつねを泣かせずにも済んだのだ、此の解り切つた事を、さうさせないのが今の社会である、社会といふものは意外馬鹿なことをやつて居る、自分が其拘束に苦み切つて居ながら、依然として他を拘束しつゝある。

四

土屋の家では、省作に対するおとよの噂さもいつのまにか消えたので大に安心して居たところ、今度省作が深田から離縁されてそれも元はおとよとの関係からであると評判され、二人の噂は再び近村界隈の話草になつたので、家中顔合せて弱わつてる、

おとよの父は評判の六づかしい人であるから、此頃は朝から苦虫を食ひつぶしたやうな顔をして居る、おとよの母に対してはこれからは、あのはまのあまなんぞ寄せつけてはならんぞと怒鳴つた。

おとよはそれらの事を見ぬふり聞かぬふりで平気を装うてゐるけれど、内心の動揺は一通りでない、省作がいよ〳〵深田を出てしまつたと、初めて聞いた夜は殆ど眠らなかつた。

思慮に富めるおとよは早くも分別してしまつた、自分には迚ても省さんを諦めきれない、諦められないことは知れてゐながら、余儀ないはめになつて諦らめやうとしたもの丶、駄目であつたのだから、もうどうしたつて諦められはしない、今が思案の定め時だ、茲で覚悟を極めてしまはねば、又どんな事にならうも知れない、省さんの心も大抵知れてる、深田に居ないところで省さんの心も大抵知れてる、おとよは独りで莞爾《にっこ》り笑つて、きつぱり自分だけの料簡を定めて省作に手紙を送つたのである。

省作は固より異存のありやうがない　返事は簡単であつた。

深田に居られないのもおとよさん故だ、家に帰つて活き返つたのもおとよさん故だ、もう毛の尖程も自分に迷ひはない、命の総てをおとよさんに任せる。

かういふ場合に意志の交換だけで、日を送つて居られる位ならば、交換した詞は偽りに相違ない、抑へられた火が再び燃え起つた時は、勢ひ前に倍するのが常だ。

其のきさらぎの望月の頃に死たいと誰かの歌がある、これは十一日の晩の、然かも月の幽かな夜更である、おとよは吾家の裏庭の倉の庇《ひさし》に洗濯をやつて居る。

こんな夜深になぜ洗濯をするかといふに、風呂の流し水は何かの訳で、洗ひ物が能く落ちる、それに新たに湯を沸す手数と、薪の倹約とが出来るので、田舎のたまかな家では能くやる事だ、此の夜おとよは下心あつて自分から風呂もたてゝしまひの湯の洗濯にかこつけ、省作を待つのである。

おとよが家の大体をいふと、北を表てに県道を前にした屋敷構へである、南の裏庭広く、物置や板倉が縦に母屋に続いて、短冊形に長がめな地なりだ、裏の行きとまりに低い珊瑚樹の生垣、中程に形許りの枝折戸、枝折戸の外は三尺許りの流れに一枚板の小橋を渡して広い田圃を見晴らすのである、左右の隣家は椎森の中に萱屋根が見える、九時過ぎにはもう起てるものも少なく、真に静に穏かな夜だ、月は隣家の低い森の上に傾いて、倉も物置も庇から上に許り月の光がさしてゐる、倉の軒に迫つて繁げれる梅の樹も、上半の梢に許り月の光を受けてゐる。

おとよは今其倉の庇、梅の根元に洗濯をして居る、うつすら明るい梅の下に真白い顔の女が二つの白い手を動かしつゝ、ぽちや〳〵水の音をさせて洗物をして居るのである、盛りを過ぎた梅の花も芬《かを》りは今が盛りらしい、白い手の動くにつれて梅の芬りも漂ひを打つかと思はれる、余所目に見るとも胸躍りしさうな此の風情を、吾が恋人のそれと目に留つた時、どんな思ひするかは、他人の想像し得る限りでない。

おとよはもう待つ人のくる刻限と思ふので、屢洗濯の手を止めては枝折戸の外へ気を配る、洗濯の音は必ず外まで聞える筈であるから、省作がそこまでくれば躊躇する訳はない、忍びよる人の足音をも聞かんと耳を澄ませば、夜は漸く更けていよ〳〵静かだ。

表通りで夜番の拍子木が聞える、隣り村らしい、犬の遠吠も聞える、おとよは最早殆ど洗濯の手を止め、一応母屋の様子にも心を配つた、母屋の方では家其物まで眠つてゐる如く全くの寝静まりとなつた、おとよはもう洗ひ物には手が着かない、起つてうろ〳〵する、月の様子を見て梅の芬りに気づいたか、

「お、えい芬り

そつと一こと言つて、枝折戸の外を窺ふ、外には草を踏む音もせぬ、おとよは吾が胸の動気をまで聞きとめた、九十九里の波の遠音は、かういふ静かな夜にも、どう〳〵どう〳〵と多くの人の睡りをゆすりつゝ鳴るのである、さすがにおとよは落ちつきかね我れ知らず溜息を吐く。

「おとよさん

一こゑ極めて幽かながら紛るべくもあらぬ其人である、同時に枝折戸は押された、省作は俄かに寒け立つてわな〳〵する、おとよも同じやうに身顫ひがでる、這般《しやはん》の消

息は解し得る人の推諒に任せる。

「寒いことねい

「待つたでせう

おとよはそつと枝折戸に鍵をさし、物の陰を縫うて其恋人を用意の位置に誘うた。

おとよは省作に別れて丁度三月になる、三月の間は長いとも短いともいへる、悲しく苦しく不安の思ひで過ごさば、僅か百日に足らぬ月日も随分長かつた思ひがしやう、二人にとつての此の三月は、変化多き世の中にも一寸例の少ない並ならぬ三月であつた。

身も心も一つと思ひあつた二人が、全くの他人となり、然かも互に諦められずに居ながら、長く他人にならんと思ひつ、暮した三月である。

吾が命は吾が心一つで殺さうと思へば、慥《たし》かに殺すことが出来る、吾が恋は吾が心一つで決して殺すことは出来ない、吾が心で殺し得られない恋を強ひて殺さうとか、つて遂に殺し得られなかつた三月である。

乍併《しかしながら》三月の間は長く感じたところで数は知れてゐる、人の夫と我が夫との相違は数を以ていへない隔りである、相思の恋人を余儀なく人の夫にして近くに見て居つたといふ悲惨な経過を取つた人が、漸く春の恵みに逢うて、新らしき生命を授けられ、梅花月光の契りを再びする事になつたのはおとよの今宵だ、感極つて泣く位のことではない。

おとよは只もう泣く許りである、恋人の膝にしがみついたまゝ泣いて泣いて泣くのである、おとよは省作の膝に、省作はおとよの肩に互に頭をつけ合つて一時間の其余も泣き合つてゐた。

固より灯のある場合ではない、頭はあげても顔見合すことも出来ず只手をとり合うて居る許りである。

「省さんわたしは嬉しい
やう〳〵一こと言つたが、おとよは又泣き伏すのである。

「省さんあとから手紙で申上げますから、今夜は思ふさま泣かして下さい
しどろもどろにおとよは声を呑むのである、省作はたうとう一語も言ひ得ない。

悲しくつらく玉の緒も断えん許りに危かりし悲惨を免れて、僅に安全の地に、なつかしい人に出逢うた心持であらう、限りなき嬉しさの胸に溢れると等しく、過去の悲惨と烈しき対照を起し、悲喜の感情相混交して激越を極むれば、誰れでも泣くより外はなからう。

相思の情を遂げたとか恋の満足を得たとかいふ意味の恋は抑も恋の浅薄なるものである、恋の悲みを知らぬ人には恋の味は話せない。

泣いて泣いて泣きつくして別れた二人には、又迚ても言ひ表はすことの出来ない嬉

しさを分ち得たのである。

五

翌晩省作からおとよの許に手紙がとどいた。

前略お互に知れきつた思ひを今更話合ふ必要もない筈ですが、何だかわたしは只おとよさんの手紙を早く見度てならない、わたしの方からも一刻も早く申上度いと存じて筆を持つても、何から書いてよいか順序が立たないです。

昨夜は実に意外でした、どうせしみ〴〵と話の出来る場合ではないですけれど、少しは話もしたかつたし、それにわたしはおとよさんを悦ばせる話も持つて居たのです、溜りに溜つた思ひが一時に溢れた故か、只おど〳〵して咽せて胸の内は無茶苦茶になつて、何の話も出来なく、折角おとよさんを悦ばせやうと思つてた話さへ、思ひださずに了つたは、自分ながら実に意外でした、乍併胸一ぱいに痞《つか》へて苦くて堪らなかつた思ひを、二人で泣いて一度に泣き流したのですから跡の愉快さは筆にはつくせません、これはおとよさんも同じことでせう、昨夜おとよさんに別れて帰るさの愉快は、まるで体が宙を舞つて流れるやうな思ひでした、今でも未だ体がふわ〳〵浮いてるやうな思ひで居ります、私のやうな仕合せなものはないと思ふと嬉くて嬉くて堪りません。

これから先どういふ風にして二人が一緒になるかの相談はいづれ又逢つての上にしませう、あなたを悦ばせやうと申した事は、母や姉は随分不承知なやうですが、肝心な兄は「お前はおとよさんと一緒になると決心しろ」と言うてくれたのです、兄は元からおとよさんが大変気に入りなのです、もう私の体は大した故障もなくおとよさんのものです、ですから私の方は、今あせつて心配しなくともよいです、それに二人に就て今世間が少しやかましいやうですから、こゝ暫く落ちついて時を待ちませう、其れにしてもおとよさんには又おとよさんの考へがありませう、おうちの都合はどんな風ですかそれも聞き度いし、わたしはおとよさんの手紙を早く見たい。

省作の手紙はどこまでも省作らしく暢気なところがある、其又翌日おとよから省作に手紙をだした。

妾《わたし》から先にと思ひましたに、まづあなた様よりのお手紙で、妾は酔はされて了ひました、出しては読み出しては読み、差上げる手紙を書く料簡もなく、昨夜一ばん埒もなく過ごしました、先夜はほんとに失礼致しました、只悲しくて泣いた事を夢のやうに覚えてる許り外の事は何も覚えてゐません、あとであんまり失礼であつたと思ひました、それもこれも悲しさ嬉しさ一度に胸にこみ合ひ止め度なくなつた故と御赦し被下度、省さま妾は此頃無せうと気が弱くなりました、あなたさまの事を思へば直ぐ涙が出ますの、それに就けても有難いお兄様のお詞、あなたさまの方はそれで安心が出来ます。

妾の考へには深田の手前秋葉の手前（清六の家）あなたのお家にしても妾の家にしても、私共二人が見すぼらしい暮しを近所にして居つたでは、何分世間が悪いでせう、して見れば二人はどうしても故郷を出退く外ないと思ひます、精しくはお目にかゝつての事ですが東京へ出るがよいかと思ひます。

それに就ても妾の家ですが、御承知のとほり親父は誠に片意地の人ですから、迚ても妾の言ふことなどは聞いてくれさうもありませぬ、それに昨今どうやら妾の縁談ばなしがある様子に見えます、又間違ひの起らぬうちに早くといふやうな事をちらと聞きました、何といふ情けない事でせう、省さんが一人の時分には妾に相手があり妾が一人になれば省さんに相手がある、今度漸く二人がかうと思へば、直ぐに妾の縁談妾は身も世もあらぬ思ひ、生きた心はありません。

けれども省様、此上どのやうな事があらうと妾の覚悟は動きませぬ、体はよし手と足と一つ一つにちぎりとらるゝとも妾の心はあなたを離れませぬ。

かうは覚悟してゐますものゝ、いよ〳〵二人一緒になるまでには、どんな艱難を見ることか判りませぬ、何卒妾の胸の中を察して下さいませ、常にも似ず愚痴許り申上失礼致候、こんな事申上ぐるにも心は慰み申候、それでも省さまといふ人のある妾決して不仕合せとは思ひませぬ。

種蒔の仕度で世間は忙しい、枝垂柳もほんのり青みが見える様になつた、彼岸桜の咲くとか咲かぬといふ事が話の問題になる頃は、都でも田舎でも、人の心の最も浮立つ期節である。

某の家では親が婿を追出したら、娘は婿について家を出てしまつた、人が仲裁して親はかへすといふに今度は婿の方で帰らぬといふとか、某の娘は他国から稼ぎに来てる男と馴合つて逃出す所を村界で兄に抑へられたとか、小さな村に話の種が二つも出来たので、固より浮気ならぬ省作およよの恋話も、新らしい話に入り換つて了つた。

六

珊瑚樹垣の根には蕗の薹《たう》が無邪気に伸びて花を咲きかけてゐる、外の小川には処々隈取りを作つて芹生が水の流れを狭めてゐる、燕の夫婦が一番ひ《ひとつが》何か頻りと語らひつゝ苗代の上を飛び廻つてゐる、かぎろひの春の光り、見るから暖かき田圃の遠ちこち、二人三人組をなして耕すもの幾組、麦冊《むぎさく》をきるもの菜種に肥を注ぐもの、田園漸く多事の時である、近き畑の桃の花垣根の端の梨の花、昨夜の風に散つたものか、苗代の囲りには花びらの小紋が浮いて居る、行儀よく作られた苗坪は早一寸許りの厚みに緑を盛上げて居る、燕の夫婦はいつしか二番ひになつた、時々緑の短冊に腹を擦つて飛ぶは何の為めか、心長閑かに此の春光に向かはゞ、詩人ならざるも暫く世俗の紛《ふん》紜《うん》を忘れ得べきを、春愁堪へ難き身のおとよは、とても春光を楽むの人ではない。

男子家にあるもの少く婦女は養蚕の用意に忙しい、おとよは今日の長閑かさに蚕籠を洗ふべく、嘗て省作を迎へた枝折戸の外に出て居るのである、抑へ難き憂愁を包む身の、洗ふ蚕籠には念も入らず幾度も立つては田圃の遠くを眺めるのである、茲から南の方へ十町許り、広い田圃の中に小島のやうな森がある、そこが省作の村である、木立の隙間から倉の白壁がちら〳〵見える、それが省作の家である。

おとよは今更の如く省作が恋しく、紅涙頰に伝はるのを覚えない。

「省さんはどうして居るかしら、手紙のやりとり許りで心細くて仕様がない、かうしてお家も見えてゐるのに、兄さんは二人一緒になると決心しろつて今でもさう思つてゝ下さるのかしら

おとよは口の底でかういつて省作の家を見てるのである、縁談の事も愈ゝ事実になつて来たらしいので、おとよは俄に省作に逢ひ度くなつた、逢つて今更相談する必要はないけれど、苦しい胸を話したいのだ、十時も過ぎたと思ふに蚕籠は未だいくつも洗はない、おとよは思ひ出したやうに洗ひ始める、恰好のよい肩に何かしらぬ海老色の襷《たすき》をかけ、白地の手拭を日よけに冠つた、顋の辺の美しさ、美しい人の憂へてる顔は可哀想で堪らないものである。

「おとよさんおとよさん

呼ぶのは嫂お千代だ、おとよは返辞をしない、しないのではない出来ないのだ、何の用で呼ぶかといふ事は解つてるからである。
「おとよさんおとツつさんが呼んでゐますよ
枝折戸の近くまで来てお千代は呼ぶ。
「ハイ
おとよは押出した様な声で漸くの事返辞をした、十日許り以前から今日あることは判つて居るから充分の覚悟はしてゐるものゝ、今更に腹の煮切る思ひがする。
「さあおとよさん一緒にゆきませう
お千代は枝折戸の外まできて、
「まあえい天気なこと
お千代は気楽に田圃を眺めて、只ならぬおとよの顔には気がつかない、おとよは余儀なく襷をはづし手拭を採つて二人一緒に座敷へ上る、待ちかねてゐた父は、独りで元気よくにこ〳〵しながら、
「おとよ茲《こゝ》へきてくれおとよ
「ハア
おとよは平生でも両親に叮嚀な人だ、殊に今日は話が話と思ふものから一層改まつて、畳二畳半許り隔てゝ父の前に坐した、紫檀の盆に九谷の茶器根来の菓子器、念入

りの客なことは聞かなくとも解かる、母も座に居つて茶を入れ直してゐる、おとよは少し俯向きになつて膝の上の手を見詰めて居る、平生顔の色など変へる人ではないけれど、今日はさすがに包みかねて、顔に血の気が失せ殆ど白蠟の如き色になつた。
自分独りで勝手な考へ許りしてる父はおとよの顔色などに気はつかぬ、さすがに母は見咎めた。
「おとよお前どうかしたのかい、大へん顔色が悪い
「え丶どうもしやしません
「さうかいそんならえいけど
母は入れた茶を夫のと娘のと自分のと三つの茶椀についで配り、座について其話を聞かうとして居る。
「おとよ外の事ではないがの、お前の縁談の事に就てはづれの旦那が来てくれて今帰られた処だ、お前も知つてるだらう、早船の斎藤よ、あの人にはお前も一度位逢つた事があらう、お互に何もかも知れきつてる間だから、誠に苦なしだ、此月初めから話があつての、向うで言ふにやの、おとよさんの事は能く知つてる、只おとよさんが得心して来てくれさへすれば、来た日からでも身上の賄もして貰ひたいっての、それは執心な懇望よ、向うは三度目だけれどお前も二度目だからそりや仕方がない、三度目でも子供がないから初縁も同じだ、一度あんな所へやつてお前にも気の毒であつたか

ら、今度は判つてるが念の為に一応調べた、負債などは少しもない、地所はうちの倍ある。一度は村長までした人だし、まあお前の婿にして中分のないつもりぢや、お前はあそこへゆけば此上ない仕合せとおれは思ふのだ、それでもう家中異存はなし、今はお前の挨拶一つで極るのだ、はづれの旦那はもうちやんと極つたやうなつもりで帰られた、おとよ、よもやお前に異存はあるまいの

おとよは人形のやうになつてだまつてる。

「おとよ異存はねいだの、なに結構至極な所だから極めて了つてもよいと思つたけど、お前は六づかしやだからな、かうして念を押すのだ、異存はないだらう

まだおとよは黙つてる、父も漸く娘の顔色に気づいて、むつとした調子に声を強め、「異存がなけら極めてしまふど、今日中に挨拶と思うたが、それも何かと思うて明日中に返辞をする筈にした、お前も異存のある筈がないぢやねいか、向うは判りきつてる人だもの

おとよは漸く体を動した、ふるへる両手を膝の前へ突いて、

「おとツつさんわたしの身の一大事の事ですから、どうか挨拶を三日間待つて下さい

…………

おとよは稍ゝふるへ声でかう答へた、さすがに初めからきつぱりとは言ひかねたのである、おとよの父は若い時から一酷もので、自分が言ひだしたら跡へは引かぬとい

ふことを自慢にしてきた人だ、年をとつてもなか〳〵其性は止まない、おれは言ひだしたら引くのはいやだから、成べく人の事に口出しせまいと思つてると言ひつゝ、余り世間へ顔出しもせず、家の事でも、さういふつもりか若夫婦のやる事に容易に口出しもせぬ、さういふ人であるから、自分の言つたことが、聞かれないと執念深く立腹する、今おとよの挨拶ぶりが、不承知らしいので内心もう非常に激昂した、殊に省作の事があるから一層怒つたらしく顔色を変へて、おとよを疾視《ねめ》つけてゐたが暫くしてから、

「ウムそれではきさま三日立てば承知するのか

おとよは黙つてゐる。

「とよ黙つてゝはわかんね、三日立てば承知するかと言ふんだ、なアおとよ、吾が娘ながらお前は能く物の解かる女だ、かうして、おれ達が心配するのも、皆お前の為めを思うての事だど

「おとツつさんの思召しは難有く思ひますが、一度わたしは懲りてゐますから、今度こそ吾身の一大事と思ひます、どうぞ三日の間考へさして下さい、承知するともしないとも此の三日の間にわたしの料簡を定めますから

父は今にも怒号せんばかりの顔色であるけれど、問題が問題だけにさすがに怒りを忍んでゐる。

「こちから明日中に確答すると言つた口上に対し又二日間挨拶を待つてくれといふことが言へるか、明日中に判らぬことが、二日延べたとて判る道理があんめい、そんな人を馬鹿にした様な言を人様にいへるか、いやとも応とも明日中には確答してしまはねばならん

おとよ何とかもう少し考へやうはないか、両親兄弟が同意でなんでお前に不為を勧めるか、先度は親の不注意もあつたと思へばこそ、是非斎藤へはやりたいのだ、どこから見たつて不足を言ふ点がないではないか、生ま若いものであると料簡の見留めもつき悪くいが斎藤ならばもう安心なものだ、どうしても承知が出来ないか

父は沸える腹をこらへ手を握つて諭すのである、おとよは瞬きもせず膝の手を見つめたまゝ黙まつてゐる、父は最早堪りかねた。

「愈ゝ不承知なのだな、きさまの料簡は知れてるわ、直ぐにきつぱりと言へないから、三日の間などゝぬかすんだ、目の前で両親をたばかつてやがる、それでなんだな、きさまは今でもあの省作の野郎と関係してゐやがるんだな、ウヌ生巫山戯《ふざけ》て…………親不孝ものめが、此上にも親の面に泥を塗るつもりか、ウヌよくも…………

おとよは泣き伏す、父はこらへかねた憤怒の眼を光らしいきなり立上つた、母もあわてゝ立つてそれにすがりつく。

「お千代やお千代や………早くきてくれ

お千代も次の間から飛んできて父を抑へる、お千代は漸く父をなだめ、母はおとよを引き立て、別間へ連れこむ、此場の騒ぎは一とまづ済んだが、話は此の儘済むべきではない。

七

おとよの父は平生殊におとよを愛し、おとよが一番能く自分の性質を受け継いだ子で、女ながら自分の話相手になるものはおとよの外にないと信じ、兄の佐介よりは却ておとよを頼母しく思つてゐたのである、おとよも父とは能く話が合ひこれまで殆ど父の意に逆らつた事はなかつた、おとよに省作との噂さが立つた時など母は大に心配したに係らず、父はおとよを信じとよに限つて決して親に心配を掛けるやうな事はないと、人の噂にも頓着しなかつた、果して省作は深田の養子になりおとよも何の事なく帰つてきたから、やつぱり人の悪口が多いのだと思うてゐた処、此上もない良縁と思ふ今度の縁談につき、意外にもおとよが強固に剛情な態度を示し、それも省作との関係に依ると見てとつた父は、自分の希望と自分の仕合せとが、根柢より破壊せられた如く、落胆と憤懣と慚愧と一時に胸に湧き返つた。

さりとて怒つて許りも居られず、憎んで許りも居られず、忌ま〱しく片意地に疳張つた中にも娘を愛する念も交つて、賢いやうでも年が若いから一筋に思ひこんで迷つてるものと思へば不愍《ふびん》でもあるから、それを思ひ返へさせるのが親の役目との考へもないではない。

夕飯過ぎた奥座敷には、両親と佐介と三人火鉢を擁してゐても話にはづみがない。

「困つたあまつ子が出来てしまつた

天井を見て嘆息するのは父だ。

「おとよはおとツつさんの気に入りつ児だから、おとツつさんの言ふことなら聞きさうなものだがな

「お前こんな話の中でそんなこと言ふもんぢやねいよ

「とよは一体おれの言ふことに逆らつたことはないのに、それに此の上ないえい嫁の口だと思ふのに、あんな風だから、そりや省作の関係からきてるに違ひない、お前女親でゐながら、少しも気がつかんといふことがあるもんか

「だつてお前さん、省作が深田を出たといつてから未だ一月位にしかならないでせう、それですからまさか其間にそんな事があらうとは思ひませんから

「おツ母さん人の噂では省作が深田を出たのはおとよの為だと言ひますよ

「ほんとにさうか知ら

「実に忌まく〵しいやつだ、婿にも貰へず嫁にもやれずといふ男なんどに情を立てゝ、どうするつもりでゐやがるんだろ、そんな馬鹿ではなかつたに、惜しい縁談だがな、

断つちまふ、明日早速断わる、それにしてもあんなやつ、外聞悪くて家にや置けない、早速どつかへ遣つちまへ、忌ま〱しい
「だつておまへさん、まだはつきりいやだと言つたんぢやなし、明日中に挨拶すればえいですから、猶よくあれが胸も聞いて見ませう、それに省作との関係もです、嫁にやるやらぬは別としても糺さずに置かれません
「なあに駄目だ〱あの様子では………人間も馬鹿になればなるものだ、つく〲呆れつちまつた、どういふもんかな、世間の手前もよし、あれの仕合せにもなるし、向うでは懇望なのだから、残念だなあ
父はよく〱嘆息する。
「だから今一応も二応も言ひ聞せて見て下さいな
「おとよの仕合せだと言つても、おとよがそれを仕合せだと思はないで、たつていやだと言ふなら、そりやしやうがないでせう
「だれの目にも仕合せだと思ふに、それをいはれもなく、両親の意に背くやうな、そんな我儘はさせられないよ
「させられないたつておツ母さんしやうがないよ
「佐介馬鹿いひをするな、おまへなどまでも、そんな事いふやうだから、こんな事にもなるのだ

「吾身の一大事だから少し考へさして下さいと言ふのを、なんでかでもすぐ承知しろと言ふのはちつと非度いでせう

「それでは佐介きさまもとよを斎藤へやるのは不同意か

「不同意ではありませんけれどそんなに厭やだと言ふならと思ふんです、おとよの肩を持つて言ふんぢやありません、おとツつさんのは言ひ出すとすぐ片意地になるから困る

「なに…………なにが片意地なもんか、とよのやつの厭やだと言ふにや曰くがあるから、厭やだとは言はせられないんだ、

「佐介もうおよしよ、これでは相談にはなりやしない、ねいおまへさんお千代が能くあれの胸を聞く筈ですから、此話は明日にして下さい、湯がさめてしまつた佐介茶にしろよ

父は益〻六づかしい顔をして居る、なるほど平生おれに片意地なところはある、あるけれども今度の事は自分に無理はない　されば家中悦んで、滞りなく纏まる事と思ひの外、本人の不承知佐介も乗り気にならぬといふ次第で父は劫が煮えて仕方がない、知らず〳〵片意地になりかけてゐる、呆れつちまつたどうしてあんなに馬鹿になつたか、もう駄目だ断わつてしまふ、かう口には言つても、自分の思ひ立つた事を、どんな場合にも直ぐ諦らめてよす様な人ではない、いろ〳〵理窟を捻くつて根気よく初志

を捨てないのが此人の癖である、おとよは是れからつらくなる。
お千代はそれほど力になる話相手ではないが悪気のない親切な女であるから、嫁小姑の仲でも二人は仲よくしてゐる、それでお千代は親切に真におとよに同情して、かうなつて隠したではよくないから、包まず胸を明かせとおとよに言ふ、おとよもさうは思つてゐたのであるから、省作との関係も一切明かしたうへ、
「妾は不仕合せに心に染ない夫を持つて、言ふに言はれないよく〳〵厭やな思ひをしましたもの、懲りたのなんのつて言ふも愚かなことで………何んの為に夫を持ちます、妾は省作といふ人がないにしても、心の判らない人などの所へ二度とゆく気はありません、此の上妾が料簡を換へて外へ縁づくなら、妾のした事はみんな淫奔になります、妾の為め〳〵と心配して下さる両親の意に背いては、誠に済まない事と思ひますけれど、これ許りは神様の計らひに任せて戴きたい、姉さんどうぞ勘忍して下さい、妾の我儘には相違ないでせうが、妾はとうから覚悟を極めてゐます、今更らどのやうな事があらうと脇目を振る気はないんですから
お千代は訳もなくおとよの為に泣いて、真からおとよに同情してしまつた、其夜の内にお千代は母に話し母は夫に話す、燃えるやうなおとよの詞も、お千代の口から母に話す時は、大半熱はさめてる、更に母の口から父に話す時は、全く冷静な説明になつてる。

「なんだつて………茲で嫁に出れば淫奔になるつて………、馬鹿々々しい、てめいのしてる事が大の淫奔ぢやねいか　親不孝者めが其儘にしちや置けねい、兎に角明日の事といふ事で此夜はお終になつた。

八

朝飯になるといふにおとよは未だ部屋を出ない、お千代が一人で働いて、家中に御ぜんをたべさせた、学校へゆく二人の兄妹に着物を着せる　座敷を一通り掃除する、其内に佐介は鍬を肩にして田へ出てしまふ、お千代はそつとおとよの部屋へ這入つて、「おとよさん今日はゆつくり休んでおいでなさい、蚕籠は私がこれから洗ひますからさういはれても、おとよはさすがに寝ても居られず部屋を出た、一晩の内にも痩せが目につくやうである、父は奥座敷でぽん〳〵煙草を吸つて母と話をして居る、おとよは気が引ける訳もないけれども、今日は又何といはれるのかと思ふと胸がどきまぎして朝飯につく気にもならない、手水をつかひ着物を着替へて、其儘お千代が蚕籠を洗つてる所へ往かうとすると、

「おとよ

と呼ぶのは母であつた、おとよは昨日と稍同じ位置に座につく。

「おはようございます

とかすかに言つて、両親の詞をまつ、我が親ながら顔見るのも怖ろしく俯向いてゐるのである、罪人が取調べを受ける時でも、これだけの苦痛はなからうと思はれる、おとよは胸で呼吸をして居る。

「おとよ………お前の胸はお千代から聞いて、すつかり解つた、親の許さぬ男と固い約束のあることも判つた、お前の料簡は充分に判つたけれど、能く聞けおとよ…………こゝにかうして並んでる二人は、お前を産んでお前を今日まで育てた親だぞ、お前の料簡にすると両親は子は育てゝも其の子の夫定《つまさだめ》には口出しが出来ないと言ふことになるが、そんな事は西洋にも天竺にもあんめい、そりや親だもの、可愛子の望みとあれば出来ることなら望みを遂げさしてやりたい、かうしてお前を泣かせるのも決して親自身の為めでなく皆なお前の行末思うての事だ、えいか、親の考へだから必ずえいとは限らんが、親は年をとつていろ〳〵経験がある、お前は賢くても若い、それで我子の思ふやうに許りさせないのは、これも親として一つの義務だ、省作だつて悪い男ではあんめい、悪い男ではあんめいけど、向うも出《で》る人おまへも出《で》る人、事が始めから無理だ、許すに許されない二人の内所事だ、いはゞ親の許さぬ淫奔といふものでないか、えいか

おとよは此時はら〳〵と涙を膝の上に落した、涙の顔を拭くはうともせず、唇を固く結んで頭を下げてゐる、母も可哀想になつて眼は潤るんでゐる。

「省作の家にしろ家《うち》にしろ、深田への手前秋葉への手前、お前達の淫奔を許しては第一家の面目が立たない、今度の斎藤に対しても、実に面目もない事でないか、お前達二人は好いた同士でそれでえいにしても、親兄弟の迷惑をどうする気か、おとよお前は二人さへよければ親兄弟などはどうでもえいと思ふのか、出来た事は仕方ないとしても、どうしてそれが改めてくれられない、省作への義理があらうけれど、それは人を以て話しの仕様はいくらもある、これまでは親兄弟に対して能く筋道の立つてたお前、此位の道理の聞き判らないお前ではなかつたに、どうもおれには不思議でなんねい、おれはよんべちつとも寝なかつた

かう言つて父も思ひ迫つた如く眼に涙を浮べた、母はとうから涙を拭うてゐる、おとよは固より苦痛に身をさゝへかねてゐる。

「それもこれもお前が心一つを取直しさへすれば、おまへの運は勿論、家の面目も潰ぶさずに済むといふものだ、省作とてお前がなければ又えい所へも養子に行けやう、万方都合よくなるではないか、こゝをなおとよ篤《とく》と聞き別けてくれ、理の解らぬお前でないのだから

父の詞がやさしくなつて、おとよのつらさはいよ〳〵せまる、おとよも言ひたいことが胸先につかへてゐる、自分と省作との関係を一口に淫奔といはれるは実に口惜しい、さりとて両親の前に恋を語るやうな蓮葉はおとよには死ぬとも出来ない。

「おとツつさんの仰しやるのは一々御尤もで、重々妾が悪うございますが、おとツつさんどうぞお情けに親不孝な子を一人捨て丶下さい………

おとよはもう意地も我慢も尽きて終ひ、声を立てて泣き倒れた、気の弱い母は、

「そんならお前のすきにするがえいや、

「ウム立派に剛情を張りとほせ、そりやつらい処もあらう、けれども両親が理を分けての親切、少しは考へやうも有りさうなもんだ、理も非もなくどこまでも、我儘をとほさうといふ料簡か、よしそんなら親の方にも又料簡がある

かういひ放つて父は足音荒く起つて出てしまふ、無論縁談は止めになつた。

省作といふものがなくて、おとよが只斎藤の縁談を避けたのみならば、片意地な父もさうまで片意地を言ふまいが、人の目から見ればどうしてもおとよが、好きな我儘をとほした事になるから、後の治りが六づかしい、父は其後も幾度か義理づめ理窟づめでおとよを泣かせる、殺してしまふと騒いだのも一度や二度でなかつた、只さへ剛情に片意地な人であるに、此事許りは自分の言ふ所が理義明白聊かも無理がないと思ふのに、之れが少しも通らぬのだから、一筋に無念でならぬのだ、これ程明白に判り切つた事をおとよが勝手我儘な私心一つで飽までも親の意に逆らふと思ひつめてるからどうしても勘弁が出来ない、只何といつても吾が子であるから仕方がなく結末がつかない許りである。

おとよは心はどこまでも強固であれど、父に対する態度は又どこまでも柔和だ、只、「妾が悪いのですからどうぞ見捨て、……………

と許り言つてる、悪いと知つたらなぜ親の詞を用ゐぬといへば泣伏してしまふ。

「斎藤の縁談を断つたのはお前の意を通したのだから、今度は相当の縁があつたら父の意に従へと言ふのだ

それをおとよはどうしても、ようございますといはないから、父の言ひ状が少しも立たない、それが無念で堪らぬのだ、片意地ではない、家の為めだとはいふけれど、疳がつのつてきては何もかもない、我意を通したい一路に落ちてしまふ、怒つて呆れて諦めてしまへばよいが、片意地な人は幾ら怒つても諦めて初志を捨てない、元来父はおとよを愛してゐたのだから、今でもおとよを可哀想と思はないことはないけれど、一寸片意地に陥ると吾子も何もなくなる、それで通常は決して無情酷薄な父ではないのである。

おとよは誰の目にも判る程やつれて、此幾日といふもの、晴々した声も花やかな笑も殆どおとよに見られなくなつた、兄夫婦も母も見て居られなくなつた、兄は大抵の事は気にせぬ男だけれど其れでも或時、

「おとツつさんのやうに、さう執念深くおとよを憎くむのは一体解らない、死んでもえいと思ふ位なら、おとよの料簡に任してもえいでせう

かういふと父は
「ウムそんな事いつてさんざん淫奔をさせろ
直ぐさういふのだからどうし様もない、殊にお千代は極端に同情し母にも口説き自分の夫にも口説きして窃《ひそか》に慰藉の法を講じた、自ら進んで省作との間に文通も取次ぎ時には二人を逢はせる工夫もしてやつた。
おとよはどんな悲い事があつても、つらい事もあつても、省作の便りを見、稀にも省作に逢ふこともあれば、悲しいもつらいも、心の底から消え去るのだから、余所目に見る程泣いて許りはゐない、例の仕事上手で何をしても人の二人前働いてゐる。
父は依然として朝飯夕飯の度に、あんな奴を家へ置いては、世間へ外聞が悪るい、早くどこかへ奉公にでもやつて終へといふ、母は気の弱い人だから、心におとよを可哀想と思ひながら、夫のいふ詞に表立つて逆ふことは出来ない。
「おとよを奉公にやれといつたつて、おとよの替りなら並の女二人頼まねぢや間に合はない
いさくさなしの兄は只さういつたなり、そりやいけないとも、さうしやうともいはない、飯が済めばさつさと田圃へ出て終ふ。

九

世は青葉になつた、豌豆《ゑんどう》も蚕豆も元なりは莢《さや》がふとりつゝ花が高くなつた、麦畑は漸く黄ばみかけてきた、鰌《どぢやう》とりのかんてらが、裏の田圃に毎夜八つ九つ出歩るく此頃、蚕は二眠が起きる、農事は日を追うて忙しくなる。

お千代が心ある計らひに依つて、おとよは一日つぶさに省作に逢うて、将来の方向に就き相談を遂ぐる事になつた、それは勿論お千代の夫も承知の上の事である。

爾来殊におとよに同情を寄せたお千代は、実は相談などいふことは第二で、余り農事の忙しくならない内に、玉の緒かけての恋中に、長閑な一夜の睦言を遂げさせたい親切に外ならぬ。

お千代が一緒といふので無造作に両親の許しが出《で》る。

かねて信心する養安寺村の蛇王権現にお詣をして、帰りに北の幸谷《かうや》なるお千代の里へ廻り、晩くなれば里に一宿してくるといふに、お千代の計らひがあるのである。

其日は朝も早めに起き、二人して朝の事一通りを片着け、互ひに髪を結ひ合ふ、おとよと一所といふのでお千代も娘作りになる、同じ銀杏返し同じ袷《あはせ》小袖に帯も稍ゝ似寄つた友禅縮緬、黒の絹張の傘も揃ひの色であつた、緋の蹴出しに裾端折つて二人が庭に降りた時には、きらつく天気に映つて俄かにそこら明るくなつた。

久振りでおとよも曇りのない笑ひを見せながら、猶何となし控目に内輪なるは、聊か気が咎むる故であらう。

籠を出た鳥の二人は道々何を見ても面白さうだ、道端の家に天竺牡丹がある立ち留つて見る、霧島が咲いてる立ち留つて見る、西洋草花がある又立ち留つて見る、お千代は苦も荷もなく暢気だ。

「おとよさんこれ見たえま、おとよさんてば、此の綺麗な花見たえま

お千代は花さへ見れば、そこに立ち留つて面白がる、さうしてはおとよさん見たえまを繰返す、元が暢気な生れで、未だ苦労といふことを味はないお千代は、おとよを折角茲まで連れて来ながら、おとよの胸の中は、なか〳〵道端の花などを立ち留つて見てるやうな暢気でないことまでは思ひ遣れない、お千代は年は一つ上だけれど、恋を語るにはまだ〳〵子供だ。

おとよはせうことなしにおちよの跡について無意識に、まあ綺麗なことまあ綺麗なこと、いひつゝ、撥を合せてゐる、蝙蝠傘を斜に肩にして二人は遊んでるのか歩いてるのか判らぬ様に歩いてる、おとよはもうもどかしくてならないのだ。

おとよは家を出るまではでるのが嬉しく、家を出て暫くは出たのが嬉しかつたが、今は省作を思ふより外に何のことも頭にない、お千代の暢気につれて、心にもない事をいひ面白く感ぜぬ事にも作り笑ひして、うはの空に歩いてゐる、おとよの心には只

省作が見える許りだ、天竺牡丹も霧島も西洋草花も何もかもありやしない。
「省さんは先へいつたのか知ら、それとも未だ跡から来るのか知ら
かう思ふのも心の内だけで、うかりとしてゐるお千代には言うて見やうもなく、時々目をそらして跡を見るけれど、それらしい人も見えない、ぶら〳〵歩けば、却て体はだるい。
「おとよさんもう妾少しくたぶれたわ、そこらで一休みしませうか
お千代の暢気は果しがない、おとよの心は一足も早く妙泉寺へ往つて見たいのだ。
「でもお千代さんこゝは姫島のはづれですから、家の子はすぐですよ、妙泉寺で待合はせる筈でしたねい
かういはれて漸くの事いくらか気がついてか、
「それぢや少し急いでゆきませう
家の子村の妙泉寺は此界隈に名高き寺ながら、今は二王門と本堂のみに、昔の俤を残して境内は塵を払ふ人もない、殊に本堂は屋根の中程脱落して屋根地の竹が見えてる、二人が門へ這入つた時省作は未だ二人の来たのも気づかず、頻りに本堂の周囲を見廻し堂の様子を眺めて居つた、省作は固より建築の事などに、それほどの知識があるのではないけれど、一種の趣味を持つて居る男だけに、一見して此の本堂の建築様式が、他に異なつて居るに心附き、思はず念が這入つて見て居つたのである。

「こんな立派な建築を雨晒しにして置くは非度いなあ、近郷に人のない証拠だ、此の郡の恥辱だ、随分思ひ切つたもんだ、県庁あたりでもどうにかしさうなもんだ、つまり千葉県人の恥辱だ非度いなあ

省作はこんなことを独りで言つて、待合せる恋人がそこまで来たのも知らずに居つた、お千代が、

ポンポン

と手を叩く、省作は振返つて出てくる。

「省さん暢気な風をして何をそんなに見てるのさ

「何さ立派な御堂があんまり荒れてるから

「まあ暢気な人ねい、二人がさつきから茲へきてるのに、ぼんやりして寺なんか見てゐて、二人の事なんか忘れつちやつてゐたんだよ

お千代は自分の暢気は分らなくとも省作の暢気は分るらしい、省作は緩かに笑ひながら二人の所へきた、

思ふこと多い時は却て物はいへぬらしく省作はおとよに物もいはない、おともも顔にうるはしく笑つたきり省作に対して口はきかぬ、只おとよが手に持つ傘を右に左に訳もなく持替てるが目にとまつた、なつかしいといふ形のない心は、お互の詞に依つて疏通せらるゝ場合が多いが、それは尋常の場合に属することであらう。

今省作とおとよとは逢つても口をきかない、お千代が前に居るからといふ訳でもなく、お互に拗戻《すね》てる訳でもない、物を言はなくとも満足が出来たのである、なつかしいといふ形のない心が、詞の便りをからないで満足に抱合が出来たからである。

お千代と省作との間に待つたとか待たないとかいふ罪のない押問答が暫く繰返へされる、身を傾ける程の思ひは却て口にも出さず、そんな埒もなき事をいうて時間を送る、恋はどこまでももどかしく心に任せぬものである、三人は茲で握飯の弁当を開いた。

十

のろい足だなあと二三度省作から小言が出て、午後の二時頃三人は漸く御蛇が池へついた、飽き〳〵するほど日の永い此頃、物考へなどしてどうかすると午前か午後かを忘れる事がある、未だ熱さに苦しむといふほどに至らぬ若葉の頃は、物参りには最も愉快な時である、三人一緒になつてから、おとよも省作も心の片方に落ちつきを得て見るものが皆面白くなつてきた、おのづから浮き〳〵してきた、目下の満足が楽しく、遠い先の考へなどは無意識に腹の隅へ片寄せて置かれる事になつた。

これが省作おとよの二人許りであつたらば、かうはゆかなかつたかも知れない、そこにお千代といふ、はさまりものがあつて、一方には邪魔なやうな処もあるが、一面にはそれが為にうまく調子がとれて、極端に陥らなかつた為め、思つたよりも今日の遊びが愉快になつた、初めはお千代の暢気が目についたに、今は三人稍〻同じ程度に暢気になつた、乍併《しかしながら》省作およの二人には別に説明の出来ない愉快のあるは勿論である、物の隅々に溜つてゐた塵屑を綺麗に掃出して掃除したやうに、手も足も頭もつかへて常に屈まつてたものが、一切の障りがとれて暢々《のび》としたやうな感じに、今日程気の晴れた事はなかつた。

御蛇が池には未だ鴨がゐる、高部や小鴨や大鴨も見える、冬から春までは幾千か判らぬ程居るさうだが、今日も何百といふほど遊んで居る、池は五六万坪あるだらう、一寸見渡したところかなり大きい湖水である、水も清く周囲の岡も若草の緑につゝまれて美しい、渚には真菰や葦が若々しき長き輪廓を池に作つてゐる、平坦な北上総には兎に角遊ぶに足るの勝地である、鴨は真中ほどから南の方人のゆかれぬ岡の陰に集つて何か聞き別けのつかぬ声で鳴きつゝある、御蛇が池といへば名は怖ろしいが、寧ろ女小児の遊ぶにもよろしき小湖に過ぎぬ。

湖畔の平地に三四の草屋がある、中に水に臨んだ一小廬を湖月亭といふ、求むる人には席を貸すのだ、三人は東金より買ひ来れる菓子果物など取拡げて湖面を眺めつゝ、裏なく語らふのである。

七十許りな主の翁は若き男女の為に、自分が此地を銃猟禁制地に許可を得し事柄や、池の歴史さては鴨猟の事など話し聞かせた、其中には面白き話もあつた。
「水鳥の類ひにも操といふものがあると見えまして、雌なり雄なりが一つとられますと、跡に残つたやもめ鳥でせう、外の雌雄が組をなして楽げに遊んでる中に、一つ淋しく片寄つて哀れに鳴いてるのを見ることがあります、さういふことが折々ありまして、あゝあれはつれあひを捕られたのだなどいふことが直ぐ分ります、感心なもので御座います
　此の話を聞いておとよも省作も涙の出でん許りに感じたが、主が席を去るとおとよは堪りかね、省作と自分との此の先に苦労の多かるべきをいひ出でゝ嘆息する、お千代も省作に向つて、
「省さんも御承知ではありませうが、斎藤の一条から父は大変おとよさんを憎んで、未だに充分お心が解けないもんですから、それは〳〵おとよさんの苦労心配は一通りの事ではなかつたのです、今だつて父の機嫌がなほつてはゐないです、おとよさんもこんなに痩せつちやつたんですから、可哀想で見てゐられないからうちと相談してね、今日の事をたくらんだんです、随分あぶない話ですが、あんまりおとよさんが可哀想ですから、それですから省さん今夜は二人で能く相談してね、かうといふことを極めて下さい、おまへさんら二人の相談がかうと極まれば、うちでも父へ何とか話のしやうがあるといふんですから、ねい省さん

省作も話下手な口でかういつた。

「お千代さん、いろ〳〵御親切に心配して下さつて、いくら難有思つてるか知れやしません、私は晴れておとよさんの顔を見るのは四箇月振りです、痩せた痩せたといふけど、こんなに痩せたとは思はなかつたです、さつき初めて妙泉寺で逢つて私は実際驚いた、私はもう五六日の内に東京へ往くと決心したんです、お千代さんもおとよさんも安心して下さい、うちの兄はかういふんですから

省作おとよさんはどういふ気でゐる、お前の決心はどうだ、おれの覚悟はいつかも話したやうに、ちやんと極つてるど、お前の決心一つでおれはいつでもえい、此の間おツ母さんにも話して置いた

其から私がこれ〳〵だと話すと、うんそりやよからう若いものがうんと骨折るにや都会がえい、おれは面目だの何んぼくだのといふことは言はんがな、そりや東京の方が働きがひがあるさ、それぢやさうと決心して、成るたけ早く実行することにしろ、其からお前にいうて置くことがある、おれにも大した事は出来んけれど、おれも村の奴等に慾が深い深いといはれたが、其お蔭で五六年丹精の結果が千五百円許り出来てる、之をお前にやる分にや先祖の財産へ手を付んのだから、おれの勝手だ、お前もそんつもりでな東京で何か仕事を覚えろ………おとよさんのおとツつさんが、六づかしい事をいふのも、つまり吾が子可愛さからの事に違ひあんめいから、そりや其内どうに

かなるよ、心配せんで着々実行にかゝるさ
兄はかう言ふんですから私の方は心配ないです、佐介さんにお千代さんから、能くさう申して下さい、おとツつさんの方も何分頼みます
お千代は平生妹ながら何事も自分より上手と敬して居つた、おとよに対し今日許りは真の姉らしくあつたのが、無上に嬉しい。
「それではもうおとよさん安心だわ、これからはおとツつさん一人だけですから、うちでどうにか話するでせう、今日はほんとに愉快であつたわねい
「ほんとにお千代さん、おとツつさんを何時までもあゝして怒《おこ》らして置くのは、妾は何程つらいか知れないわ、おとツつさんの言ふ事にちつとも御無理はないんだから、どうにかしておとツつさんの機嫌を直したい、妾は………
「そりや私だつておとよさんの苦心は充分察してるのさ
省作はお千代とおとよの顔を見比べて、
「お千代さんおとよさんは、少し元のおとよさんと違つてきたね
「どう違ふの
「元はもつと、きつぱりとしてゐて、今の様に苦労性でなかつたよ、近頃は馬鹿に気が弱くなつたおとよさんは
おとよは、長くはつきりした目に笑を湛へて側を見てゐる。

「それも省さんがあんまりおとよさんに苦労さしたからさ
「そんな事はねい、私はいつでもおとよさんの言ひなりだもの
「まあ憎らしいあんなことといつて
「そんなら省さん、なで深田へ養子にいつた
お千代はかう言つてハ、、、、と笑ふ。
「それもおとよさんが行けつて言つたからさ
「もう止めだ〳〵こんなことといつてると、鴨に笑はれる、おとよさん省さんさあ〳〵
蛇王様へ詣つてきませう
三人はばた〳〵外へ出る、池の北側の小路を渚について七八町廻はれば養安寺村である、追ひつ追はれつ、草花を採つたり小石を拾つて投げたり、蛇が居たと言つては三人がしがみ合つたりして、池の岸を廻つてゆく。
「省さん蛇王様はなで皹《あかぎれ》の神様でせうか
「なでだか神様のこたあ私にや解んねい
「それぢや蛇王様は皹の事許り拝がむ神様かしら
「そりや神様だもの拝めば何でも御利益があるさ
「なんでも手足がなほれれば足袋なり手袋なり拵へて上げるんださうよ、ねい省さん
「さつきの爺さんは大へん御利益があるつていつたねい

三人は罪のない話をしながらいつか蛇王権現の前へくる、それでも三人は頗る真面目に祈願をこめて再び池の囲りを駆け廻りつゝ愉快に愉快にたうとう日も横日になつた。

十一

東金町の中程から北後の岡へ、少しく経上つた所に一区をなせる勝地がある、三方岡を囲らし、厚硝子の大鏡を投り出したやうな三角形の小湖水を中にして、寺あり学校あり農家も多く旅舎もある、夕照りうらゝかな四囲の若葉を其水面に写し、湖心寂然として人世以外に別天地の意味を湛へて居る。

此の小湖には俗な名がついてゐる、俗な名を言へば清地を汚すの感がある、湖水を挟んで相対して居る二つの古刹は、東岡なるを済福寺とかいふ、神々しい松杉の古樹、森高く立ちこめて、堂塔を掩うて尊い。

桑を摘んでか茶を摘んでか、笊《ざる》を抱へた男女三四人一隅の森から現はれて済福寺の前へ降りてくる。

お千代は北の幸谷《かうや》なる里方へ帰り、省作とおとよは湖畔の一旅亭に投宿したのである。

首を振ることも出来ないやうに、身にさし迫つた苦しき問題に悩みつゝ、あつた二人が、其悩みを忘れて茲に一夕の緩和を得た、嵐を免れて港に入りし船の如く、激《たぎ》つ早瀬の水が、僅かなる岩間の淀みに、余裕を示すが如く、二人は茲に一夕の余裕を得た。

余裕を以て満たされたる人は、想ふに却て余裕の趣味を解せぬのであらう、余裕なき境遇にある人が、僅かに余裕を発見した時に、初めて余裕の趣味を適切に感ずることが出来る。

一風呂の浴みに二人は今日の疲れを癒し、二階の表に立つて、別天地の幽邃に対した、温良な青年清秀な佳人、今は決してあはれな可哀想な二人ではない。

人は身に余裕を覚ゆる時、考へは必ず我を離れる。

「おとよさん一寸えい景色ねい、おりて見ませうか、向うの方からこつちを見たら、又屹度面白いよ

「さうですねい、妾もさう思ふわ、早くおりて見ませう、日のくれない内に

おとよは金鍍の足に紅玉の玉をつけた釵《かんざし》を挿し替へ、帯締直して手早く身繕ひをする、そこへ二十七八の太つた女中が、茶具を持つて上がつてきた、茶代の礼をいうて叮嚀にお辞儀をする。

「出花を入れ替へて参りましたさあどうぞ…………

「あ今おりて湖水のまはりを廻つてくる

「お二人でいらつしやいますの…………そりやまあ

女中は茶を注ぎながら、横目を働かして、おとよの容姿を視る、おとよは女中には目もくれず、甲斐絹裏の、しやら〳〵する羽織をとつて省作に着せる。省作が下手に羽織の紐を結べば、おとよは物も言はないで、其紐を結び直してやる、おとよは身のこなし、しとやかで品位がある、女中は感に堪へてか、お愛想か、

「お羨しいことねい、

「アハヽヽヽ、今日はそれでも、羨しいなどといはれる身になつたかな

おとよは改めて自分から茶を省作に進め、自分も一つを啜つて二人は直ぐに湖畔へおりた。

「どつちからいかうか

「どつちからでもおんなしでせうが、日に向いては省さんいけないでせう

「さう〳〵それぢや西手からにしやう

箱のやうな極めて小さな舟を岸から四五間乗り出して、釣りを垂れてゐた三人の人がいつのまにか居なくなつてゐた、湖水は瀲も動かない。

二人がどうして一緒にならうかといふ問題を、暫く跡に廻し、今二人は恋を命とせる途中で、恋を忘れた余裕に遊ぶ人となつた、これを真の余裕といふのかも知れぬ、二人はひよつと人間を脱け出でゝ自然の中に這入つた形ちである。

夕靄の奥で人の騒ぐ声が聞え、物打つ音が聞える、里も若葉も総てがぼんやり色を

ぼかし、冷かな湖面は寂寞として夜を待つさまである。

「おとよさん面白かつたねい、こんな風な心持で遊んだのは、ほんとに久振りだ

「ほんとに省さん妾もさうだわ、今夜は何んだか、世間が広くなつたやうな気がするのねい

「さうさ今まではお互に自分で自分をもてあつかつて居たんだもの、それを今は自分の事は考へないで、何が面白いのかにが面白いのつて、世間の物を面白がつてるんだもの、あ宿であかしが、点《つ》いた、おとよさん急がう、

恋は到底痴なもの、少しさゝへられると、直ぐ死たき思ひになる、少し満足すれば直ぐ総てを忘れる、思慮のある見識のある人でも一度恋に陥れば、痴態を免れ得ない、此夜二人は只嬉くて面白くて、将来の話などしないで寝て終つた、翌朝お千代が来た時までに、兎に角省作が先づ一人で東京へ出ること、此月半に出立するといふ事だけ極めた、おとよは省作を一人でやるか、自分も一緒に行くかといふことに就て、早くから考へて居たが、つまり二人で一緒に出ることは穏かでないと思ひさだめたのである。

十二

はづれの旦那といふ人は、おとよの母の従弟であつて薊《あざみ》といふ人だ、世話好きで話

のうまい処から、能く人の仲裁などをやる、背の低い顔の丸い中太りの快活で物の解つた人といはれてる、それで斎藤の一条以来土屋の家では、例の親父が怒つて怒つて始末におへぬといふことを聞いて、どうにか話をしてやりたく思つてるもの丶、おとよの一身に関することは、世間晴れての話でないから、親類とてめつたな話も出来ずに居つた処、省作の家の人達の心持が、すつかり知れて見ると、いつまでさうしては置けまいと、お千代がやきもきして佐介を蓟の方へ頼みにやつた、蓟は早速其の晩やつて来た、固より親類ではあるし、親しい間柄だから先づ酒といふ事になる、主人の親父とは頃合ひの飲み相手だ、蓟は二つめにさ丶れた盃を抑へ、

「時に今日上つたのは、少し願ひがあつて来た訳ぢやから、あんまり酔はねい内に話して終ふべい、おツ母さん、おツ母さんあなたにも茲さきて聞いて丶貰らべい、お千代さん、一寸とおツ母さんを呼んで下さい

おとよの母はいろ〳〵御心配下すつてと辞儀をしてそこにすわる。

「御両人の子に就ての話だから、御両人の揃つた所でなけれや話は出来ない

蓟の話には工夫がある、男親一人に頑張らせないといふ底意を諷してか丶る。

「時に土屋さん、今朝佐介さんから荒まし聞いたんだが、一体おとよさんをどうする気かね

「どうもしやしない、親不孝な子を持つて世間へ顔出しも出来なくなつたから、少し

小言が長引いたまでだ、いや薊さんどうもあなたに面目次第もない
「土屋さんあなたは、能く理窟を言ふ人だから、薊も今夜は少し理窟を言はう、私は全体理窟は嫌ひだが、相手が、理窟屋だから仕方がねい、おツ母さんどうぞお酌を……
……私は今夜は話がつかねば喧嘩しても帰らねいつもりだからまあゆつくり話すべい

片意地な土屋老人との話はせいては駄目だと薊は考へてるのだ。
「土屋さんあなたが私に対して面目次第もないといふのが、どうも私には解んねい、斎藤との縁談を断つたのが、なぜ面目ないのか、私は斎藤から頼まれて媒妁人となつたのだから、此の縁談は実はまとめたかつた、それでも当の本人が厭やだといふなら、もうそれまでの話だ、断わるに不思議はない、そこに不面目もへちまもない
「いや薊只斎藤へ断つただけなら、決して面目ないとは思はない、内所事の淫奔がとほつて、立派な親の考へがとほせんから面目がない、あなたも知つての通り、あいつは親不孝な子ではなかつたのだがの
「少し待つて下さい、あなたは無造作に淫奔だの親不孝だと言ふが、そこがおれにや、やつぱり解んねい、おとよさんがなで親不孝だ、おとよさんは今でも親孝行な人だ、私がさういふ許りではない世間でもさういつてる、私の思ふにやあなたが却て子に不孝だ

「どこまでも我儘をとほして親のいふことに逆らふやつが親不孝でないだろか
「親のいふこと即ち自分のいふことを間違ひないものと目安を極めてかゝるのが抑《そも》大間違ひのもとだ、親のいふことにや、どこまでも逆らつてならぬとは、孔子さまでもいつて居ないやうだ、幾ら親だからとて、其子の体まで親の料簡次第にしやうといふは無理ぢやねいか、況《ま》して男女間の事は親の威光でも強ひられないものと、神代の昔から、百里隔てゝ立話の出来る今日でも変らぬ自然の掟だ
「なによそれが淫奔事でなけれや、それでもえいさ、淫奔をして居つて我儘をとほすのだから不埒なのだ
「まだあんな事を言つてる、理窟をいふ人に似合はず解らない老人だ、それだからあなたは子に不孝な人だといふのだ、生きとし生けるもの子をかばはぬものはない、あなたには吾が子をかばうといふ料簡がないだなあ
「そんな事はない
「ないつたつて、現にやつてるぢやねいか、吾が子をよく見やうとはしないで、悪く〳〵と見てる、いはば自分の片意地な料簡から、おとよさんを強ひて淫奔ものにして終はうとしてる、何といふ意地の悪い人だらう
此一言には老人も少しまゐつた、慥《たか》に腹ではまゐつても、なるほどさうかとは、口が腐つてもいへない人だ、余程困つたと見え、独りで酒を注いで飲む手が少し顫へて

る、まあ一つといつて盃を薊にさす。
「そりや土屋さん、男女の関係ちは見やうに依れば、皆んな淫奔だよ、淫奔であるもないも只精神の一つにあるだよ、表面の事なんかどうでもえいや、つまらむ事から無造作に料簡を動かして、出たり引つこんだりするのが淫奔の親方だよ、それから見るとおとよさんなんかは、かうと思ひ定めた人の為に、どこまでも情を立て丶、親に棄てられてもとまで覚悟してるんだから、実際妻にも話して感心してゐますよ
「飛んでもない間違ひだ
老人は鼻汗一ぱいにかいた顔に苦しい笑ひをもらした、おとよの母も茲で一寸口をあく。
「薊さんほんとに家のおとよは今では可哀想ですよ、どうかおとつさんの機嫌を直したいと許りいつてます
「ねいおツ母さん、小手の家では必ず省作に身上を持たせるといつてるさうだから、茲は早く綺麗に向うへくれるのさ、おツ母さんには御異存はないですな
「ハアうちで承知さへすれば………
「土屋さんもう理窟は考へないで、私に任せて下さい、若夫婦は勿論おツ母さんも御異存はない、すると老人一人で故障をいふことになる、そりやよくない、さあ綺麗に任して下さい

老人は又一人で酒を注いで飲む、さうして薊に盃をさす。
「どうです土屋さん………省作に気に入らん所でもありますか
なかには悪口いふものもあるが、公平な目で見れば此町村千何百戸の内で省作位ゐ出来のえい若いものはねい、それや才のあるのも学のあるのもあらうけれど、出来のえい気に入つた若いものといへば、あの男なんぞは申分がない、深田でも大変惜がつて、省作が出た跡で大分揉めたさうだ、親父は何んでもかでも面倒を見て置けといふのであつたさうな、それもこれもつまりおとよさんの為に、省作も深田に居なかつたのだから、おとよさんが親に棄てられてもと覚悟したのは決して浮気な沙汰ではない、現に斎藤でさへ、私が此の間逢つたら
いや腹立つどころではない、僕も一人には死なれ一人には去られ、かうと思ひこんで来てくれる女がほしいと思つてゐた処でしたから、却ておとよさんの精神には真から敬服してゐます
どうです、それを面目ないの淫奔だのつて、現在の親が我が子の悪口をいふたあ、随分無慈悲な親もあればあつたもんだ、いや土屋悪るくはとるな
　薊は詞を尽し終つて老人の顔を見てゐる、煙草を一服吸ふ、老人は一言も答へぬ。
「どうですまだ任せられませんか、もう理窟は尽てるから、理窟は抜きにして、それでも親の掟に協はない子だから捨てるといふなら、此の薊に拾はして下さい、さあ土

屋さん何とかいうて下さい
「いや薊さんそれほどいふなら任せよ、慥かに任せるから、親の顔に対して少し筋道を立てゝ貰ひたい
「困つたなあ、どんな筋道か知らねいが、真の親子の間で、そんな六づかしい事をいはないで、どうぞ土屋さん何にもなしに綺麗に任せて下さい、おとよさんにあやまらせろといふなら、どの様にもあやまらせう
「どうか旦那、もう勘忍してやつて下さい
「てめいが何を知る黙つてろ
薊も長い間の押し問答の、石に釘打つやうな不快に先つきから余程劫が沸いてきてる、もどかしくて堪らず酔つた酒も醒めて終つてる。
「どうでも土屋さん、もうえい加減にうんといつて下さい、一体筋道とはどういふ事です
「筋道は筋道さ親の顔が立ちさへすればえい、親の理窟を丸潰しにして、子の我儘をとほすことは…………
薊の顔は見る〳〵変つてきた、灰吹を叩く音も際立つて高い、暫く身を反して老人を見下してゐたが、
「ウム自分の顔の事許りいつてる、おれの顔はどうする、此の薊の顔はどうするつも

りだ、勝手にしろ、おッ母さんとんだお邪魔をしました
　薊は身を翻して降口へ出る、母は跡からすがりつくお千代も泣きつく、おとよは隣座敷に啜り泣してゐる、薊は一寸中戻りしたが、
「帰りがけに今一言いつて置く、親類も糞もあるもんか、懇意も糸瓜もねいや、えい加減に勝手をいへ、今日限りだもうこんな家なんぞへ来るもんか、
　薊は手荒く抑へる人を押し退けて降りかける。
「薊さんそれでは困る、どうかまあ怒らないで下さい、とよが事は兎に角、どうぞ心持を直して帰つて下さい
　お千代は只しがみついて離さない、薊は漸く再び座に返つた、老人は薊を見上げて、
「馬鹿に怒つたな
「おらも喧嘩に来たんぢやねいから、帰られるやうにして帰へせ
　薊の狂言は頗るうまかつた、たうとう話は極つた、おとよは省作の為に二年の間待つてる、二年立つて省作が家を持てなければ、其時はおとよはもう父の心のまゝになる決して我意をいはない、と父の書いた書附へ、おとよは爪印を押して、再び酒の飲み直しとなつた、俄に家内の様子が変る、祭と正月が一度に来たやうであつた。

十三

薊が一切を呑込んで話は無造作にまとまる、二人を結婚さして置いて、省作を東京へやつてもよいが、どうせ一緒に居ないのだから、清六の前も遠慮して、家を持つてから東京で祝儀をやるがよからうといふことになる、佐介も一夜省作の家を訪うて、其のいさくさなしの気質を丸出にして、省作の兄と二人で二升の酒を尽し、おはまを相手に踊までをどつた、兄は佐介の元気を愛して大に話口が合ふ。

「あなたのおとつさんが、いくら八釜しくいつても、二人を分けることは出来ないさ、いよ〳〵聞かなけれや、おとよさんを盗んぢまふまでだ、大きな人間許りは騙り取つても盗み取つても、罪にならないからなあ

「や親父も一寸片意地の弦がはづれちまへば跡はやつぱりいさくさなしさ、何んでもこんごろはをかしい程おとよと話がもてるちこつたハヽヽヽヽ

佐介がハヽヽヽヽと笑ふ声は、耳の底に響くやうに聞える、省作は夜の十二時頃酔つた佐介を成東へ送りとゞけた。

省作は出立前十日許り大抵土屋の家に泊つた、おとよの父も一度省作に逢つてからは、大の省作好きになる、無論おとよも可愛ゆくてならなくなつた、あんまり変り様が烈しいので家のものに笑はれてる位だ。

省作は田植前蚕の盛りといふ故郷の夏を跡にして成東から汽車に乗る、土屋の方からは、おとよの父とおとよとが来る、小手の方からは省作の母が孫二人をつれおはまも風呂敷包を持つて送つてきた、おとよは勿論千葉まで同行して送るつもりであつたが、汽車が動き出すと、おはまは予て切符を買つて居たと見え遮二無二乗込んで終つた。

＊　　＊　　＊　　＊

汽車が日向駅を過ぎて、八街に着かんとする頃から、おはまは泣き出し、自分でも自分が抑へられないさまに、あたり憚らず泣くのである、これには省作もおとよも殆ど手に余して終つた、なぜそんなに泣くかといつて見ても、固より答へられる次第のものではない、尤もおはまは、出立といふ前の夜に、省作の居間に這入つてきて、一心籠めた面持に、

「省さんが東京へ行くなら是非妾も一緒に東京へ連れていつて下さい

といふのであつた、省作は無造作に、

「ウムおれが身上持つまで待て、身上持てば屹度連れていつてやる

おはまは其儘引下つたけれど、どうも其時も泣いたやうであつた、おはまの素振りに就て省作もいくらか、気づいて居つたのだけれど、どうも仕様のない事であるから、おとよにも話さず、其のまゝにして居たのだが、愈ゝといふ今日になつて此の悲劇を

演じて終つた。

「あんまり人さまの前が悪いから、おはまさんどうぞ少し静にして下さい
強くおとよにいはれて、おはまは両手の袖を口に当て、強ひて声を出すまいとする、抑へても抑へ切れぬ悲痛の泣音は、かすかなだけ却て悲みが深い、省作は其不束を咎むる思ひより、不愍に思ふ心の方が強い、おとよの心には多少の疑念があるだけ、直ちにおはまに同情はしないもの丶、真に悲しいおはまの泣音に動かされずには居られない、仕方がないから、佐倉へ降りる。

奥深い旅宿の一室を借りて三人は次の発車まで休息することにした、おはまは二人の前にひれふして、只管に詫る。

「妾はこんなことをするつもりではなかつたのであります、思はず識らずこんな不束なまねをして、誠に申訳がありません、おとよさんどうぞ気を悪くしないで下さい。

といふのである、おはまは十三の春から省作の家に居て、足掛四年間のなじみ、朝夕隔なく無邪気に暮して来たのである、おはまは及ばぬ事と思ひつ丶も、いつとなし自分でも判らぬまに、省作を思ふ様になつた、乍併自分の姉ともかしづくおとよといふ人のある省作に対し、決してとりとめた考へがあつた訳ではない、只急に別れるが悲しさに、我れ識らず此の不束を演じたのだ。

固から気の優しい省作は、おはまの心根を察してやれば不愍で不愍で堪らない、さ

りとておとよにあられもない疑ひをかけられるも苦しいから、

「おとよさん決して疑つてくれな、おはまには神かけて罪はないです、こんなつまらん事をしてくれたものゝ、何んだか私は可哀想でならない、私の居ない跡でも決して気を悪くせず、おはまにはこれまでの通り目をかけてやつて下さい

おとよはもうおはまを抱いて泣いてる、吾が玉の緒の断えん許り悲しい時に命の杖とすがつた事のあるお浜である、外の事ならば我身の一部を割いても慰めてやらねばならないお浜だ。

おはまの悲みの所以を知つたおとよの悲みは小説書くものゝ筆にも書いて見やうがない。

三人は再び汽車に乗る、省作は何かおはまに遣りたいと思ひついた。

「おとよさん私は何かはまにやりたいが、何がよからう

「さうですねい……………さう〳〵時計をお遣んなさい

「なるほど私は東京へゆけば時計はいらない、これは小形だから女の持つにもえい

駅夫が千葉々々と呼ぶ、二人は今更にうろたへる、省作は屹となつて、

「二人は茲で降りるんだ

佐佐木信綱

思草

思草序

創業与守成何難。余以為創業似難実易。守成似易実難。何也。盖鼓勇奮智。賭輸贏於一戦。作気張胆。決勝負於片時。成則帝王将相。敗則降虜砕屍。無辱祖先之慮。無累父兄之憂。事或以僥倖成。功或以詭変立。是創業之所以似難実易也。若夫守成則不然。負社稷之重。任衆庶之責。欲除宿弊。動多妨碍。欲建新制。輙遭齟齬。若非確乎不動卓然自守。不能守前人之遺業。以固後世之基礎。是守成之所以似易実難也。嗚呼是豈王業覇図而已哉。凡文芸伎術莫不皆然矣。」友人佐々木君信綱伊勢人。父曰弘綱君。修国典。研究歌学。事足代弘訓翁。為高足弟子。信綱君。初従父来東京。入大学古典科。受国史国文。兼修家学。最善国風。父歿。欲承其志以国風成家。不肯出仕。当是時。歌道大衰。拘泥格調。不能脱古人範囲。陳腐自珍。君別創一派。不拘旧格。着意斬新。凡人間所有万物莫不入歌詠焉。同時有唱新派者。或専用古語奇僻自喜。或尽破旧格翻弄新異。君独毅然守其所信。不少屈。遂以此著名。可謂不失前人之遺業。以固後世之基礎也。聞君先子好遊。君幼従之。漫遊四方。山川草木鳥獣。古賢遺跡。受其指導。及後移東京。暇則出遊。毎有吟詠。積為冊。又採拾古人歌集。校訂誤謬。以授梓。他所著。率皆関歌道者。数十巻。並行於世。先子号曰竹柏園。記其堅貞也。君乃創竹柏会。来参者数百人。頗多俊秀。因集其所作。曰竹柏園集。承継先志其篤信如此。」頃者君自選平生所得短什数百首。名曰思草。将相続以及諸体。求序於余。余与先人為隣。常相来往。実両世親交。義不可辞。乃述守成之難以勗之。古語云。読万巻書行千里路。可以為名士。君家多蔵書。亦好跋渉山河。若勉焉不已。吾知其所造詣不止今日之所得也。並書以為序。

明治癸卯八月　　　　東京　依田百川撰

おもひ艸の序

抒情詩は近き世西の国国にては只いと狭き好事の人達の間にのみもてはやさるるものとなりぬとか。本と此体の詩は人の性情より出づる詠歎の声にしあれば彼国人といへどもいかでか折に触れて歌ひ出づる言の葉なかるべき。彼国の諺に世にあれ出でたるものは皆一たび詩句を作る齢をふといへるはた此意とこそ聞ゆれ。さるを抒情詩の行はるる境界何しかも斯くは狭まりぬらむ。思ふに近き世の文明の向ふところ古にかはりたるより形式のおきてといふものいつしか弛び廃れにしやそのいちじるき原因の一つなるべき。我国の三十一言の歌は上れる世よりその形式変ることなく世世の先達のもとにはもはら芸術もて世に立たんとする人はさらなりただ折折のすさびなる傍業として芸術をもてあそぶ人達さへ打雑りてぞ寄り集ふ習なる。かかる習は音楽絵画などの上にこそ余所の国国にもありといへ詩の上にはいかでか其ためしあらむ。されば我国は西の国国と殊にて遠き昔より詩と社会との連繫とはに絶ゆることなかりき。これを思へば我国の詩人たらむ事そもそも幸あらずやは。さて此形式のうちにをさむる詩のこころはいかに。ここにその移り変りし跡をたづぬれば世々の文明の消長と共に或ときは栄え或ときは衰ふるさま譬へばおほ海の潮干潮満ち絶ゆることなきが如し。ましてや近き世となりて夜昼時を異にすなる西のはてなる国国よりめづらしき思潮かはるがはる来寄るままにまに政治宗教風俗習慣ことごとく改まり行きて労作交通のいろいろよりおきふしの末までもその事ごとにつけて人の心におもふらむ事おのづから変り行きぬれば抒情詩はたいかでか独りもとのままなることを得む。今や西の国の諺に新なる葡萄酒を古き袋に盛ると云ひけむ如くかの昔ながらの三十一言の形式にあらたなる性命を嘘き入れつべき時こそは来ぬれ。近き比さはに出で来なる詩人等のこころざすところ一つとして然ならぬやはある。その集どもを読み見るに例の新体詩といふものと擬古の長歌とをばしばらくおきおほかた三十一言の旧き形式に従ふものから其間猶人ごとに同じからぬ趣ありて譬へば百鳥の競ひ鳴きてその音譜とりどりになつかしく千草の花の乱れ咲きてその色調おのかじし珍らしきが如くなるは兎にも角にも頼もしき現象とこそいふべかめれ。もとより世世にあらたまるものは詩の意にしてとはにとどまるものはその形式にはあなれどもその変るが中に根ざし深き性情と共に長くとどまる真ごころあること譬へば瀬の淵とならむ後巌は猶水底に立てらむ如くなるべくそのとどまるが中に抑揚弛張の変化より未曾有の新なるしらべ出で来ること譬へばおい人のくしき泉を浴みて再び若ゆらむ如くにぞあるべき。そもそもかぐろき髪黄なる膚はとどまれる形式ながら今の世にある人ごとにつきて面の筋肉のはたらき肢体のふるまひを見もてゆけば進化の迹あり退化のしるしあり又蛮勇のかたくなにして旧きになづめるあり高襟の軽く浮きて新ならんことを競へるありておのがじしなる表現の数よみ尽すべくもあらず。かの三十一言の形式に今むかし相異なる詩のこころををさめ入れて凝《さまた》ぐる事なきはたなどかこれに殊なるべき。これを思へば詩の形式はまことに驚くべき弾力性を具ふる物とやいふべき。あはれ佐々木ぬしの此一巻よ。詩のこころに従ふ表現の数多くしてこれに応ふる形式の弾力性大いなること世に詩集はさはにあれどもこれに上こすものまた有りぬべしやは。かれ此巻一たび世に出でば作者と魂あへらむ人はけだしその普遍無碍の天才をしもたたへなむか。又嗜むところ同じからぬ人はかへりてそを個人性少き折衷家などとやたとしめいふらむ。称へむ人は称へよかし。貶めむ人は貶むとも好し。そはとまれかくまれわれ等同世の人と生れてはかかる一時の毀誉にほださるることなく猶二集三集つぎつぎに出でむを待ちて作者のまことにこころざすらむ方をもきはめただしかの三十一言の外なる形式どものいかさまに使はれむをもわきまへ知りてさて千万代まで易るべからぬ科さだめいかにとゝづかに思ひはかるべきにはあらじか

明治三十六年十月　　　　源　高　湛

佐佐木君歌集題詞

読万巻書行万里養胸中気而已矣巍其如山浩如水雅音洋洋合宮徴感動神鬼参経史君歌豈啻彫虫技三十一言千万旨惟情一字為本始山高月小過黄州黄鶴縹緲余飛楼三閭祠荒天易秋淼淼洞庭湖上舟八九雲夢呑不休帰時一巻驚同儔画到有声清更遒臥我読之猶伴遊君将遊清国

寧斎主人　拝稿

おもひ草

鳥の声水のひゞきに夜はあけて神代に似たり山中の村

霧こめて雁がね寒し君とわが別れし夜半に似たる夜半かな

剣を負うて落魄こゝに二十年わが髪白し秋のゆふ風

風にゆらぐ凌霄花《のうせんかつら》ゆら〳〵と花ちる門に庭鳥あそぶ

一年の終の夜半を尼寺の読《ど》経《きやう》の声のしづかなるかな

後の世もこの世に似たる世なりせば君とかたらむ花かげにして

天地のかくろへごとをわが胸にさゝやく如き水の音かな

変り行く昨日の我《われ》身今日のわれいづれまことの我《われ》にかあるらむ

地《つち》の底三千尺の底にありて片時やめぬつるはしの音

こと〴〵し何の冠何の衣猿《きぬましら》はもとのましらならずや

そゞろにも故郷いづる夏のよひ星かげまばら草の香高き

年毎にせばめられゆくあいぬ村むらの垣根のえぞ菊の花

死を期する鉄騎三百江に沿うて南に急ぐ木がらしの風
酔ひ〳〵てゑひ泣するを許せ君ますらをいかで涙なからむ
竹やぶのいづこも同じ垣根道いづれなりけむ伯母君の家
雪室に酒をひやして室守が昔の恋をかたる夜半かな
老の手になほとりあぐる舞扇むすべる糸も色あせにけり
石多き湯の山越の七まがり湯のけ薫りて百合の花咲く
観来れば山もなくまた水もなしむなしき空はたゞ秋の風
朧夜のかげに消えゆく君のかげ我身このまゝきえよとぞ思ふ
青雲を蹈みております神の手にとりもたしたる白百合の花
今はとて棺の蓋にうつ釘の音わが胸にしみとほるかな
運び来し炭いく俵酒にかへてよろめきかへる山の柴人
世にあはぬ調をひとりゑらぶべし人の門にはいかでたつべき
いさゝかの物うる家の花瓶に咲きこぼれたり桜山吹
軽く飛ぶ兎の外に音もなし嫦娥の宮の春ふかくして

天地のかゝるけしきにいだかれてかくて静にねぶりてしがな
翅やれて飛ぶ蝶かなし人ゑれず今日もまうづる奥つきのもと
昔がたりいまだつきせずさしそふる榾火《ほた》に赤し山守の顔
小笹原露ほろ〳〵とこぼれおちて二十五菩薩秋の雨ふる
いさゝかのよき事なして一つきの酒心地よき此ゆふべかな
篙《さ》の上に蜻蛉《あきつ》とまりてあら川の浮間のわたし人かげもなし
利のやつこ位のやつこ多き世に我は我身のあるじなりけり
木がくれに鶯なきて春ふかき関の古道あふ人もなし
春来ても日あたり疎き山寺の墓原つゞき梅のはな咲く
岩かげのくらくつめたき夕風にひとりかをれる蘭《あらゝぎ》の花
願はくはわれ春風に身をなして憂ある人の門をとはゞや
水車ねぶりをさそふ音きゝて木かげにいこふ老し旅人
白駒にしづ鞍おきて春の夜を神おりたゝす松がうら島
そしる人仇なす人も憎からず袂にかろし春の朝風

大方は昔なじみの顔ならず村の居酒屋むかしながらに
いかにせむ声ゑる人もなき国にうづもれはてむわが緒琴はや
木戸しめて又たどりゆく牧場道春日うらゝに駒むれ遊ぶ
今はさは我もかこたじほゝゑみて別れむ今日を思ひ出にせむ
罪もなき妻を叱りてたちいづる門の秋風そゞろつめたき
道説くと西に南に錫杖のかげもやせたりわがたび姿
婆娑として天をおほへる椰子の木の木かげ涼しき真清水の音
いたづらに出湯あふれて秋ふかき山の上の宿人影もなし
粟畑の粟の穂低くうなだれて小雨さびしき畑の中道
後の世の千年何せむ今の世に君と語らむ一時もがな
浪きよき浜べに別れ君に別れひとりか行かむ霧深き朝を
君北にわれひむがしに君も我も志成らで今日や別れむ
村の子を教へ〳〵て古びたる机のもとに身は老にけり
たつ人はみな立ちはてゝ旅籠屋のひる間さびしき庭鳥の声

いかならむ野わけ山わけ求めゆかば我思ふ人と住む里のあらむ
立ちとまりかへり見すれば君とわが唯二すぢの真砂路の跡
小さなる望をすて丶むしろわれ此島守にならむとぞ思ふ
見そなはせみ空の星の清きごと清き我おもひ君に誓はむ
耳志ひし世人に何を語らはむ天を仰ぎて唯笑はゞや
鍛冶《かぬち》われわが血わが霊うちこめてうちきたひたる国守る太刀
にごり酒手づからくめどうまからず人いなせたる宿のさびしき
庭つ鳥なやのうしろに声たて丶椶櫚《しゆろ》の葉うごく片われの月
道づれの旅商人もわかれけりもずがね寒き山かげにして
大木曾やをぎその山の山おろしに千年の老木空に声あり
ますぐなるひとすぢ道のつれ〴〵に折りてはすつる秋草の花
わたし待つ翁嫗の物がたりか丶る所もうき世なりけり
人の世の栄え衰へよそにして浪は千歳のひゞきなりけり
さびしさに池のあひるに餌をやりて空を眺むる夕まぐれかな

一つ〳〵おもひ出多き垣根道昔ながらに桃の花咲く
琵琶法師暇申してまかんづるおばしまさむきさよ時雨かな
いたづらに人たゞ老てこの春も花さきにほひ花乱れちる
うたげはてゝ花の燈火皆きえてをぐらき庭のこほろぎの声
糸車ひく手とゞめて家出せし我子の上を又おもふかな
人の世の人のことばに限ありてわが此おもひいひ出がたき
柴おひて家路にかへる翁ひとり入江ゑづかに物音もなし
古寺の大木のいてふ乱れちりて鳩みだれ飛ぶ木枯の風
君がゐみしかの日かの時大宮の花の木かげの今も見ゆるかな
末きゆるちぎれ〳〵の物おもひいつしか夢のうちに入りけむ
同じくは花散る淵に身を投げむ君たゞずみてあはれとや見む
身一つを神にさゝげて今日の今宵初めて安きわが心かな
此磯のこの岩のうへに誰か又今日のわがごと泣く人のあらむ
夏さむき浅間が岳の麓原雲低くおりて飛ぶ鳥もなし

家のあるじ都にいでて程なきに杉山檜山売るといふなり

里の子の道ゆきぶりに倒されて倒れしまゝの石仏かな

汝《な》が為にまぐさとゝのへわが為に夕けたきてあらむ急げ我駒

天つ日もさゝぬひとやの壁ぎはに秋は秋なるこほろぎの声

今日もくれぬまち喜びし人はうせてさびしき家に又や帰らむ

しばらくは忘れし罪をとりいでてせむるに似たる月の影かな

加茂川の川そひ柳露おちて雨にうつくし傘《かさ》のうちの人

さびしさの慰さむやとて奥つきに植しうばらの花さきにけり

破れたる我胸今はいかゞせむ君の情をおそく知りつる

あま寺の若き尼ぎみ閼伽《あか》くむと行く道ほそし秋萩の花

さかしげに昨日は人をなぐさめつ今日の憂をわれいかにせむ

燃え尽きし山の頂に一人たちてつらかりし人を猶思ふかな

けふならで又いつの時君と二人君とたゞ二人語る時のあらむ

天つ神天にましますいつまでか君が心のやすけかるべき

そゞろありきそゞろ楽しき夕べなりや行くに友あり野辺に花あり
橋ぎはの小家の灯火《ともし》またゝきて行く道くらし木枯の風
後の世を共にいのりし長谷寺の入相のひゞきひとり聴くらむ
よしや君いづちゆくともわればかり君思ふ人はあらじとぞ思ふ
はかなくて別れし君がゑがきつるかの画に似たる雲の色かな
共に見し沖の島べの磯馴松あき風いかに寒く吹くらむ
塔をそめし夕日ゑづみて墓原のあたりゑづけきこほろぎの声
人は世はわが此罪を忘るべし胸の苦しびわれいかにせむ
星ゑめり千草匂へり天地に二人のおもひ満ちにたらずや
帰りくる与作が馬のいなゝきに夕日かたぶく坂のした道
新墾《にひはり》の野末のむらの若葉かげ低く小さき鯉のぼりかな
闇のうちに我を残して広き野の野末はる〴〵日は暮にけり
打けぶり軒端も見えぬ蚊遣火の中にこもれるわらひ声かな
手折てはやがてすてます萩が花この花に似む我身なるらむ

白雲は峯をつゝみて鶯のこゑより外の声なかりけり
山かげにつゞく竹村桑ばたけわがふるさとに似たる道かな
行燈にかきすさびたるざれがきを臥しながらよむ雨の夜半かな
罪あるも罪なかりしも皆消えて残るは苔の緑なりけり
つとめをへて此世にいづる坑夫らがつく息くろし雨の夕暮
人皆の心つめたき世なりともつめたき心もたじとぞ思ふ
今更に情がましき言葉こそ恨の上のうらみなりけれ
馬市によき馬かひてかへるさの野路おもしろき鈴虫の声
よしや君つれなしとてもわれ一人思ふをのみは君もとがめじ
罪なくて世を去りし人の世にあらば安けかりけむ寂しかりけむ
かや山の夕日なゝめに影おちてほじろ山がら空にむれたつ
君とわれいづれのこりて跡とはむはかなきものは此世なりけり
なげうてば石にも声はある物をなす事なくてはてむ我身か
いつの世の誰が胸よりかあふれけむ調かなしきひな唄の声

波白く松青きところこゝも又とつ国人の家やたつべき
物いはで神につかふる北の海の友なつかしき秋の夜の雨
泪なく血なき世人にまじらひていつまで我は笑ひつゝあらむ
もろ共に同じ越路をいでしかどわかれ〳〵に糸とりくらす
鵜かごおきて水を眺むる鵜つかひの踏みしだきたる撫子の花
草深き父の御墓にぬかづきて昔の罪をひとり泣くかな
破れたる傘《からかさ》さして子等ぞゆく古き駅の雨のゆふぐれ
道のべの花の一枝折りとりてそゞろにおもふふるさとの人
わが外にとまる人なき旅籠屋の行燈のもとに山家集をよむ
ゆくら〳〵眠催ほす馬の上に見えては消ゆる古さとの庭
秋さむき峯の大寺日は斜寂寞として物おともなし
嫁入のためにと植し桐老いて子ははかなくもなりにけるかな
山百合の幾千の花を折りあつめあつめし中に一夜寝てしが
はねつるべゆるく響きて安らかに静けき村の夜は明にけり

順礼の親子のすがた山に入りて青葉がくれの補陀落の声

しらかしの若葉にこもる村はづれ家居は見えず筬《をさ》の音聞ゆ

旅籠屋の屋の上の草はな咲きて古き駅路あふ人もなし

しと〱と露したゞりてほの暗き岩屋の奥にかはほりの飛ぶ

画筆とりて旅に三年の秋もくれぬ思ひ出多き木曾の山里

うつくしき妻あり我に光よき鍬あり我に楽し人の世

片すみにおしよせられし墓石のくづれし中にこほろぎの鳴く

牡丹さく春のあしたをめされたる楊家のむすめ宮にまうのぼる

野の末にわが家見えて霜がれの夕べさびしき道の一すぢ

山かげの花の下ぶし目さむれば夢路につゞく鶯の声

戦に召されし我子帰りこで今年の秋もたでの花ちる

さむき夜を辻占売が提灯の光きえゆく町はづれかな

とこやみの闇の底より何ならむ我を呼ぶらむ声の聞ゆる

なつかしき昔の橋のもとにくれど昔のかげを見るよしのなき

世中のせむすべをなみ新妻《にひづま》のうつくしづまに荷車おさす
日数へし船の友だち雨にぬれてわかれ〳〵になる湊かな
燃えたてる炎の烟その中にまぎれ入るべきわが身ともがな
二度はあはんあはじもわき難き道のゆく手の人をしぞ思ふ
ほろ〳〵と紅葉ちる岡の別れ道わかれ〳〵に今日やなりなむ
雲に問へば雲に憂の色ふかし石に語れば黙《もた》しつゝのみ
腹だたし人の憂も知らぬげに籠の鸚鵡の独ものがたる
けがれたる人の此身のたゞゑばし神に近づく夜《よ》の眠かな
ひき舟の簑笠すがたとほく消えて春雨けぶるなか川の水
大空の星の御国にあはむ日ぞ妹と呼ぶべし背とや呼ばれむ
あり〳〵と見ゆる聞ゆる罪の影わが胸くるしあはれいかにせむ
はやり唄うたひてすぐる若人《わかうど》の若き心になるよしもがな
いたづらに語らずいはず一すぢの我ゆく道をわれは行かばや
乗る駒の足音《あおと》に蝶ぞみだれ飛ぶ春風四月須磨寺の道

わが影のわれを追ひくる心地して枯野の夕日そゞろつめたき
一時の怒は消えて大空の月にすみゆく我こゝろかな
七里にきこゆる緒琴ありながら弾く人なくて緒琴くちむとす
胸にしむ恨の詞いひとかむ術《すべ》をし知れどいはむ由なき
旅なればなげの言葉も嬉しきをねもごろ君が今一夜とぞいふ
はてもなく咲つゞきたる菜の花の中に家あり神崎の里
世も人も恨めしからずつらからず唯我身こそかなしかりけれ
君におくる最後の書をかきをへて泣かれむ限独なくかな
昔見し人かあらぬか夕ぐれのさ霧にきゆるそのうしろ影
堯の民小田に耕しことひ牛畔にねむれり桃さける里
胸にいだくうたがひいまだとけずして今年の秋も今日くれむとす
相いだき共にやいなむうみの底そこに吾等の安き国あらむ
夢なりき清くかなしき夢なりき問ひますな君許しませ君
緑なる牧場をこえて森かげの友の家とふ春のゆふぐれ

飴売の笛の音遠く聞え来てちまたさびしき真昼時かな

花の上野はなの広小路栩々《くく》として翩々《へんぺん》として紙の蝶舞ふ

姫きまさずとざしゝ窓に蔦おひて汐風さむき海添の館《やかた》

帰り来し古里をわれ去らむ哉稚児いだく人を見るにえたへぬ

かたすみに光うすくてまたゝける小さき星をあはれとぞ思ふ

なげうちし幾万のこがねをしからず惜しきは春の別なりよ君

今にして思へば悲しかの折になど真心をもらさゞりけむ

見世物の小屋のうしろの話声ものかげくらし朧夜の月

ほしと思ふ時のまよひに折りとりて花の命をちゞめつるかな

二十年《はたとせ》の夢よりさめて見あぐれば富士の根高し青雲の上に

かくばかり我をおもほす母にだに尚語らはず罪深きわれ

蹈みゆかば龍の宮にやいたるべき浪の上白し白かねの道

宿引の声ゝづまりて駅路の並木松かげこほろぎのなく

わが園のうらの麦畑林檎畑わが春秋の安くもあるかな

柴の戸を明けたるまゝに主人さりて花さきにけり花ちりにけり
はてもなき天つみ空をかへる雁いづちより来ていづち行くらむ
病める妻荷馬にのせて山奥のいで湯あみにゆく春の山道
明石がた松の下道朝ふめば春の志ほみちて鷗飛びかふ
村づかさ貢をはたる声さむし秋くれ方の山かげの村
高麗人《こまうど》は内裏《うち》にまゐりて鴻臚館《こうろくわん》あした静に牡丹はな散る
漂ひし沖の七夜のものがたり酒つぐ妻がおもやつれたる
堤ゆく人かげ一人また一人さぎり晴れゆく川添の道
罪多く生れいでたる人の身のわれうらめしく人うらめしき
我命うせむ折にと思ひしを心よわくも洩らしつるかな
老いませる古き師の君とはむとて辿る野道の野茨の花
許しませ報はすでにあまりありたれ故ならぬ我胸のなやみ
酒ひえぬ友は眠れり水楼の雨の音寒きともし火の前
拾ひたる螺鈿《らてん》の小櫛そゞろにも主なつかしき朧月夜や

天の下もてあそびけむ人いづらおくつき寒く雨ふりすさぶ
天つ水磯の七村洗ひ去れど人の子いまだ罪を悔いざる
山の上にたちて我見る夕づく日明日の夕日はたれ眺むらむ
いたづらに心ちらさじ桜花さかば咲かなむ散らば散らなむ
花に舞ひし昔の姿ゆめに見てさむればわが身埋火のもと
おくつきをおほふかしの木とこしへにさめぬ眠を守れとぞ思ふ
風に靡く香のけぶりのいつまでか我も此世に消のこるべき
さゞれふむ小鳥の声も秋たけてわたらせ川の音のさむけさ
都より花嫁来ますゆふべとて渡口《わたし》にぎはふ燈火の影
とらはれし吾背はいまだかへり来ずわら屋の軒の梅の花ちる
胸のうちの罪身を責めて怖ろしく苦しさたへぬ闇の道かな
櫓をおせば光るうしほの光のみくれ残りつゝ海は暮れにけり
春の夕日斜にさしてやはらかに草の香かをる野辺の細道
白玉をみがきし殿もくつる時あらむ安かるべしや草むらの墓

今十年十年の後にかへり見よ君や正しき我やよからぬ

君の為いはふべき日と思へどもなどかく物の悲しかるらむ

送りこし人と別れつ燕とぶ笛吹川の川くまにして

五里の山路外に家なき一つ屋も二人しあらば寂しくはあらじ

山中の一つはたご屋雨もりてねられぬ夜半のたに川の音

白金の桂の枝をとりもたし月の宮姫きざはしくだる

金泥のふすまに画がく春の宵人うつくしく花うつくしき

声ひくしひくゝしあれど真心の声天地にとほらざらめや

さすらひて年ふる里に帰りくれば喜ぶ乳母の髪白くなりぬ

わが病またくは愈えず温《ゆ》泉の宿の帰るさ寒し山の下道

夏の夕日松に照りつく成田道かたゐ眠りて日ぐらしの鳴く

鐘の声さ霧に消えて天地にいたり渡れる夜の色かな

渡つうみの波路を常に往きかひて舟も老にけり我も老にけり

昔見し少女はあらずひとむらの草の花さけりおくつきどころ

何事を思ふとなしにゆき〳〵て野辺のはてにも成にけるかな
すゝびたるゐろりのもとの物がたり幼き孫は早寝入りたる
みちのくの広野の原の秋風に薄なびきて黒駒あそぶ
海賊の追ひくと見つる夢さめて湊しづけし有明の月
後の世の地獄は知らず此世から燃ゆる我胸何の宿世ぞ
様々に思ひあまりて兄君の一人はほしき秋のくれかな
よしきりの千声百声語れども一人もだせる石仏かな
咲をゝる桜が岡の花の雨ゑどろもどろに人くづれゆく
川そひの木かげに立ちてそれとなく見送りたりし人の恋しき
ゆきゆけば朧月夜となりにけり城のひむがし菜の花の村
幼きは幼きどちのものがたり葡萄のかげに月かたぶきぬ
一ゑきり吠えたる犬の声やみて闇夜さびしき町はづれかな
いにしへの聖の書をひもとけば窓の竹村清き風ふく
こゝに来よ安きふしどをあたへむと闇によぶらむ梟の声

形なくかげなき鬼にせめられてやせ細り行く我身なるらむ
耳うとき隣の嫗今日も来てみやこの孫の物がたりする
許されぬ罪も許してわが髪に桂の花を折りてさしゝ君
消かゝる窓の燈火かきたてゝ及ばぬ筆を又もとるかな
軍よりかへりし子等もまじりけり今年の田植賑はしきかな
世の中の苦しさたへぬ時々は人にゑられず君が名を呼ぶ
六部一人ゑづの男一人馬の上ゆ見ゆるあぜ道たゞ春の風
木の葉みな枯れたる山のいたゞきに死の大后打笑み給ふ
長くとも千年へがたき人の世ぞ憂忘れていざくまむ君
春深き大江の水に舟うけてうま酒そゝぎ江の神まつる
妻琴は昔ながらにたてりけり梅ちる窓のおぼろ夜の月
いはきの海夕べの嵐雨になりて沖つ汐あひに雲乱れ飛ぶ
君がためかなでし調きみなくてまた誰が為にわれハゑらべむ
志いまだ成らずや七年を音づれあらず暹羅《シャム》にゆきし友

たゞにやは鬼とはいはむ幾千度思ひわびてのゑわざなるべし
三日月の光一つを光にて武蔵野の原の日は暮れにけり
海驢《あしか》島あしかは住まず人といふ恐ろしきものにふしどとられて
薫じたる香のけぶりの一筋に思ひ断《た》ちにし此世にやあらぬ
秋風にふきおくられて明方の並木のかげを我一人行く
車とめて馬つぎかふる駅路の立場さびしき秋の雨かな
大寺の丹《に》ぬりのかどの柳かげ燕とび飛ぶ春の日うら〳〵
ゆきつかれいこふ木かげのかたつぶり汝《なれ》に家あり我身はかなき
村はづれうすひく家の日あたりにかたまり咲けるつはぶきの花
天城山木かげ岩かげ暮れはてゝ大島の辺に稲妻はしる
咲く梅の花のにほひに包まれてたてる奥つき誰にかあるらむ
いづこにか静けき宿をもとむべき野にも山にも木枯の風
かしましき乱舞このごろ声もなし六波羅殿に物のけ出づとふ
胸狭く思ひせまりしはて〳〵ハやゝゆるやかになる心かな

語らひし木かげやいづら古里の道たえ〴〵に野茨《のばら》はなさく
胸をさく情の斧よ同じくは身をも霊をも断てよとぞ思ふ
角力はてゝ人くづれかへる橋の上雪になるべき夕暮の風
とこ闇の千尋のやみの底にしも引いれらるゝ我心かな
人の世に罪なき人の誰かあらむ誰かさだむる人の子の罪
行けば行きとまればとまる我影のありやなしやもわきがたの世や
ぬば玉の夜半のさ霧にまぎれ入りてさながら消えむ此身ともがな
二十年《はたとせ》に一たび鳴りし半鐘のはしご朽ちたり山かげの村
老の目に涙うかべてのたまひし母の御詞今ぞこひしき
後の世の炎の海も渡るべし今此おもひいかにせましや
春の日の夕べさすがに風ありて芝生にゆらぐ鞦韆《ゆさはり》のかげ
秋の日は軒端の竹に傾けど投扇興の興いまだつきず
朽ちはてゝ文字もよまれぬ墓ゑるし子らや貧しき家や絶たる
うらぶれてひとりさまよふ野のはづれ尾花が上に秋の富士濃き

とこしへに幼心の失せずしてわれとこしへにあらむとぞ思ふ
手にとりて喜び見つる風車めぐりやすきは月日なりけり
少女子の真白き胸にいつよりかけがれし塵のおかむとすらむ
薬うる家の板戸をたゝく子の髪ふき乱すさ夜嵐かな
大空に燃ゆる火の山仰ぎ見つゝ茅萱《ちがや》わけ行く阿蘇の裾原
浪くらき磯の松原もやのうちに頬白鳴て夜は明むとす
前川にあひるおよぎて日まはりの花美くしきわらぶきの家
亡き友がいまはの面わゆくりなく枕に見ゆる秋の夜半かな
黙然と僧物いはず禅房のともし火くらし芭蕉葉のあめ
山かげのこゝにやさしき人あらば我世こゝにをへむ水の音清し
かにかくにいひ争はじわが心たゞ大空の神ぞゑらさむ
新嫁のつゝましげなる田植歌たのもすゞしき朝風ぞふく
さ夜ふけて胸にし問はゞ人の世に罪なき人はあらじとぞ思ふ
二つなき命をさへもさゝげてき何今さらに君に誓はむ

下りゆく舟よびとめて賤の女がことづて頼む川そひの村
新殿の木の香かをりて奥深き木立の奥の木ばさみの音
君がゆく花の都はよしとても此川そひを忘れますな君
いとせめて手向くる酒の一ᄐづく苔の下にもとほれとぞ思ふ
うつむきて詞なかりしかの人の姿おぼゆる糸萩の花
病いえて朝な〳〵の庭あるき日毎色そふ若葉すゞしき
里遠しいづこより来てつくるらむおく山かげの菜畑麦畑
我息の終の息のたえむ時この苦しびは身をや去るべき
今更にきかむ詞もおもほえずこはかくながら君に返さむ
里にいでし法師は未だかへり来ず人なき居間の水仙の花
底までもすきとほりたる青淵に二ひら三ひら花ちり浮ぶ
梢みなあらはになりし霜枯の木立にあかき夕づく日かな
胸にみついくその恨はかなくもわが身と共にくちかはつらむ
あだ人のほまれの声につゝまれてを琴ひきしも昔なりけり

旅人のむすぶゑづくに濁りてももとの清きにかへる水かな
神のみ声きくかとぞ思ふ神路山杉生のおくの鶯の声
ゆくへ知らぬ我子此頃いかならむ昨日も今日も悪しき夢見つ
なまじひに情の言葉たまはるな君はあて人われは海士の子
人しらぬ涙の谷にひとり住みて君がさかえを祈る人あり
忘られし我は我身を恨みなむ君のいつはり神は許さじ
我影は川のあなたをあゆみけり浅き流に夕日よどみて
兎追ひて走せのぼりたる峠道みづうみ青し白雪の中に
かたづくる夜店商人植木店さよ風さむし片われの月
とりかはすわが手人の手あたゝけきなさけよいつかさめはてにけむ
仮字がきのわが子のふみを読みかへし嫗うち笑む埋火のもと
同じ世に生れあひつる宿世こそ嬉しかりけれかなしかりけれ
ますらをのおくつき守る松一木まつ年ふりて草緑なり
吾妹子の泣きていさめし酒なれどなど此酒のかくハやめがたき

たま〳〵にもりくる日かげ命にて木蔭の小草花さき匂ふ

夕風の誘ふまに〳〵ちる花をことあり顔に見る蛙かな

たへかねて散りし木の葉を木枯のいづこまでとか吹きしをるらむ

重荷負ひて山路をくだるやせ馬の嘶《いなき》さむし木がらしの風

山かごに乗りておりくる少女子が手にとりもたる撫子の花

白帆きえ船唄きえておぼろ夜の月にたゞよふ千鳥百島

しばし語りて友のかへりし清水がもと又一人にもなりにける哉

死を急ぐますらたけをの駒のおとに夜霧やぶるゝ大川のあたり

ゆふづく日菜の花畑に傾きぬ名古屋の大城遠く霞みて

呉竹のまき葉にすがく戸たて蜘蛛かくてもあればある世なりけり

とぼ〳〵とさ霧の中をゆく人のかげの見えずもなりにける哉

吾妹子にはじめてあひし岡のべの其一つ松薪となりぬ

艸ハかれ鳥ハうたはず冬枯のかれ野に似たる我心かな

かくながらかくながら我《われ》失せぬとも否々我はいはじとぞ思ふ

人の世に唯ひとりなる君います百人千人敵《あた》はありとも
馬追がうたふ小唄の甲斐なまり谷間に消えて雨こぼれきぬ
燈火のくらき夜床に独ありて息あるうちと筆やとりけむ
年とへば手をひろげても見する哉うつくしき子よ汝《な》が家ハいづこ
ざえもなく身も弱くして徒らに画師になりつる身をくゆるかな
鑿《のみ》の音折々たえて夕日さす仏師が庭の山茶花のはな
真心の民住める国一すぢの君います国桜にほふ国
碁の友は蕨折にといでゆきて出湯の宿の春の日ながき
うちとけていま一度も語らはゞ恨とけましを今は世になき
法の師に法の道きゝ馬追に馬の事きく今日の旅かな
にぎはしきとり入れ祭この秋はさびしくもあるか君まさずして
いたづきのおもれる母にかゝる事きかせまつらむ事の悲しさ
二度は蝶舞ふ春におとづれむあまりにかなしみちのくの秋
のどかにも流れゆく水あら海のあらき中にや入らむとすらむ

千里ゆく心も折れて賤が屋の厩の中に身は老にけり
ころも川北上川を吹きこえてあきかぜさむし高館の城
かつぎゆく紅梅の衣《きぬ》雪に映《は》えて卯杖の使御門まかづる
こゝにして老いゆく末を思ひ見ればあまりにつらき我宿世かな
衰へて売りたる家の庭の松あの松はとて母ののたまふ
富士詣かへり来る日と産土の森賑はしき笑ひ声かな
見るまゝに眺むるまゝに花もまた物いひたげに打ゑまひつゝ
来ませ君わたし渡りて西の村桃にうもるゝ藁ぶきの家
ぬふ針の一針毎に我おもひこもれりと知らで君着ますらむ
大和なる二上山のふたゝびはあはじといひし人の恋しき
船つくる槌の音やみて荒波の声にくれゆく海添の里
幸に酒かふ銭のあまれるを今宵の月夜君とあかさむ
さらばとてうつぶく妹が一しづくわれも消ゆべき心地こそすれ
おそろしき夢よりさめて見まはせば燈火ゑろく雨の音する

旅枕くらきともし火かきたてゝ苦き薬をひとりのむかな
夕ぐれの村より村をおとづれて遠くきえゆく入相の鐘
千年なほ流るゝ川の川隈にゑばし花さくおもだかの花
人づての誠しからず思へどもゑばしなぐさむ我心かな
川岸に舟をとゞめて橋づめの店に酒かふ朧夜の月
きちがひとうたひはやしてきちがひになりしこゝろを知る人のなき
いくそたび思ひ返してこりずまに猶とる筆の命毛きれぬ
草刈のうたふひな唄おもしろし誰より誰に伝え来にけむ
吾妹子が織りし衣《きぬ》わがこりし柴ゐろりのもとは寒くしもあらず
家に送る書かきはてゝ旅やかた雨をながむる夕まぐれかな
小法師が案内《あない》の声もかれはてゝはるの日低しきぬがさの山
友を売り心を売りてとつぎてもあやのむしろや臥し心地よき
おりたちていちごつみとる裏ばたけ朝露ながら栗の花ちる
かの人と共に手折りし島かげの秋萩の花いまさくらむか

のむ酒にうさ忘れしハゑばしにて又さびしくもなる心かな

木の芽ふく南おもての日あたりに今日もきてなく名も知らぬ鳥

近づきし選挙のうはさとり〴〵に炉の火赤くもえて夜はふけにけり

馬なべてゆくゆく語る裾野道右も左もたゞ秋の花

うと〳〵と火鉢によりて眠ります父の面わの老ませるかな

松かげの苔なめらかに露おちてあした静けき鳥の一こゑ

なにごともいはで別れし朧夜やわが世の春のとぢめなりけむ

楽堂の物のね絶えて人ちりて広き芝生に蝶一つ飛ぶ

青淵の深き底ひに我心さそひもてゆく水の音かな

たまほこの道ゆきぶりにあひし時いかで詞をかはさゞりけむ

渓に沿ふ五里の山道山の上の雲ひやゝかに雨こぼれ来ぬ

此秋はあるじなくして刈入れぬ刈の粟生に鶉なくなり

船一つ南の雲の内に消えて鯨ゑほ吹く真くま野の海

遠つあふみいなさ細江の秋かぜに月影さむくあしの花ちる

今日も又ひつぎつくりて暮しけりおのが棺は誰がつくるらむ
一とせの春のさかりの花かげに酔ひて眠るをたれかとがむる
悲しき哉わがわざすさみ身は病みていえせぬきずぞ胸にのこれる
唯ゑばし同じ車に乗りあひし昨日の人を思ふ夜半かな
燭の前に汲むや美《うま》酒妻の笑《ゑ》顔《がほ》みる〳〵かはるくろがねの窓
いくとせの昔の夢のかげ追ひて一人さまよふ磯の松原
ゆら〳〵と霧藻ゆらぎて深山木の高きこずゑに駒鳥うたふ
くれぬとてやどり求むる旅人の心にひゞく入相の鐘
森の王湖《きみうみ》の姫訪ふたそがれの道うつくしき白萩の花
悔ゆれどもくいなげけどもかひぞなきなど愚なる心なりけむ
否いはじ我悲しびはわがなれば此身と共に土に埋めむ
帰りくれば君はとつぎぬ花はちりぬ何に帰りし我身なるらむ
おぼつかな夢かあらぬかおぼろ夜の梅ちる庭に君が声する
山ふかみ小雨そぼふる小木曾道馬ひくをのこ唄もうたはず

父の子ぞ母の愛子《まなこ》ぞ御軍に弱き名とるな我国のため
紅に雪をそめたる丈夫《ますらを》が肌へにそへし老し母のふみ
いく千々の尊とき血もてあがなひし遼東の山草の色こき
天つ日の光かしこみいやさきにまつろひよりし高さご嶋山
見そなはせ率分堂に草生ひて大臣《おとゞ》うたへり花の前の宴
八道の山河人なし徒らに鷲の羽かぜに任せはてむや
起てよ民神のうちますせめ鼓天にとよめり起てよ国民
亜細亜の地図色いかならむ百とせの後をし思《も》へば肌へいよだつ
静なる我夢のせていつしかも我舟はてぬ湖《うみ》そひの村
紺青の水海赤く日はおちてわれ一人立つ老杉のもと
水海の岸の木かげにたゞずみて静におもふ天地の歌
日は夕べ水海のほとり山のうへ友ものいはず我も語らず
湖添《うみそひ》の山下道の七曲り馬にゆられ〱行くゆふべかな
炭がまの烟一すぢ雲に入りて鳥が音もなし湖《うみ》添の山

つばめ一つ果なき空に消え行きて物おともあらず水海の上

山をこえ湖《うみ》をこえ来て湖《うみ》ぎはにやせ畑つくる賤の男あはれ

広き世もこの身一つを入れずして又かへりきぬ古里の山

志事とたがひてやせし影うつすもはかな古さとの水

人触るれば人を斬らむの剣太刀鞘にをさめてすでに幾とせ

人の世のねたみあらそひ見おろして山の室屋にわれ老ん哉

徒らに安きに眠る世なりけり箱に秘めおかむわが剣太刀

世人皆われにつれなき世なれども我に友あり酒といへる友

さかしげにいづこの誰か道を説く酔て歌ひて我世は過ぎむ

のめや君ますらをさびてのめや君今宵別れば又いつかあはむ

声高《こわだか》にかたりあひつる船と船あひだ遠くなりて日はおちにけり

岸に呼べば船に答へて船に呼べば岸に答ふる朧夜の月

乗合の人は大方夢に入りて夜船さびしきともし火の影

海原を遠くゆきあひし船と船笛の音高く相わかれゆく

船人のふな唄遠く遠く消えて人なき入江芦の花ちる

江の南春あたゝかに梅早しかしこに繋げまれ人の船

二つ三つ鷗あそびて日は高し沈みし船の帆ばしらの上に

阿蘭陀《おらんだ》の入舟見えて長崎の浦のゆふ波春しづかなり

いざゆかむ葡萄うま酒瓶にみてゝ吾友待てり甲斐の山里

八つが岳山おろしの風寒けれどゐろりのほとりとはに春なり

牛かひて庭鳥かひて諸共にわれも住まばや君が山里

そらぼめの声も聞えずあざけりの声もきこえず山かげの村

思ひ見れば風雲の望夢に似たり唯打ゑみて我世すごさむ

わづらはしあざけり何ぞ誉何ぞ酔て眠りて此世すぎばや

天地のあるじとなるも何かせむいかでまさらむ此ゑひ心地

ゑひにけりわれゑひにけり真心もこもれる酒にわれ酔にけり

なつかしき松原見えてなつかしき島山見えて我船はてぬ

唯一人一人の吾背たよりにて離れ小島に法の道説く

人ゑれぬ離れ小島をきりひらき心にかなふ国やつくらむ
わた中のかゝる島にも人すみて家もありけり墓もありけり
島人のつどふまとゐの中に入て遊子の思そゞろ悲しき
二度は来給ふまじき此島にひとり泣くべき宿世なるらむ
此島をはなれまうしと君いはゞわれ島人にならむとぞ思ふ
なまじひに都のうはさ聞しよりわびしくなりし嶋ずまひかな
春の水ゆたに流れてゆくら〳〵春の帆つゞく利根の大川
櫓声ゆるく歌ごゑ遠し朧夜の月のとま舟佐原あたりか
君を送る刀根川添の夜の雨あめゑめやかに酒さめやすき
ちのみ子の泣く声やみて川舟の燈火さむし利根川の水
おもひ川思ふことなくて渡るとも悲しかるべき水の音かな
やみませる夫《つま》にかはりて此稚子の牛追ふ年にいつかなるらむ
牛を追ひ牛を追ひつゝこの野べにわが世の半はや過にけり
牛に似ておのがあゆみの遅くとも行くべき限ゆかむとぞ思ふ

肉《しゝむら》のつばさうごかし尾をうちて山の大君山川わたる（虎三首）
雪の夜を旗亭の酒に酔ひ𛁊れて張三李四の虎物語
一人がいふ市に虎あり又曰く市に虎あり恐ろしの世や
獅子がしらかつぎて舞ふや老猿の老たる業も哀なりけり（猴二首）
夕暮のつかれはてたる身ながらもせむ方なげに舞ふ小猿かな
やしなふもやしなはるゝも猿曳のいづれか殊に哀なるべき（狙公二首）
ふところに小猿抱きて猿曳の雨にぬれゆく夕まぐれかな
国ほろび道たえはてゝくちのこる塔《あらゝぎ》のうへに夕日きらめく（題仏陀迦耶塔図）
湯の中に足さしのべて老人の病も𛁊ばし忘れがほなる（塩原温泉）
ほゝゑみて国傾けしたをやめのおくつき寒しうぐひすの声（塩原高尾塚）
相模峯に将星消えて四百年ますらを江川生ひいでし山（韮山懐古）
海を越えて北に国あり何しかも得まくほりせし甲斐の黒駒（春日山懐古）
老の身の命のうちにまゐりたく願ひしみ寺見え初にけり（善光寺四首）
老の身の孫の手からず機おりて得たる黄金を今日たてまつる

ひれふして祈る嫗のいたゞきに黄金の仏あらはれ給ふ
千年へてきえせぬ法の燈火の光いつまで世を照らすらむ
大門《だいもん》のいしずゑ苔に埋もれて七堂伽藍たゞ秋の風（毛越寺懐古）
人かはり時うつろひて既に千年霞める塔よ何を夢見る（遥望法隆寺）
欄干によりて眠れる順礼の横顔さむくさすゆふ日かな（那古観音堂）
川くまに流れとまりしわらぶきの屋の上すごく月さえ渡る（水災後過山北駅）
大島をそがひになして行く舟の真帆吹き送る山おろしの風（下田矚目）
人の世ハわづらひ多しはなれ山ひとりはなれて我世すぐさむ（軽井沢望離山）
山高きみ寺のうちにある程は我もゑばしの仏なりけり（登清澄山）
散るとのみ見てや過ぐらむ墨染の袖に乱るゝやま桜花（贈某禅師）
真菰なびく十二の橋の夕月夜水ゆるやかに舟くだりゆく（潮来雑詠六首）
梅雨の今宵の雨に棹さして渡り来まさむ君をしぞ思ふ
君がためあむや真菰のあやむしろむしろは成りぬ君が来まさぬ
江に臨む楼台三五欄朽ちて歌声さむし刀根川の秋

吾背子の船かあらぬか川くまの真菰がくれに櫓の音聞ゆ

川添の柳おとろへ芦枯れて去年の宿りに去年の人なき

五月雨にからかさ借りて本町の朝の市見る旅のうた人（過新潟市）

火祭の松の火空にきらめきて人志げき道にほのみてし人（観吉田火祭、甲斐）

天地は雲にうもれて我影の外に物なし岩の上の道（以下二十八首富士登山作、途上二首）

ゆきあひし白衣の群は影消えぬ白雲のうちに鈴のおとして

敗られしさたんの軍ちりみだれくづるゝが如雲走り行く（望雲海四首）

北の海の千尋高波見る〳〵も氷れる如き雲の海はや

筑波嶺の神のみ使いたるらしひむがしの空ゆ雲舞ひ来る

いく千人幾よろづ人一ひらの此白雲の下に住むらむ

天地に物音もあらず月一つ空にかゝれり富士の嶺の上（山上覧月二首）

見るまゝに清く静けくうるはしく果は悲しき峯の上の月

息こもり人げこもりて岩室のうちほのくらしともし火の影（宿巌室八首）

酒さめて話もつきて岩室の室の外《と》すごき夜あらしの声

岩室を夜半に立いでて見さくれば人の世くらく雲立ちわたる
声高《こわたか》に物は語らじほど近き星の宮人ねぶりさむべし
天近き室の岩床夜をさむみ人の世恋し人の身われは
うつら〳〵夢成りがたみ見まはせば燈火くらし岩室の内
富士のねの石の室屋の岩枕ゆめ白くもの上にたゞよふ
所せき石の室屋の雨ごもり炉の火いぶりて話とだえぬ
いつよりか天の浮橋中絶て人と神との遠ざかりけむ（山頂七首）
神山の此いたゞきにうづみおく歌の一まき神ぞまもらむ
いつの世に作らしましていつの世に砕きますべき此世なるらむ
たゞよへる麓の雲の底にありて何をか競ひ何をか争そふ
俯して見る大やしま国あまりにも小さくもあるか大やしま国
我大君龍のみ馬に鞭うたし国見しまさな神山の上に
身も清く心清くて山の上の我身そゞろに神かとぞ思ふ
根の国の底つ岩根につゞくらむ高ねの真洞底ひ知られぬ（噴火古坑三首）

もゆる火のもえたつ上に天ぎらひみ雪ふりけむ神代をぞ思ふ
神山は更に火噴かむ東の洋《うみ》あれに荒れなむ百年の後
神の代に天降りけむ天人のくましゝ水か白金の水（銀明水二首）
白玉の甕《もたひ》に盛《も》りて大君にさゝげまつらむ白金の水
壁おちぬ家ハくづれぬゑかハあれどわれに宝ありかゝる笛あり（詠笛連作十二首）
せめはたる人さへ今は来ずなりぬわが笛一つわれにのこりて
山の端に月ハのぼりぬわが笛を今こそ吹かめ月ハのぼりぬ
花かげに袖うちたれてきゝし人いづちいにけむ笛ハあれども
童べよこち来て聞けやわが笛を何をか笑ふわれやをかしき
ことならば嵐も吹けや雨もふれたゞこの笛をわれハすさばむ
われハ唯ひとりぞ吹かむわれ知らぬ人にきかせむわが笛にあらず
雷《かみ》もおちよ龗《おかみ》もいでよわが笛をいかなるものか敢てとゞめむ
我身をも世をも忘れて吹く笛のすみゆくまゝにすむ心かな
笛の音ハすみこそのぼれかくながらのぼりやすらむ天つみ空に

笛の音ハいづこぞ誰ぞなつかしき声こそひゞけ雲のはたてに
身もあらずあたりもわかずうるはしくたへなる調四方にみちつゝ
ふしながら見まし〻去年の花うばら今年も咲きぬ折りて手向けむ（先考一週年祭）
夏の夜の月影涼し父母のいます方にもかくや照るらむ（考妣仝祭日）
天にいます我父のみハきこしめさむ我うたふ歌ゑらべひくゝとも（先考十週年祭）
一まきの書たづさへて筆のせてひとりわが行く唐土の秋（将遊清国）

余欲遊清国因輯平素所賦先為一集事出倉卒駁雑頗甚他日将続出二集三集乞教大方

明治三十六年十月　　佐々木信綱識

思　草　終

山と水と

いま仮寓してをる熱海西山は、日金山から下る尾根、西は杉や松に雑木がまじり、東はやや遠く松のみの、二つの丘が相対して、ともにすがすがしい色を示してをる。南は遠く展けて、かたちのよい緑の和田山が望まれる。門前の道を隔てて流れる渓流は、名をむらさき川といふ。絶えず潺々《せんせん》の響をたてて、石の上を越え石の間をくぐり、清らかに奔りくだる。この数年、老の身の全力を傾けて、全集刊行のためにひねもす机によりつづけてをる自分の心を、慰めもし励ましもしてくれるのは、この山と水とである。

近く、長谷川書房の主人から歌集の出版をうながされて、「瀬の音」以後の歌稿の中から、ここに五百十余首を抄出した。前半は西片町にての、後半は西山に移りての作である。著述に専念して、詠み出た歌の数は多くもなく、また次の集にとのこしたものもあるが、景に臨み折にふれての作をかく一巻となし得たについては、まことにこの風光の恩頼に感謝することである。

昭和二十五年十一月

佐佐木信綱

雪の小田原海岸

沖空はくもらひくらしまなかひの浜しろじろと雪ふりに降る

いく百の鷗たち舞ひいく十の鴉とびたつ雪ちるなぎさに

大漁の旗、雪風にひるがへし発動船はちかづききたる

よき人を迎ふるごとも漕ぎいづる雪の渚の小舟の幾つ

大船ゆ小舟にはふる銀の鰤ほりはふる、雪ちりぼふ中を

鰤満《み》てて漕ぎ来《く》舟待つと雪にぬれ人つどふ、舞ひあがる鷗と鴉

人は人のはたらきに生《い》く鳥は鳥の動作す、雪のちりちる浜辺

をりをりぐさ

新春の歌

春ここに生るる朝の日をうけて山河草木《さんかさうもく》みな光あり

初春の真すみの空にましろなる曙の富士を仰ぎけるかも

孫

幼けどをのこまごなりはたはたと全身全力もて廊下はせくなり

万葉集を漢訳せる銭稲孫君来訪す

よろづ葉の葉かげさやけみ風清み遠つまれびとおとなひ来る

「王堂チェンバレン先生」成れりし日

うるはしきやまと言葉もて語りましき明星が岳みゆる書庫の書斎に

Ｐ・Ｐ・Ｃとかたへがきせる名刺もちて訪ひましきわが小川町の家を

西原君に炭鉱談を聞き、かつて足尾にものせし時を憶ひて

キャップランプ闇の坑道にほの光り鉱員が笑ふ声こだまする

発破《はっぱ》のおと鉱石《いし》ちりぼへる片すみのくらき光に昼食《ひるけ》す四五人

くらき坑内《しき》地熱こもらふ中にして汗みどろなり日のひねもすを

深大寺

ふる寺は雨のひびきもかそかなりしづかに対《むか》ふ白鳳仏に

泰山木の大き葉にふるる雨のおと白鳳仏も聞きいますべし

大和国史館の考古学室に発掘品を見る

埴《はに》やきの玩具の獣《けもの》ちさき壺原住民も子は愛《かな》しみて

蒲原なる軽金属会社にて

リゴレット型に鋳そそぐ白熱火はつはつ散りて銀の花さく

はしきかもまろがりおつる清き雪掌《て》にすくひみれば暖かき雪

下野烏山にて

大土を足しかとふみ山すその此のみちや行きし二宮の老翁《をぢ》

金沢文庫

金沢のいり江おだひに丘きよみ七ももとせを文ここにあり

九十九里浜なる久我氏の片貝荘にて

真白砂光を帯び来《き》影をゐがき松原の上の月夜となれり

ここかしこ芝生のうへに蔭ありて松いくもとの月夜なりけり

遠汐さゐ東方《ひがし》になりて浜の家の夜がたりの間に月かたぶきぬ

成東への途上、伊藤左千夫君生誕之地の標木たてり。君と初めて会ひしは、鷗外博士の観潮楼歌会にてなりき。夜ふけて、与謝野君、石川君等と語りつつ帰りぬ。

夜ふけたる千駄木の通り声高《こわだか》に左千夫寛《ひろし》かたり啄木黙々と

ゆくところ槙垣ぞ多き声高《こわだか》にかたりし声のきこえこずや今

かぞふれば泉下の人多し黄ばみたる枯生が上の木洩日のかげ

嵯峨

秋風の嵯峨野をあゆむ一人なり野宮《ののみや》のあとの濃き蔦紅葉

高松披雲閣

大書院近つ海風吹きとほり庭山蘇鉄いかし葉ゆるる

○

穂薄をゆるがす風の音きくべし夕ぐもり空すでに暮れたり

熱海来宮荘

西山のなぞへ並松あさの日てり貯水池のみづ光を湛《たた》ふ

熊野ぶり

昭和十五年十月十七日、東京帝国大学講堂に、先人五十年記念講演会を催す。十八日、和気公銅像地鎮祭に列す。同夜出立。十九日、京都冷泉家なる定家卿七百年讃仰会に陳列の典籍を観る。廿日、西行上人七百五十年記念の歌碑建設式に、河内弘川寺にいたる。廿一日、紀伊木の本に宿る。廿二日、安達忠一郎君大阪より来る。君の案内にて新宮を巡り、狭野を経、那智にいたる。夜ふけて、勝浦荘に宿る。廿三日、潮岬にものし、安達君に別れて白浜に宿り、那智の作を推敲す。予幼くて漢詩を学び、旅中偶ゝ韻字の書を携ふることあり。この夜、那智に於ける西行の歌を懐ひつつ、月色水光倶皓皓、巌頭半夜一人僧の句を得たるも起承成らず。乃ち訳して一首の歌としたりき。廿四日大阪に下車し、伊勢に向ふ。明日、石薬師村小学校に於ける先人の五十年祭に列席せむとてなり。

木の本

真熊野の海の上《へ》の月すみきはまりむかふ心の堪へがてなくに

鬼が城途上

秋の灯《ひ》に一人わが聞く波のおと真くま野の海の波のおとなり

秋空は真澄みさやけし荒磯《ありそ》波しぶき高高に日に光り散り

鬼が城

崖路《かけぢ》せばくつはぶきさけり薊さけり真下荒海《ましたあるみ》にとよむ荒波

巌《いは》もだし海言挙すかくて猶いく万年《よろづとせ》たたかふらむか

花の窟に詣づ

はま松の朝かぜに心みそぎして花のいはやに花たてまつる

新宮、速玉神社に竹柏の大樹あり

熊野御幸あふぎまつれる時すでにかげ高かりしこれの那木かも

狭野

神のいくさ御船ゆおりて踏ましけむ真熊野の浜の此の白真砂《しらまなご》

那智

大き瀧に金色《こんじき》に日ぞかがよへる見のまなかひに神います如し
天つ処女あまつ白木綿《しらゆふ》とはに織るをさの音かも瀧の音かも
天の下のうつくしきものを那智の山のこれの瀧つ瀬にまさ目にし見つ
やゝやゝに夕づく山の風しづもり鼕鼕《とうとう》と瀧の音響くなり

西行上人を憶ふ

月の色と水の光りと倶に皓皓《しろ》し巌頭半夜一人の僧
緇衣《しえ》の袖に夜《よる》の山の気《け》かそかなり月たかく白く瀧白く高く
音、光、心、相照り月と人と瀧とただにある夜《よる》の深山《み》に

熊野御幸

補陀落《ふだらく》の世界欣求《ごんぐ》せす御胸《み》にも波の響は寂しくましけむ
かしこくも斗擻《とそう》修行のおほ御身に触りけむ朝の那智山の霧

勝浦荘の裏山にて

島山の松風に立ちて見さくるや海しづかなるに秋の雲うごく

潮岬

くろみたぎつ荒磯《ありそ》くろしほ直下《ちよくか》に見、潮の岬の秋風に立つ
鐺鞜《たうたふ》と黒み寄せたぎる黒潮のあら磯にしてさける葛花
大草原《だいさうげん》秋風黄なりうづくまる、立ちて尾を振る黒牛まだら牛

白浜

大草原海にかたぶく片崖《ぎし》に默默として草はめる牛
磯畑は花さきのこる浜木綿に朝海の光今まともなる

虹

和泉路はおくてみのり田時雨はれ遠かつらぎの山の上の虹

信濃ここかしこ

十六年の盛夏、例年のごと軽井沢万平ホテルに在り、「万葉集の研究」の校正に専心して十数日を過しぬ。たまたま一日を、小海線に

より、延山が原に遊ぶ。三十八年前、同人小尾君の案内にて、甲州清春村より、乗馬にして八が岳の麓を越えし思ひ出の地なればなり。また志賀高原に、野尻湖畔に、各一夜を過したりき。

軽井沢

窓にちかき白樺高木幹苔のしらじらと朝の日はにほひ来《く》る

高原道林に入りて昼雨のふりますぐなり山砂にしむ

山国《ぐに》の日ぐせ夕雨おとはげし忽ちに晴れてひぐらし鳴き出づ

外《と》に出づれば白樺のうれほのじろう月しづかにして遠雷《いかづち》す

もやの底に花さきしづむ月見草《ぐさ》ほのぼのとして夜の道遠し

ひねもすを筆とり暮らし山窓に白樺の風を聞く十日なる

ますらをの火の山にしてひさかたの月の下びにいぶき歎くも

延山が原

千くまあがた川上郷《がう》は川原《かははら》も山高原も月みぐさの国

ちくま川もとほり下る八十谷の山高原は月みぐさの花

八が岳天そそりたつ一《ひと》嶺の半《なか》らに白く雲ながれたり

駅《えき》裏はひまはり咲けりたけ長く切りそろへたる白樺の材《ざい》

山の霧ここに追ひ来て小駅《せうえき》に別を惜しむ人をつつめり

棚田よりたな田におつる水しぶき浴みて色こし蓼の花萩が花

　　バスにて志賀高原に

のほるままに林相《りんさう》かはり白樺の幹々に明るし山の秋の日

　　志賀高原ホテル

桔梗《きちかう》の色こき花のむらさきに心はそみて山にむかへり

おりゆきてストーブのもとに書よまむ身にひしひしとせまる夕冷《びえ》

ストーブの白樺の薪《まき》もえさかれり独ソ戦の記事を火明《ほあかり》に読む

　　仏印なる宇野栄三君におくる絵葉書に

たか原の天《あめ》の足夜《たりよ》を月ふけたりはろばろしかも遠人《とほひと》おもふに

○

山原の此ののしののめや白雲のおりゐ遊ぶに我もまじれり

中空を懸巣《かけす》ゆるやかに舞ひ去りて山上《さんじやう》の雲しばしうごかず

朝の卓露を帯びたる山草の花の黄なるが目にしみて清し

山人を案内にここかしこをめぐる

朝山道ぶな白樺の木下冷《こしたびえ》山いちごの赤きを手につみにけり

声《こわ》高に「よう」といひかはす山人が言葉の中を走る朝もや

雨に遇ふ

山雨《さんう》ふり来《き》打ちのはげしさ穂すすきも桔梗《きちかう》の花も草原に泣く

野尻湖

木もれ日の光やはらかし埴《はに》やきの郭公笛《くわくこうぶえ》を児はふきすさぶ

雨さと過ぎとみに照る日の光あをし樅が木群《こむら》は雫しやまず

柏原駅に一茶をおもふ

秋風に蕎麦畑白しいとけなき弥太郎童ゆきけむ道か

一茶終焉の土蔵のこれり

「蚤さわぐ」此の蔵にしてと悲しめどほろにがき笑《ゑみ》にゑみてをあらむ

白椿

常盤信明君を悼む

肉を裂き骨を削るにしのび堪へ生死《しやうじ》の際《きは》も歌おもひゐし

富岡冬野ぬしうせぬ

心より我が死かなしみなげくべき人の一人が世を早くせし

左団次を悼む

こころもえて開幕の時刻《とき》を待ちたりき自由劇場のジョン・ガブリエル・ボルクマン

ボルクマンの鬘・顔・声・靴の音いく十年の今も見え来《く》ひびき来《く》

京都ホテルの一室に訪ひたりき

ホテルの日本間あたたかく花がめに白き椿の花いけてありし

顔見世《かほみせ》狂言に出づる前しばしを語らひき君も吾も好む古書《こしよ》ものがたり

馬来半島にて戦死せし荒井農学士の家を訪ひて

生死《しやうじ》の地に学《がく》の資料と拾ひしかも還りこし図囊の中の護謨《ゴム》の実

朝永正三博士を悼む

額にめがねおしあげかたりましし事ごとに己《し》が意見もちましき

石榑千亦君を悼む

荒海をむしろよろこびて船航《ゆ》きし海の歌人世を去りしはや
うたびとの古泉千樫新井洸《あきら》君によりてこそはぐくまれしか
いとせめて君が御霊の前にささぐ此の一つきの酒をうけませ
わが心うらさぶしもよ五十とせのよき友、君をうしなひにける

楓園印東昌綱君うせぬ

父母ぎみとくうせまししし広き家にはらから二人寂しく住みしか
歌に書《しよ》に園の楓のかげふみしをしへ子のむねにいきてをあらむ

厳し世

地軸ゆるぎ世界きしろふこの秋ぞすぐれ人いでよやまとみ国に
今の今の命しりがたき厳《いか》し世も息ある間はと筆とりつづくる
壕に入る準備《まうけ》ととのへて中庭の山茶花のはなにわがむかひをり
壕を出でて庭畑にあふぐ真蒼ぞら飛行機雲は縦横《たてぬき》に白し

イランなる市河公使をおもふ

今宵月すみきはまれりみ国おもひ事とる窓に仰ぎてあらむ

井を掘りて

ほりほりて中つ土底土《にしはに》ほりきはめこれの真清水わきでけらずや

病牀偶吟

十八年の晩春より疾みて、死生の間を彷徨すること数日、仰臥数十日読むなかれ、聞くなかれ、考ふるなかれとの医禁を守りつつも、おのづからあふれ出でたる作を録す。

苦闘

日に幾たび注射また注射道の為に生《い》かまほしき望あり堪へざるべからず

夜《よる》の魔は終夜《よただ》さいなみき明けされば少し退《しぞ》きて又もさいなむ

未完成の草稿のいくつ校正の机上にたまれるが真夜中に見ゆ

念ふなかれ心虚しかれと思へれどあはれなるかなや人間の煩悩は

疾《や》みては月日あらぬなりゆくりなく日を問へばあらぬ日を答ふなり

生死

生《せい》か死か最《もと》も厳しき現実の真《まつ》ただ中に横たはりをり

塵微塵《ぢんみぢん》うごかしがたき生死《しやうじ》なり苦悩のうちに一夜《ひとよ》をありしか

死や生や常おもはぬにあらなくに今直面し狼狽す何ぞ

○

あな苦し飲食《おんじき》のすべて舌端の針の林に触るるなりけり
朽木なす身は横たはりありといへど胸もゆ御軍の上をおもふに
宵よりの歓声夜ふけて猶絶えず崖下《がけした》の家の誰《た》が子かも征く
かばかりの痛みだに苦しもろもろの白衣勇士に合掌しまつる
苦しき夢さめて苦しき夢に入るひねもすを庭木に風ある日なり
山辺《やまのべ》の御井の撓処《たをり》に土筆つみし幼な日の春病める目に見ゆ
天下第一泉わきてかあらむ初夏《しよか》の風に金山寺の風鐸鳴りてかあらむ
病みてあれば新《にひ》春を三保の舟に見し紅ゐの富士おもほゆるかも
常聞きつつ聞かぬ雨の音《と》ききしみをり浅夜を覚めし夢の名残に
みとり女《め》が夜《よ》の熱かきいるる温度表にかげ長うさす鉢の槻《つき》の木
指のかげ壁にうつして童さびひとりゐみすも浅夜の床に
今日すでに四十日《よそか》を過ぎつ大空を仰がず海の蒼波を見ず
読まず聞かず物かうがへず四十余日《よそかまり》死灰の中の朝夕なりけり
山窓にかけひの音を聞くごともねざめやすけし熱さがりたらし

花くさぐさ

一夜を我もだえてぞありし鉢の牡丹かくもめでたく蕾ひらきし
朝光《かげ》に開きし牡丹くれなゐのにほひ加はるいま夜《よる》の灯《ひ》に
瓶の牡丹とへば庭のがさけりといふ庭の春をも忘れてありし
雨あがり窓の日ざしのとみに明く紅山楂子《べにさんざし》の花もゆるごとし
花がめのあやめになごむ心かもむしむしと暑き午後の一とき

盆栽をながめつつ

白樺は高原道をおもはしむ夏若くして人ゆかざらむ

幻視といふことの微妙なるを、病みて初めて知りぬ。目をとづれば、赤くまろき珠、青く菱形なる珠迸り出で、或は形を成し、或は図を作る。しかも瞬間にして形を代へ、顕れまた消ゆ。

目とづれば青き赤き木々簇生《そうせい》し粉雪みだれ散り犬走せに走す
青き家を出でくる童次々に虫うまれ隣の赤き塚くづる

白き赤き生《せい》ある土偶いく十百行進す下にすばやく旗ふる
ぴちぴちと白光色にはぬる魚、池の対岸は真紅《しんく》の林
金色《こんじき》の細竹群《たかむら》のいく千本《ちもと》飛びかひかけるつばさ赤き鳥
山の鳥ちちと鳴き去り一室を圧しおほへり山吹の枝

幼時を追懐するに心も幼くなりぬ

四日市《よかいち》の時雨《しぐれ》蛤日永の長餅の家土産待つと父を待ちにき
枚方《ひらかた》は忘られぬところ夜舟の夢「くらはんか」の声におびやかされし
九頭龍《くづれ》川父よりも大き鮎つり得て鮎つり人とならむかと思《も》ひし

思ひせまりし時

五十年《いそとせ》をただに斯の道にいそしみ来つ五月《さつき》の風に静かに眠らむ
我を待たす父にきこえむ事ぞ多き大御代のこと万葉《まんえふ》のこと

かへりみておほけなけれど

万葉《よろづは》の古葉かきはらひ一すぢの道ひらき得たりこの五十とせに
竹柏園《なぎぞの》の五十とせのつどひ今おもふに空しからざりきよき人得たり

助けられ起きて

枝はれる老木高槻緑すがし五月の朝の何ぞありがたき

折々に

かにかくに心ははやれ臥《こや》りゐて身は蛭子なす脚立たなくに

心はずむ再び生きて文机によらむ日ちかし朝の光きよし

医禁許《ゆ》りぬ仰むき臥して書よむはよしといふ、まづ何の書よまむ

京都なる新村博士より、大患後の静養につきてねもころなる来信あり

清き風窓ゆ入る如《な》すよき友の音づれきたるよきあしたなり

東北地方よりアリューシャンにかけて広く分布せりといふ蔓《つる》苔桃の鉢をおくらる

朝光《かげ》はつる苔桃のささやけき花にも実にも照りたらひたり

○

いきいきと目をかがやかし幸綱が高らかに歌ふチューリップのうた

久に見る芝生の庭も珍らしく青葉が隅にがくの花さける
接骨木《にはとこ》のさゆらぐ青葉色ちりて風の前に舞ふ真白なる蝶
おもひみれば我を視我を省る時をぞ神の与へたまひし

病後散歩

梢《うれ》高きゐにすの花の房花のほろろ散りくも歩み遅き前に
垣ごしに見る梔子《くちなし》花のいろあせたり昨日の子犬今日も寄りくる

二月と五月

十九年二月万葉文献解題を整理しつつ

ひたごころ書《ふみ》にひたりゐし眼を放ち見やる外《と》の面《も》は雪ふぶきをり
庭木立えだたわわにも雪つもれり北の防人を思ひかしこむ

五月十一日、帝国学士院会員を召させ給ひ、
拝謁を賜ひぬ

大前の御苑《みその》の躑躅くれなゐに真清水は高く真白に清らに
謁を賜ふ、大き戦の時にあれどまなびの道を重みしますと

槻が枝

ゆれゆらぐ高木槻《つき》が枝《え》さあを葉は日光《ひかり》をこぼす真昼の風に

熱海西山作

十九年十二月、熱海西山なる西原氏の別墅凌寒荘に仮寓す

向つ丘《を》は杉群傾斜《なぞへ》流きよみおほけなしわが山水屛風《せんずゐ》
山黙《もだ》し水かたらひて我に教へ我をみちびくこの山と水と
門いづれば紫川のおと近み澄み浄き朝のわが心かも
山の色微かに明けて朝鳥の声おこる、谷のあなたにこなたに
竹《たか》むらの上をさと走るもやの流しばらくにして朝日さしいづ

暮ちかき空に黄ばめる雲ありて夕庭くまの竹群さむし
夕日しづみ木々の光り葉光消えて山静かにも暮れむとすなり
西山の傾斜《なぞへ》杉むら光あせぬ今日の一日も暮れむとするか
夕べとみに風ふきおこり向つ丘《を》の杉の秀《ほ》の上《へ》を雨もや走る
世を思ひ人を思ひはた我を思ひ涙はこぼるさ夜のくだちに
和田山は雨けぶらへり昨日《きそ》よりも声ととのへる今朝の鶯
庭隈のあしびの花に夕雨のあかるうそそぐ見つつ語らふ
山庭の夕かげりとく木々がかもすくらさの中にあしびは白し
ひと巻の書《ふみ》かきをへつ夕庭の木蘭の花にしづかに対《むか》ふ
青葉の山くだらむとして夕虹の薄ら消えゆくにあひにけるかも
あした夕べもの乏しかる今の世に吾はうたはむ讃胡瓜歌《きうりをほむるうた》

わが道

神の前にさもらふここち文机によりつつ今日の一日もくれぬ
すがのねのながき春日を幾日すぎてただ一言を解きわきがてぬ

何をなししぞ我をかへりみ今日の日のいのち思ひてスタンドを消す

三十年《みそとせ》を四十年を求め求め得ざる古典籍の名をかぞふる月夜

わが道とほくはろけし飛躍は望むべからず一歩一歩をゆく

古にわが師あり今にわが師あり我《われ》日々に学びて倦むことなけむ

ひとすぢの精進心《さうじごころ》に昨日すぎ今日はた暮れぬ明日にあはば明日も

　　二十年七月、海南下村博士来訪

友もだし我はた黙《もだ》し丘の上《へ》の三もと老樟の夕ばえ仰ぐ

　　八月十五日

天《あめ》を仰ぎ地《つち》にひれふし歎けどもなげけどもつきむ涙にあらず

　　十六日

わが心くもらひくらし海は山はきのふのままの海山なるを

　　十七日

なげきあまり熱にたふれし耳の辺に人間ならぬ嗚咽《をえつ》の声す

身に熱あり胸に憂あり門川のたぎつ瀬の音《と》を夜深く聞くも

○

眠成らず夜くだつままに門川の水のたぎちの胸にひびき来《く》

悲しきかも身にしみ骨にしみとほる今年の秋の秋風の声

世を憂へ世をし歎くに山住も心ほとほと堪へざらむとす

世を離《さか》りこの山かげにこもりはをれ夕べの雲にうたた思あり

書とぢてしづかにおもふ世のさまを丘の上の家に燈《ひ》はともりたり

国やぶれて山河《さんか》あり今宵さやかなる大空の月を仰ぐに堪へず

上京して

あき風の焦土が原に立ちておもふやぶれし国はかなしかりけり

豪雨の夜、東京より帰り来て

飛礫《つぶて》なす闇夜《やみよ》の大雨《ひさめ》たぎちくだる水にひたりひたり石坂路のぼる

闇のうちを雨白うしぶく悔いて今せんなしただに石坂路のぼる

いまの世の相《すがた》おもへば今宵の此の黒闇《こくあん》豪雨なほしかずけり

ここかしこの建造物のことどもを聞きて

夢なりけり歌がたりしつつながめつる椿山荘の椿の大樹
夢なりけり渓の流にしたしみし聴秋閣のひるのおばしま

久に逢ひし人、あまりにもわが痩せたりといへるに

国をおもふ心はも燃ゆかたちこそ痩せさらぼへる老《おい》歌人も

著作にいそしみつつ

み国のためささげまつらむ老の身に残る血汐の一しづくをも

停電の夜

暗中《あんちう》に端座しおもふ光明を国のゆくてに見む日はいつぞ
くらやみの心いられに今夜《こよひ》また裸蠟燭を持ち来らしむ

○

古《ふ》りし書よみつつはをれ海の内外《うちと》雲の去来《ゆきき》にわが心馳す

若人に貽《おく》る

道の前途《ゆくて》はろけくとも直《ただ》に進み行かな天《あめ》は広し高し日は明し浄し
八十の曲路《くまぢ》い行き進まなぬばたまの夜空にも星の光はあるを

明治の御代興れりし時をおもひ見よ若人にして国を背おひき

○

高つ空に日はかがやけり悲しびて歎きてあらむ時にしあらず
春の木の芽ぶくをみれば春の鳥のうたふを聞けば歎きてはあらじ
わが道わが前にあり磐山の此のこごしきもふみさくみゆかむ

上京せし帰さ

からうじて乗り得し貨車の一隅《ぐう》に身をよせて仰ぐ春の夕雲

小城正雄君帰還す

ビルマやけに黒うなれりといふ顔のゐまひやさしきわが正雄なり
幾年の辛苦は語らず万葉をたづさへゆきしさいはひをいふ

○

老い梅にかぜたつ日なり浄行の聖者《マハトマ》逝くと伝ふラジオは
命を民族の為にささげつる人ありしなり逝きにけらずや
魂《たましひ》の力愛の力を喪《うしな》ひつ世界一つのものを欲《ほ》りしねがふ日に

○

かつて思ひき今はた思ふこれの世に人の一人のあらましかばと

○

雑草《あらくさ》は道をおほへり真中に立ち我《われ》ここにありといはむ声もが

○

五月雨に過ぎて頻《し》きふる今宵なり「テニヤンの末日」よみつつふけぬ

よみをへて「末日」を思ひ今を思ひ憂は深し雨の音やまず

生きむがため生きむが為と答ふらく現世地獄の悲しき群像

ふくろふは声しきり鳴く世をうれたみ人歎かしみ吾が黙《もだ》をるを

混濁の世をなげかひて道ゆけば道の小《を》草の真白なる花

ただに老の感傷としもいひすてむや此の現実をおもひみるべし

ひぐらしよしばし声やめ世をなげく老うた人がうたふ声をきけ

きよきむち尊き鞭を投げ棄《う》ててちまたにさけぶ「食を与へよ」と

教育を求むとしいはむ「教育者に何を求むる」と問はれし答に

四《よつ》つといふ子が目の澄みの深きかも廃頽の風景うつる事なかれ
思ひは思ひを生み歎きは歎きを積み、ふか夜こほろぎ
視るに聴くにうれたき世なり無力なる老の歎とただにいふべしや
此の世のみの歎といはむや久方の天の白雲みだるる見れば
よきまらうど半日を談り帰りしか生活の苦悩に触るるなかりき
不滅の火見まもりはをれうつそみのなげきの声の耳にせまるを
一つの波からうじて超えつゆくりなく又こし波を超えざるべからず

あけぼの

昭和二十二年歌御会始詠進歌の選者の命を蒙り、表拝謁の間にさぶらひし日

瓶の花ゆたに清らに大き菊の真しろなる黄なる梅もどきは赤く
今日の此の御言の幸《さき》を畏みと思ひはたぎつ道に尽さまく

御題あけぼの

海は山は人は新たしきいのちうく今あけぼのの光の前に

有栖川宮奨学金を賜はるべく、高松宮邸に共同研究者とさぶらひし日、特に真綿一包を賜ひぬ

厳《いか》し冬もあたたかう書《ふみ》かきつがむたま物のわた肩衣にいれて

竹柏会大会に春を

いま桜さきの盛を憂なき目もて見む春よとく来れとく

凌寒荘にて

西山の老学生が友とし見る向つ和田山のあしたあしたの色

夜に入れば秋らしき冷《ひえ》校正のインク薄きにわが目しぶるも

渓の秋は夕日つめたし天地にただ一つなるわが影を見る

方形に水たたへをる貯水池も秋の色深しポプラ黄に染み

日かげりて冷《ひえ》とみにつよし西山の石坂道をなづみのぼるも
もらひ湯して帰さは秋の日くれたりガードの下の風くらく強し
天城嶺の椎茸煮させ配給の酒三坏《つき》四つき楽しもよ今宵
ねむらえぬ秋の長夜の胸ぬちになづさひひびく水の音かも
黄橙の照りをくはしみ書《ふみ》を措《お》きてゆふ日の庭におりたちにけり
茶褐色の柏の広葉いく片《ひら》が落ちつくさずて池の水寒し
木蘭の枯葉幾ひら赤き実の幾つかが映《は》えて寒し山の日
はらはらはらら散りちる木葉《このは》あわただし夕山峡を吹きすぐる風
日出でむとして遠空あかく庭くまの竹群が上を鵯《ひよ》なき過ぐる
こがらしのかぜ吹き落ちて山上《さんじやう》は星まさやかに光れる夜なり
山の上《へ》の一樹《いちじゆ》あきらかに日を帯びて谷あひ道のくらき水おと
世をさかり山ごもらひて山峡の秋風を聴くすでに三とせを
庭坂をおりゆく左右《さう》のくま笹群刈らしめて今日心あかるし
この夕べ坂路くだる好し渓川のおとさやさやに秋のしらべなり

久にして味ふ珈琲のかをりよし主人《あるじ》は示す古版伊曾保物語
おもひみるかの事此の事らちもなき雑事に今日の命消えたり
氷雨《ひさめ》また夜に入りてはげしわれにわが憤りの思たへがてなくに
しづかに我を視われをおもふ時わが魂の泣く声きこゆ
我いまだ生きてあり生きてありと手をさすりつつ雨のおと聞く

○

あはれなる人かも人のすくせかも空をあふぎてただに涙す
いたましき人の宿命を切に思ひ瀬の音《と》つめたき谷あひをゆく

梅花その折々

山の日の日ざしうららに寂渓《しづたに》の流さしはさみ梅の花さけり
しづかに梅の花見るわたくしの苦しびはいはむ時にしあらず
白玉を枝とふ枝にちりばめて老《おい》梅のはなの見のすがしもよ
西山に日は隠ろひて庭畑の梅しらじらとさむき夕ぐれ
地堺の木群《こむら》が繁《しじ》ゆぬきんでていく枝《え》を張れる薄紅梅の花

夕日にほひ花の色まさる酒を呼び一人くみ一人窓にみる梅
窓前の落梅《らくばい》さむき午後五時に一巻《ひとまき》またく校了となれり

日照雨

向つ丘《を》の緑杉群燦々と日は照り映えてふりふる日照雨《そばへ》
雨の筬《をさ》たてぬきに織る玉だれの玉ちり乱り吹くまひる風
おもしろのそばへの舞や白珠の袖ひるがへし玉ゆりこぼす
山つみの神の童のそばへ雨、風、雨を追ひ雨、風を追ふ
かなしむべきにくむべきこと多かる世に美しきかもふりふるそばへ

月をりをり

をぐらかりし片山傾斜《なぞへ》杉群の竹群の秀《ほ》に月のさやけさ
月またく雲を離れつ直下《ちよくか》の海しろがねの機《はた》を波の上に織る
いく度か憂へしめ心やすからしむ雲を出でまた雲に入る月
あまりにも白き月なりさきの世の誰が魂の遊ぶ月夜ぞ
月しづけし仰ぎ見つつ我の悲しもよわが胸《むな》そこの忿怒《ふんぬ》の相《すがた》

たへがたき苦悩に堪へてかにかくに今年の秋の月もわが見つ

八月十五夜玉峰庵にて

夜《よ》の山風とみに吹き起り漂へる雲ちりぼひて月昇る早し
天地《てんち》寂として月と吾とあり吾はた消えてただに月はある
渓の瀬の音脚下《と》にふみて暗く明き山路くだりく月と我と影と

花いろいろ

歎は忘れてあらむ朝庭にあしびの花の白きさゆらぎ
白がねの桂花《けいくわ》のかをり月の前微風が中にただよふ夜なり
おぼおぼし夕光《かげ》浴みてみもさの花さき満つ花の黄なる明るみ
見つつあれば散り散るみもさゆく春の日はたそがれの薄ら明りに
落花の風あわただしもよ一山《いつさん》の春のことごとく散りうせにたり
おち椿おち散れる坂のまがり道はなやかに笑ふ声さきだてり
光り散る日照雨《そばへ》が中にあかあかと百日紅のたてる岩かど
奔流がしぶきあげあぐる巌《いは》にそひいたどりの花の白き一隈

いたどりの花かげくらう頻り鳴くかし鳥の声に渓の夜来る
熊笹のほしいままなる繁りなりかたより咲けるしやがの幾もと
あしたとく遠ひぐらしの声聞きつつ浅紫丹朱《せんしたんしゅ》の朝顔をめづ
外《と》は雨風青磁のかめにきちかうの花しづかにもゐみつつあるを

石南花の歌

夜半を覚めてなづみあかしし朝の目のしぶきにうつる石南花《さくなげ》の紅《あけ》
いらだたしく憤ろしき思消えてさくなげの花にそむ心かも
校正に日のひねもすをつかれたる目に夕ばえの石南花をめづ
十まりの花さきこりて一はなににほひしづもる石南花をめづ
ものぐさのあるじ信綱あさなさな庭におり立つ石南花さけば
夜半の雨晴れて風あり紅玉は乱れ落つさくなげの花のひまより
田つくりの椿一郎とまりに来て朝目に見めづさくなげの花を

懸巣の歌

山椿濃き光り葉に日ざしにほひかけすのこゑのひびく朝なり

おもふ事おほし懸巣のなく声もしみじみと胸にしむ夕べなり
つつみあまる胸の思を一ときに堰《ゐせき》きるなす語るかけすか
高つ鳥類眷属《るゐけんぞく》の中にして口疾《くちど》にかたるかけす麿かも
かけす笛作りてふかむ吹き吹かばまどへる胸に響く日あらむ
かけすは鳴きやまずけり諦念をいひきかせたる胸さびしきに
なくをやめよ懸巣よなきてかひあらば汝《いまし》にまして我こそなかめ

山と海と

ひさかたの天城の嶺呂にあさ日にほひ並山の色春ならむとす
春すでにいたれり山のいただきに雲のひとひらくれなゐを帯ぶ
山の上にたなびく雲の白雲の春としるき今朝の色なり
むねにをどむ憤りの思ひ暫し消《け》ちて大海の浪に雨白う降る
おきつ辺は秋霞せりひるじほの寄りのとどみに磯鷗たつ
見さくる遠沖つ嶋けざやかにこの秋の日の伊豆の海ひろら
蒼み深き海の色かも澄み清き秋の空かも歎かじ此の世を

千重頻波《しき》しろがね敷きて月よみの光の海となりにけらずや

渓流

昨日見つけふ今も見る渓の流ながれ暫くもとどまらなくに
昨日きき今日はたわがきく渓の水の音《みと》明日ききて我をしのばむは誰そ
此の石や一日ひととせ百年を渓の流の中に立ちをる
世を人をおもひなづみて谷川の夕べの音に聞きしみゐたり
あはれなる老《おい》歌人よゆくものをゆかしめと渓の流は語る
石の上《へ》こえ岩の間くぐり渓川の水も苦しき道をあゆむか
たぎつ水はささふる石は渓流のここにもここのなやみはあらむ

梅園にて

水きよらに渓ひらけたり老《おい》梅はよき処得て寂《しづ》かにゐめる

伊豆山神社

左右《さう》の桜さききはまりて石階の一階一階に幾ひらの落花

地水火風

地水火風の霊《たま》あらびつかれ眠れる夜を聖者の涙おちて声あり
久方の天つ大空おきろなしうつそみ人《びと》の歎きはいはじ
おぼほしく雨ふりやまずみにくきを見みにくきを聞き心いたむに
神にあらず仏陀にしあらぬ人間の心は切《せち》に憎きをにくむ
顔みにくき悪鬼女《をみな》めける声ふりたていふがをかしく夢さめにたり
小人の一人《ひとり》と思へあはれむべきをのことは思へいきどほろしき
忍び堪へ目ふたぎてあらむ言出《こちで》むはあまりに我の悲しまるるに
憤りのおもひ胸にあり早春のきよき月夜に我を悔いずも
いふべくはいふべかるを堪へて黙《もだ》しをるわが愚かさにわが泣かむとす
ことさらのふるまひかとも思ひなせどはづるさまなきを悲しびにけり
思ひすてよすべなきものはすべなしと夜の秋雨は降りにふるなり

遠州行

落合君の案内にて、川崎なる清浄寺に勝田長清の墓に詣づ

老松《おい》の秋風たかき丘にしてしづかに眠る古人に礼《らい》す
歌書《ぶみ》のいさをし人《びと》の奥つきにささぐ、手折りこし野の草の花

白羽

海の日は直《ただ》に照せり二毛作まくと畑かへす裸身の農夫

御前崎

岬《みさき》風つよくあたればたけひくき椿木群《こむら》の葉ごもりの花
うしほ風うしほ吹きあぐる岩の上《へ》に身じろぎもせずかいづ釣人
半崩《く》えし灯台の下《もと》ちらばれる瓦礫が中の一もと野菊
見はるかす沖真青《さを》浪岬ふく風をはげしみ磯にごり波
この頃の思和《な》ぐやと遠つあふみ大き海の波見に来《こ》し吾を

大宮に友を訪ふ

武蔵野は木立すでに秋の色ふかし駅に迎へたる友と語りゆく
老槻《おいつき》の森と森との間隙《かんげき》をうづみてしろき晩秋の富士

江の浦より長岡に

どの家もどの家もわくに乾《ほ》せる鯷《しこ》江の浦の村は銀色なせり
入江はなれ山あひに入るのぼり道夕かげり寒き穂薄の風
夕山はさ霧追ひくる狭き道山帰来《さんきらい》の実の赤きもさびし
うすら寒う風だちし山いゆきめぐり夕月しろき湯の里に入る
わくらばに心しづけく秋晴の稲田の畔をあゆみけるかも

清水に渡辺氏を訪ふ

龍爪山《りうさうざん》むら山の上《へ》にしづもりをり朝かぜに光るぷらたなすの並木

清水船渠会社

清見がたひるじほ寄するしほの香に新船《にひ》つくる木の香まじれり

○

富士とほく黒ずみ暮れて早稲穂《わさほ》田の彼方に青き誘蛾灯はある

登呂の歌

富士かそかにいただき見えて雲一ひらしづはた山の上にうかべり
海幸を山幸を火にあぶりつつ酒《さか》ほがひせし炉の跡かここは
有度《うど》の山暮れもてゆけば機織りやめ語りかはしし炉のあとかここは
語りつぎ歌ひつぎてし古言もうもれてかあらむこれの炉の辺《へ》に
富士の嶺に初雪ふれば稲かりて暦なき民のやすらに住みけむ
とくおきて富士にをろがみ夕されば富士にぬかづき安らにいねけむ
七八つの家居集団《むれ》なしむつびけむ遠つ代びとも憂はありきや
いにしへのうつそみ人もうつそみは胸につつめる涙はありけむ

剖葦

若き博士われらがために説き示す声の絶間をよしきり鳴くも
田舟とめ聞きけむ声かあし原のかぜさやさやによしきり鳴くも

あしはらを吹きくる風よ上つ代のとろ少女らが歌つたへこよ

発掘品を牧牛寺に見る

遠つ代に心なづさふ木鍬《こくは》みれば高坏《たかつき》みれば麻の実みれば

麻の実をまきて生《おほ》して糸とりて背子にと織りし機の杼《ひ》か此《こ》は

農耕の新《にひ》しき道を言挙せし若人《わかうど》がとれる大き馬鍬《まぐは》か

木鍬掘串網《ふくしあみ》の錘石《おもりし》いにしへの人も専《もはら》なりき生きむがために

泣く子にと母が持たせし猪《ゐ》の牙《きば》か鹿の角かも形やさしき

せとの蔵にかけし樹梯《はしだて》、をさむとてこぼしけむ稲も稗の実も斯《か》くは

駿河のや玉造部《たまつくりべ》が磨き成し登呂をとめらが纏きし玉かも

嚠亮《やらら》に手掌《たなそこ》うちあげ旨《うま》らに飲みほしけらし此《これ》の坏《つき》の酒《き》を

登呂幻想

眼前《まなかひ》にあるは登呂の部落《むら》森かげに趺坐《あぐ》み語るは登呂の老翁《をぢ》かも

老翁《をぢ》よ我に語りを聴かせ遠つ祖ゆ歌ひつぎこし古東歌《ふるあづまうた》

一天をくれなゐに占むる夕べの富士ゆびざしをるは登呂童べか

安倍をとこ待つとにし有《あ》らし老樟《おいくす》の葉もれ夕日に笑みて立たす児
とろをとめ安倍をとこらが歌垣のうた声にまじる遠つ汐さゐ
登呂の野の月夜《つくよ》さやけみ釧《くしろ》つけし手をさしかへて耀歌《かが》ひうたふも

秋風の家

二十三年十月十九日、雪子うせぬ

山の上にただよふ雲の白雲の色もかなしきあしたなりけり
汝《な》が一生《ひとよ》尊しといはむ五十年《いそとせ》をただひたぶるに内に助けし
人いづら吾がかげひとつのこりをりこの山峡の秋かぜの家
呼べど呼べど遠山彦のかそかなる声はこたへて人かへりこず
山かひのさ霧が中に入りけらしさぎりよ晴れよ妹が姿見む
ちさき椅子にちひさき身体《からだ》よせゐたりし部屋をふとあけておこる錯覚
夕明りほのかに暮れぬ足《あ》の音《と》たてて廊下あゆみし音もきこえず

虫の音もかれがれにして山ずみは秋ひと日ひと日深みもてゆく
夜ふけにたり筆をおきてふとかへりみる壁にありわが孤独の影は
この秋や暮れゆく秋の寂しさの身にしみじみとしみとほるかも
うつそみの心うらぶれ行き行けど夕山道は鳥の声もせず
雲流る水たぎちくだる人はろかにいゆきて山の秋はむなしく
いかにいかにすべ知らましや人遠く秋風の山をいゆきたらずや
門川の流のおとを聞きつつ立つ一人の我の此の夕べかも
あはれとのみ思ひて読みきエマニエルをうしなひし後のジイドが日記
うつそみの人の一人が悲しみてあふぐにただに青き空なり
まさやかに見えつつもとな夢人《いめびと》の影追ひ及《し》くとよろぼひあゆむ
夜くだちを幾たびかさめてきれぎれの夢の後につづく深き寂寥
天地のいづこの隈をとめ行かばいゆきしいもにあへて逢ひ見む
人いゆき日ゆき月ゆく門庭の山茶花の花もちりつくしたり

花吹雪

二十四年四月、学士院会員として宮中にて賜餐の日、法隆寺五重塔の組子の落書につきて言上す

筆のあとは千歳を消えず工匠《たくみ》らが組子に書きしそのすさびがき

熱海国立病院に、膝関節内部損傷の治療を受く。院庭数百株の桜まさかりなり

窓の外《と》を花吹雪過ぎ真下の海日は煌々とかがやけり見ゆ

注射をへし心しばらくしづめをるまなかひを又花吹雪すぐ

レントゲンの室を遠みと身をゆだねし担架の上《へ》に見る満庭の落花

担架にして下る廊ながし顔に肩にちりくる花を払ふともなく

讃石南花歌

足《あ》なやみ心なやむ身に光与ふこれの一花の尊し石南花《さくなげ》

庭に背戸に石南花に咲きつつまれし青厓詩宗の家し偲ばゆ
石南花の花みまくほり美濃の国谷汲の寺に結縁《けちえん》せしか
ひまらやの山路、さくなげの花の上に高く舞ふとふ真白き孔雀
病みて四十日《よそか》床中にをりさくなげの花ひらき花ちりにけるかも
現《うつ》し世は胸いたましむることおほし石南花の花ちりにけるかも

病閑四趣

万葉風景

み井の水くむとつどへる処女らが丹《に》の頰《ほ》に匂ふ槻《つき》のもみぢ葉
春を惜しむゆふべのまとゐ盃あげ主人はうたふ酒をほむる歌
水駅《みづうまや》月夜のうたげ夜くだちて二人三人が酔泣すらしき
梅花の宴夜ふけ興つきず資人《しじん》らいふ酒屋《さかや》よびおこし酒賘《むぎの》り来《こ》よ
元興寺《ぐわんごうじ》の僧かあらじか木枯の月夜の道をつぶやきいゆく

やまぶきの色ぎぬよそひ藤なみの花かづら児ぞまひ出でにたる
こたへ歌えせず石麻呂が帰りゆくやせ肩を射るきらら真夏日
つなしの籠たづさへ持ちて氷見《ひみ》の江の海人《あま》の長《をさ》まゐく国府《こふ》の御館《みたち》に

寧楽幻想

后の宮微妙《みめう》端正《たんじやう》の御面《み》わをうつしますににほふ池のさざ波
酔歩蹌踉山上憶良いゆくあとにそひゆくみちの卯の花月夜《づくよ》
菩提僊那《せいな》開眼《かいげん》の筆を静かにおく三千大千の世界今しほほゑむ

二星唱和

雲よ風よいゆき告げこそ天の川此の岩かげに吾《われ》恋ひをりと
わが背の声かあらじか鵲よ聞き来《こ》ねまさに吾背の声ぞ

明治時代の晩春

湯治客われらもよばれ見に参る村の長者の裏山つつじ
いろは蔵いらかの奥の裏山は山一面をおほへる錦
赤くしろく傾斜《なぞへ》を染むる間《ひま》ぬひて娘若い衆ぢ様ばあ様

番頭は小声にいはく四人目のこちむきたるが村の小町と
頂上《いただき》は松かげひろ場定紋の幕めぐらせる接待の茶屋
がやがやと手毎手ごとにとりはやすあまら甘酒うまし田楽
目蔭《まかげ》して見やる湯の村高きひくき屋並のはてに霞む入海
太神楽太鼓とどろにとどろけばゆるらのぼり来髭白《くひげしろ》長者

月に星に

老樟の歌

家ごもり百日《ももか》がほどに橋もとの大き老樟《おいくす》きられけらずや
西山にのぼりく人ら立ちとまりまづあふぎ見しあたら老樹を
何せむに誰かもきりし幾百とせ渓流に影をうつしし老樹
夕山峡水《み》の音《と》さや〳〵さやけきに世を人をふづく思も消えつ

九月二十六日「朝の訪問」のをり

今しわがいひつる声を我にきかす録音機の白きと黒きとの廻転

つくつくぼし紫川の瀬のおともまじらひ入れり録音の中に

十月廿一日、芸術院会員として賜餐のをり、御隣の椅子にさぶらひしかば御幼時奉仕せし弘田長博士の沼津にて、「しづが屋のあひるの雛をめで給ふ御心やがて民おもほさむ」、樺山常子夫人の箱根にて、「みこの宮片言宣りて母牛にむつるる子牛めでて見ますも」の歌をきこえまつりぬ

歌主や畏みおもふらむうちゐましそのかみの歌きこしめしつるを

ブラジル・サンパウロ日本荘歌碑の歌

一日《ひとひ》の業をへし夕べの月に星に祖国おもふらむ人に幸あれ

春

しかすがに春の雪なり直《すぐ》にふり淡々《あはあは》とつむ山庭畑に
残雪は大方とけて土にしむ朝の光まさに春なり

二十五年四月、本居宣長翁百五十年祭に

鈴屋《すずのや》に手ならしましし鈴が音は千代にをひびきよらにさやらに

先人六十年祭を茗渓会館に営みし日

ひさかたの天つ白雲の奥かにしてわがどちの道見つつをいまさむ

竹柏会大会兼題　春日

古き友新たしき友と春の日の一日を相よる楽しくうれしき

信濃路

五月、林大君と共に行く

書のうへを心はなれず山ごもりこもりゐしかも此の幾年を
旅ごころすがすがしもよさ緑の武蔵大野の風、窓に入る

戸倉笹屋ホテル晩餐会、長野より斎藤瀏君来らる

よき友あり夜《よ》の宴《うたげ》たのし紅ゐの大きなるトマト千曲川の鮠《はや》

朝とく起く。夜来の雨晴れたり

ふき井の水ほとばしりあがる白玉のくだけまたくだけ朝の池清し
ふき井の水ふきあがり崩れあがり崩るおもしろみ見る我にかかはりはなく
静かなる池上《ちじやう》をとゆきかくゆく鶺鴒笑はば人間はと反駁やせむ

斎藤史ぬし来訪

筑紫の旅桂花《けいくわ》はなさく門の辺にかたらひたりき二十年《はたとせ》を過ぎし

千曲川河畔万葉歌碑建碑式

向つ山みどりつらき千くま川玉なしながる音さやさやに
遠つ世のをとめをおもひ万葉の歌のいのち思ふ千くまの岸に
石ぶみに万葉びとの霊《たま》ごもり更に千年を歌ひつがしめ

吉野朝の初め、冠着山の麓に権少僧都成俊す

めりき
万葉の歌碑よろこぼひいほり出でて成俊僧都も訪ふらむ月夜は
梨の花りんごの花のさきつづく道いゆきのぞむ冠着山を

○

りんご咲きあんず咲き此の山村の春たけなはに人憂へをいはず

姨捨駅にて清水君等に別る

列なれる奥まれる山山々のおのもおのもが朝の日に映ゆ
ゆく春の信濃の国に二日ありて見のたのしもよ山の水の若葉の

車中

柿わか葉ひかりあかるし流にそふ石垣の上《へ》の蔵の白壁
空くもらひ筑摩野の春のさぶしもよ山国にして高山を見ず
白樺の杖たたきたたき「異国の丘」声ひくう謡ふ若きは戦盲か

久曾神昇君と天龍峡ホテルに宿る

どどどどど小舟しづまむず夢さめて峡流《けふりう》の朝の光しめれり

流のおと瑠璃鳥《てう》のうた此のあした天龍峡にめさめたるなり
たぎちくだる峡流のとよみ朝の日は花崗岩壁に光をそそぐ

天龍峡

奔放にひろき河原をこし流いま一せいに峡谷に入る
おしおす浪をどりあがる浪とがり浪声あぐる浪黙しくだる浪
がうがうととうとうと流れくだる水己が思ふ如ゆくは楽しからむ
海へ海へひたぶるに急ぎゆく水の海にいたりて悔なからじか
流れこし枯枝しばし岩かげにただよひゐたり又流れゆく

○

ゆく春のこの山峡に藤なみの花の盛にあひにけるかも
繁《し》みふかみ緑の峡の高き梢《うれ》ゆ垂り房ながき藤のむらさき
ひたくだる水のたぎちのあふり風高処《たかど》におよび藤の花ちる
藤かづら花はらら散りむらさきの雨ほろろ落つ清き流に
ひそやかに咲きひそやかに散るものかこの深渓《ふかだに》に藤は木《こ》ごもり

○
山かこかに流ゆたけしいつの日か人間のうへに此の清さ見む

伊那電鉄車中

峡流にそひてたまたま家群あり青葉がおほふ屋の上の石

評釈万葉集

○
万葉《よろづは》の歌の意《こころ》解《と》くとあしたゆふべ筆おく間なし老《おい》歌人吾《われ》
刪補《さんぽ》に校正に昼も電燈の下《もと》にして目は疲るれどなほ

○
山ずみのわが一とせの喜びとさくなげの花さきにけるかも
うつし世をうしとはいはじ紅ゐのさくなげの花にほへる見れば

鈴鹿行

十月、村田邦夫君同行す。車中作

揖斐《いび》長良二つの大河《たいが》相より入る海のあたりかも靄流らへり

鈴鹿嶺につづく多度の山そが奥の飛驒の遠嶺も秋の色深し

若松伊坂氏邸

ついぢ垣かたちふりたる椎と樫と寂《しづ》かなるかも露地の石、苔

石山切《ぎれ》有栖川切《ぎれ》みめでつつ秋の夜をこころ王朝にあそぶ

若松浜にて

この浦の松風のおと光大夫が異国の夢に通ひけむ音か

石薬師なる旧宅の趾は、小学校の敷地の一部となれり

目とづればここに家ありき奥の間の机のもとに常よりし父

残れりし土蔵を修理して石薬師文庫と名づけ、

閲覧所を設けて村に寄附したりき

ささやけき種にしあれどよき土によく培はれよくみのれとぞ

小学校にて

ふるさとのひびきやさしき伊勢言葉いたはりかこむ老いにたる吾を

講堂にあふるる幼な生徒らをみまもるわが目涙にじみく

又とひ来て語らはむ日のありやなしやわが言葉のこれ幼らの胸に

先人六十年祭兼題　秋懐旧

ふるさとの鈴鹿の嶺呂の秋の雲あふぎつつ思ふ父とありし日を

鞠が野

まりが野に遊びし童今し斯《か》く翁さびて来つ野の草は知るや

山辺御井

山辺の御井のあとどころ秋の花の乱れさく中に真清水は今も

神戸にゆく途上の甲斐川に、今は木田橋かかりをれどはやくは橋なかりき

生家《さと》にゆくと弱かりし母が我をせおひかちわたりせしか此の甲斐川を
たらちねに負はれて越えしかひ川の水の音かも今わが聞くは

小杉村途上

高々とつみあげたる赤き陶土の丘道をへだて乱れさけるコスモス

四日市高等学校講話

千七百の若きらが胸にわが言の一言だにも残らばとこそ

月の富田浜

ふるさとのわが伊勢のうみ海の上《へ》を十六夜の月のぼりけらずや
夜空清く澄み澄む月に千よろづ波波のことごと光もちゆらぐ
ささら波ささらささなみ一つ一つ月のくだけをかかげもちゆらぐ
さくさくとふむに音する真白砂月まさやかに海きららかに
人の世はさやぎてありなり月よみのひかりの海のしづかなるかなや
光り満つわたつみよ月よささやけきうつそみの身のありとし思へや
月よ月よ海よ海よこれの世に我も人もなしただに月と海と

真砂路は汐気しめらひさ夜風のやや動き現の夢ゆるがすも
月よ海よ世に執着の猶ありて人間の家に帰るかも我は

繁木が丘

千葉県成田町なる木村正辞先生記念碑の裏に

万葉《よろづは》の繁樹《しげき》が丘に美夫君志もちよき菜つましし業はもとはに

○

つつじ花この晩秋をさくはなの見るにさぶしき色にもあらず

明治大正昭和の人々（抄）

高崎正風

　明治十五年三月、十一歳の幼童なる自分は、父に伴はれて伊勢から東京の花見に上京し、間もなく高崎正風《まさかぜ》先生の邸を、父に随つておたづねした。それは麴町区永田町二丁目の奥まつたところ、大きな黒門を入ると、右に門長屋《もんながや》があり、左に馬車まはしの植込のある洋館であつた。

　薩摩人らしいがつしりした体格、大久保公の写真のやうな頰ひげ、しかし目もとはやさしく、やさしみのこもつたお声であつた。

　東京に永住することになつて後、父は先生に、手もとでは歌の教育が十分に出来ませぬからと、信綱の入門を切願した。先生は、「やんごとない御用をお勤めしてをるので、門人はとらぬ」とお断りになつた。父は、どうかしてお願ひしたいと、「どなたをもおとりになりませぬか」とお尋ねしたに、「例外が二人ある。一人は小池道子で、有栖川宮《ありすがはのみや》からのお詞、今一人は香川景敏《かがはかげとし》である。維新前京都にのぼつて国事に奔走してゐた際、かねて八田知紀《はつたとものり》翁に就いて歌を学んでゐたので、翁の師なる香川景樹の子景恒《かげつね》を時々訪うて、歌の話を聴いた。数年前京都に赴いた時、香川家がいたく零落してゐるといふ話を聞いて、名家の後の衰へたのがいたはしく、未亡人と二人の子とを東京へ伴ひ来り、二男は、山階宮家《やましなのみやけ》に勤仕させ、長男の景敏とその母とをあの門長屋に住まはせ、景敏に歌を教へてをる。景樹・景恒二代の血を引いて若いながら歌のたちがよいので、やがて御歌所へ出させようと考へてをる。ただ身体の弱いのが心配である」とやうのお話があつたといふ。父は、「それならば、景敏さんをお教へになる時に御一緒にお願ひしたい」と切《せち》に願つたところ、「そのやうに頼むのならば、暫くでも教へよう。景敏のを見るのは、これこれの日の午後であるから、その時に間違へずにくるやうに」とのお許しが出たとのこと、自分は天へものぼる喜びであつた。毎週一度、当時の小川町の住居から、先生の邸に通うた。景敏さんの詠草を御覧になつてから、自分のを直してくださる。そのあとで種々のお話を承る。いつも洋間の御書斎であつたが、時として、お庭の弓場で弓をおひきになる間、お待ちしてをつて、そこで直していただいたこともあつた。切通の広い道が中間にあるが、もとは日枝《ひえ》神社と地つづきであつたとおぼしい広い庭園の一隅《いちぐう》で、晩春にはそのあたりに躑躅《つつじ》がうつくしく咲いてをつた。

先生のお教はきびしくはあつたが、懇ろに導いて下さつた。幼いながら、この尊い先生の教をうけてをるのであるからと、緊張して承つてゐたので、お教の詞は今も胸に深く残つてゐる。

「人間は至誠《まこと》を第一とする。至誠は尊い、至誠があつてはじめて人間なのである。至誠即ちまごころから歌は生れる。それで歌は尊いのである」と。

またある時、「歌は真心をのべるものであつて、真心が歌の根本である。それゆゑに、真心を詠んだ歌は永久に命がある。万葉集の中に、『今年ゆく新嶋守《にひさきもり》が麻ごろも肩の紕《まよひ》は誰かとり見む』といふ防人《さきもり》の母の詠んだ歌、『ひむかしの瀧の御門《みかど》にさもらへど昨日も今日も召すこともなし』といふ舎人《とねり》の詠んだ歌がある。一は関東の野人の母、一は地位の低い属官の歌であるが、共に真心をうたつたものであるから、千年前の古い歌でも、千年後の今日に新しい感動を与へる」と。さうして、清く美しい声で、この二首の歌をおうたひになつた。そのお声は、今も耳の底に残つてをる。

先生のお教をうけたのは、一年とすこしであつた。それは、東大の古典科の第二回生の募集があるときまつたので、能ふべくは入学したいと思つたゆゑであつた。

古典科卒業の後、御歌所へ入るやうにおすすめを忝《かたじけな》うしたが、御辞退を申上げたところ、度量の大きい先生は、「道の上で考のかはつてゆくのは当然である。根本の至誠さへかはらねばよい、信綱は信綱の道をゆくのがよい」と笑つてゐてくださつた。その後も盆と歳暮《くれ》にはお玄関まで伺つた。明治二十五年の六月、父の一年祭の歌会の前に、「懐旧」といふ詠草をもつてあがつて、この度のは特に御覧を願ひたいと申し上げたに、二首のうち、前の方がよい。此のばらは咲いたのかとのお問に、門人の竹屋雅子《まさこ》さんから見舞にもらひました鉢のが咲きましたので、とお答へすると、「しかし、よくないところがあるが、わからぬか」、「わかりませぬ」と答へると、「臥しながら去年《こぞ》は見ましし花うばら今年も咲きぬ折りて手向けむ――この二句は、見まししの、とすべきである。歌には、語句の親和といふことが大切である」とのお教をうけた。

附記　十数年の後、坂《ばん》正臣君が訪問されて、「高崎所長が、御歌所も段々よくしたいと思ふから、佐々木も入つてはとのお話を伝へに来た。お返事は直接申上られたい、いま葉山においでであるから」とのこと。翌日、葉山なる恩波閣に伺つた。通りの左側で、坂の上のこだかいところ、かつて皇太子のお成があつたので恩波閣とおつけになつたとのこと。立派なお座敷でお目にかかつたが、そのころ先生は耳がややとほくおなりとの事を聞いてをつたので、まづ、お断り申上げることをはつきり申上げた方がよいと、やや大きな声で、先年と申し、また此の度、二度の恩命は実に有がたう存じますが、御辞退にあがりましたと申上げた。先生は暫くだまつておいでになつたが、歌についての自分の考をいはうと、仰しやつて縷々とお話しになつた。自分は、涙がほろ〳〵と膝にこぼれるのをぬぐひもせずお聴きしてをつた。さうして自分は「道の上では頑固な私をどうかお叱り下さいませ。それについて申上げたいことは、父の師足代弘訓翁は京に上つて三条実万公の御眷顧を蒙つてをられました。さういふ縁故で父は明治十年代に三条実美公に、勅撰集が室町の中期で終つたことはまことに遺憾である。明治の時代にお撰びになつたならば、と書を上《たてまつ》つたことがありましたが、年代が長うございますから、新続古今以後、明治以前までをまづお撰びありたい。その実現の時がまゐりましたならば、私はその時にはお手伝を致させていただきたう存じますが」と申上げたところ、先生は、「それは自分もかつて考へて申上げたことがある。然るに何ともお詞がなかつた。後また申上げて、高崎が不適当と思し召さば他にも歌人がをりますからとまで申上げた。しかしお返事はなかつた。恐れ多いことながら、新しいことをお取入れになり、お興《おこ》しもなされるのであるが、一つのことをお創《はじ》めになるには深くお考へ遊ばされるやうであるから」というて先生はだまつておしまひになつた。自分は恐れ入つたことを申し出たと其のままじつとしてをると、小間使が夕けの膳をはこんで来た。「酒はのむか、今日は海の風が寒い。一つのめ」とのお詞、真に恐縮していただき、日が暮れてお暇した。外の通りに出ると、海の上に月がきらめいてをり、風が吹いてゐるやうであつたが、夢心地で、幸に通つてゆく自動車《くるま》をひろつて、逗子の停車場に帰つたことであつた。

チェンバレン

王堂チェンバレン先生は、深く日本を愛され、広く日本を世界に紹介された。先生は明治六年五月に二十三歳にしてわが国に来られたのであるが、当時の日本は、新しい文化を設立するために、古いものを破壊しようとした時代であつた。東京の不忍池をうめて桑畑とすべく、京都の金閣寺の老樹を伐つて実用に供すべく、奈良の興福寺の塔を払ひ下げ、それを焼いて金具をとらうと企てたり、熱田神宮に納められてある経文を焼いて金泥の金をとらうとしたりした。また、かの百人一首の歌にある高師の浜の松をも伐つてしまふとの議があつたりした。（それは大久保利通公がとめられた為、松の生命がのびたのであつた。）

さういふ時代に、先生は、一般の日本人が殆ど顧みなかつた万葉集の歌、謡曲・狂言等を訳して、「日本上代の詩歌」を明治十三年に出版され、日本にはかやうな立派な文学があるといふことを世界に紹介された。同十六年刊行の英訳古事記は、その訳のすぐれてゐるのみならず、総論は、日本上代史のすぐれた評論であり、かつ、国学の復興に大いなる刺戟を与へたのであつた。

東大における先生の講義は、新しい国語学・国文学の建設に大きな礎石を据ゑられた。またアイヌ語及び琉球語の研究には、不朽の足跡を留められた。

その、すぐれた文章と、精細な調査によつて、日本の自然・事物・言語等を、世界に紹介せられた「日本旅行案内」・「日本事情」・「文字のしるべ」・「日本俗語文典」等がある。かかる日本紹介の著述の影響として、かのラフカディオ・ハーンを、小泉八雲としたというてもよい。それは、八雲が日本へ来るやうになつた原因の一つは、先生の著書を読んだことによるので、八雲は横浜に着くやすぐ先生を訪問し、先生の斡旋によつて松江に赴任し、後、先生と外山正一博士の推輓《すいばん》によつて、東大に講じたのである。

わが生涯の恩人であるチェンバレン先生は、前記のイーストレーキ先生のやうに直接講壇から教を受けたのではないが、自分の学問への影響は大きかつた。

先生は殆ど四十年に近く日本に在られたが、明治四十四年三月、宿痾《しゆくあ》のため、瑞西《スヰス》ゼネバの湖畔に移るべく帰欧せられ、かの地にても著作につとめてをられたが、昭和十年二月十五日、享年八十五歳四ケ月にして世を去られた。

国際文化振興会は、三月九日、先生を追悼せむため記念会を開催して、広田外相、クライブ英国大使、長与東大総長の追悼の辞、三上・市河・新村・金田一博士、及び予の講演があつた。予は当日配附すべき先生の伝記一冊を記し、当日の展覧会の為に、先生の遺著遺品等の蒐集に努力した。

歳月は過ぎて、昭和二十三年二月、先生歿後十二年の忌辰に供ふべく、諸家の賛助を得て、「王堂チェンバレン先生」一冊を編纂し、十二月に印行した。

その書は自分の報恩と自誡の料にと心してものしたのであるが、掲げ洩らした数点をここに記すこととする。

明治九年頃の宮中の歌御会始に、先生の詠進された歌が、当時の新聞に報ぜられてゐた。明治十年十二月、根岸千引編の「新撰名家歌集」には「英国人王堂《わうだう》」として先生の歌三首が載つてをる。しかして、わが父が明治十三年七月に伊勢で編纂した「明治開化和歌集」には、その中の一首が「英国　王堂」として載せてある。また、東季彦博士の談によるに、明治十八年九月十日の羅馬字雑誌に、箱根に滞在中の先生が、ある日曇つて富士が眺められなかつたをり、友に寄せられた、「心あらばよそに宿かれ天つ雲我も見まほしき富士の雪の嶺《ね》」といふ歌が掲げてあるといふ。

先生の帰欧されることがきまつたので、横浜のホテルに訪ひ、「以前お詠みになつたうちの一首を」と短冊に揮毫を請うた。大抵のことは快くきかれた先生であるが、「拙い文字を遺すのは」と肯ぜられず、英詩の一節を書かれた。後に橘純一君から、先生の短冊を贈られ、「九如帖」に掲げた。「百年も千東世も絶寿かぐはしき花橘に鳴けほととぎす　王堂」。これは、橘守部の著書の未刊本を見るために訪はれた橘東世子《とせこ》刀自の年賀に贈られたもので、「ちとせ」を「千東世」、「たえず」を「絶寿」と書き、刀自の姓を「花橘」と詠みこまれた技巧には、先生の、日本古典に対する深い造詣も知られる。

先生よりさきに日本に来たアストン、サトーの二氏また、日本を世界に紹介された。そのアストンの和書の蔵書印は「英国阿須頓蔵書」とあつて、印判師の彫つたものであるが、サトーのは「英国薩道蔵書」とあつて、文字もよい。先生のは、これも典雅な書風で、「英　王堂蔵書」とある。先生の名のバジル・ホールを、王堂と訳されたので、英《はなぶさ》王堂とも読まれる、気もちのよい印影である。しかして洋書には、石版で印刷した蔵書票がはつてあるが、それには、ラテン語の「希望と信仰」といふ文字が小さくかかれ、下に姓名がしるされてある。自分は、先生から生形見にとて、一六〇〇年刊行のコイヤードの文典を贈られた。それには蔵書票ははつて無かつたが、先生の多年やどられた箱根富士屋ホテルの女《むすめ》、メイトランド孝子夫人から、テニソンの小型の詩集を自分に贈られた。それは先生の親友のメーソン氏から先生に贈るといふ名刺がはつてあり、更に先生が「孝子さんに贈る」と書かれた記念の本で、蔵書票がはつてあるから、桐の小箱をつくつて入れ、愛蔵してをる。

なほ、先生が短冊に書かれた英詩は、ロバート・サウジイの作である。

学者

私の明暮《あけくれ》は古人の間に過ぎてゆく。
私は私の身辺に見る、
ふと眼をあげると至るところに
古への偉いなる魂を。
かかる魂こそ私の渝《かは》ることなき伴侶で

来る日も来る日も私はかかる魂と語り合ふ。

サウジイ

岡倉天心

寺崎広業、村田丹陵画伯など美術家が主で、少数の人の毎月二十日にあつまつた、下谷伊与紋《いよもん》における二十日会に、自分も折々出席した。天心岡倉覚三氏にはその会で初めて逢つたが、美術界の長老にふさはしいその風貌は、長く忘られぬ印象をうけた。後、東大の講師として、日本美術史を講ぜられることになつたので、ある日、控室に入つて来られたをり、久々で語りあつた。「大学がここになつてからは殆ど来ず、浦島のやうに勝手がわからないので」といつてをられた。

西周《にしあまね》

西周先生の肖像が郵便切手となつて、広く人々の眼に触れるやうになつた。（昭和二十七年）。自分は少年時代に、多年先生の謦咳に接することを得たから、ここに思ひ出の一文をしるさうと思ふ。

先生は、和蘭の書を池田玄仲に、英語を中浜万次郎に学び、文久元年、蛮書調所の教授方《かた》となられた。翌年、榎本武揚、津田真道等とオランダに留学を命ぜられ、滞在二年、政治法律の学を究められた。帰朝後は幕府に召されて、国事に関し諮問せられるところが多かつた。かのナポレオン三世が駐日公使をして将軍家茂を説かしめ、漁夫の利を占めようとした時、幕府の重臣中にもこの檻穽に落ちようとした者さへあつたが、栗本鋤雲が先生と同意見であつた為、奔走して、遂にその謀略を成らしめなかつた。先生は、累卵の祖国を救つた蔭の一人ともいふべきであらう。

維新後は沼津兵学校の教頭となられたが、明治三年、新政府に仕官して兵部省に入り、わが国の軍制制定の上に、大いなる功績を立てられた。また一方に、西洋哲学研究の先駆者であり、夙く百科辞書の編纂を行はれ、国語のアクセントに就いても述べられた著書があり、明治十二年の自筆稿本「ことばのいしずゑ」を見ると、全部が平仮名がきの上、語と語との間を空け、時に符号を附したりして日本語を改善せんとする努力のあとが歴々とあらはれてをる。先生の国語研究の熱意は、明治初期の国語学史の上に特記せらるべきものである。また、「西周哲学著作集」の序に井上哲次郎博士のしるされたやうに、新体詩の萌芽ともいふべき訳詩をものこしてをられる。

以下、自分が、若い日に接した先生を語りたいと思ふ。

明治十五年の春、父に伴はれて上京して数日後、京橋三十間堀なる西家を訪うた。といふのは、先生の夫人升子《ますこ》刀自は、兄君相沢朮《うけら》氏と共に父の歌の門人であり、詠草は絶えず東京と伊勢の間を往来してをつたからである。その日、途中で、父が幼少の自分に言ひ聞かせた言葉は、今にも忘れがたいものであつた。すなはち、「今日おたづねする西先生は、福沢諭吉、中村敬宇《けいう》先生と並んで今の時代のすぐれた学者であられるから」といふ意味であつた。三十間堀の邸は、河岸の通に面した奥深い建て方の家で、左に庭がつづいてをり、その庭に沿ふ廊下を案内されて、通された部屋には、一杯に絨毯が敷かれてあつた。それが、少年の目に、いかにもうるはしく映じたことを記憶してをる。夫人は、先生のあつめられた奈良の仏像の写真の多くを示された。見てをるところに、先生が出て来られた。光のするどい目に、和らかみを湛へながら、いろ〳〵話して下さつて、庭を見て即詠をよめといはれたので、恐る〳〵出したに、「日曜などに来たら、ひまな時は話をしてあげよう」とやさしく言はれたので、以後八九年の間に数回教を乞うたことが自分のノートに記されてをる。

ある時、「いつか仏像の写真を見せたであらう。ああいふ立派な仏像が日本の大昔にある。あの中には帰化人などの彫刻した作もあらうが、それが皆、日本のものとなり切つてをる。そこが日本の尊さである」と語られた。

自分が大学の古典科に入学できたことをお話にいつた時、「古典科のことは加藤（弘之）君からかつて聞いた。加藤君は明六社の仲間で、あの時分ははげしい著述も出されたが、古典科の必要を認められたのは喜ばしい」といはれて、「学問をしようとするには、深くせねばならぬ、精しくせねばならぬ」と懇ろな訓誡を与へられた。先生の論文の「学問ハ淵源ヲ深クスルニ在ルノ論」の趣旨をわかりやすくいつて下さつたのであつたと思ふ。

先生は早くから海水浴を好まれ、横浜の西郊なる、日本最初の海水浴場といふに行かれた。その後、大磯の海水浴場が開かれてからは、毎年行かれた。（晩年は大磯駅裏の高台に別墅《べつしょ》を営まれ、そこで世を去られたのである。）明治二十年の夏、百足屋旅館にをられたにおたづねしたに、「海へ行くから」といはれるに従つていつた。波の荒い日であつたので、自分は引渡してある縄につかまつたり、漁師の手にすがつたりした。その帰るさの道で、「今日は、ことに波が高かつたから驚いただらう。しかし、人世には思ひかけぬに襲つて来る浪がある。それに屈して溺れてはならない」と訓された。

又こんな話をされたこともある。「若いからわからないであらうが、世の中には苦しいことや、いやなことが起つてくる。さういふ時はすべて忘れるやうに努めるがよい。ただし、生涯忘れてはならぬことがある。それは、日本に生れたこと、自分は日本人であるといふことだ。また君などは、おやぢさんの子だといふことも忘れてはいけない。」

自分のもとには先生からいただいた写真がある。日本人の典型ともいひたいほど、威厳のある立派な顔だちであられた。先生は明治十二年に学士院の院長となられたので、今も上野の学士院の会員控室には、前院長として壁面に、福沢先生の写真の額の次に先生のが掲げられてある。毎月それを仰ぎ見ては、先生の風貌を偲んでをることである。

古典科を卒業した折には、書簡を贈られた。先生は国語の方面から万葉をも読まれて、零冊ながら「万葉集字訓」の著もあり、和歌をも詠まれたが、短冊に書かれたことは極めて稀である。その短冊を一葉珍蔵してをる。

賎が荷ふ簣《あしか》の土のためしにもやむはしらずやおのがこゝろと　天根

さすがに学者らしい歌で、「簣の土の」は論語の句によつて詠まれたのである。時としては、周《あまね》を天根とかかれた。

先生とオランダに同行されたT氏の外国から持ち帰られた断片の類が、後年坊間に出たのをもとめておいた。その中に、一八六四年七月十二日附で、ライデン区から西氏に出した転居届証明書一葉がある。維新前は「周助」といはれたのでSiusuke Nisiとローマ字で書かれてある。

森鷗外博士の家は、西家の親戚であつたから、森さんが若くて津和野から上京された年に、本郷壱岐坂なる独逸語を教へる学校に通ふ為、当時小川町にあつた西家に書生となられたことは、「ヰタ・セクスアリス」に、「東家」として出てをる。その初めての日の夜、西先生は森さんに「勉強は十分するが良いが、夜は十一時を過ぎではいかぬ」といはれ、傍なる升子夫人が「十一時の時計が鳴つたら、きつとランプをお消しなさい」と言葉を添へられた。その後数夜は、十一時少し過ぎると手燭をともした夫人が、静かに部屋の外まで来られて、消灯をたしかめた上、また静かに帰つて行かれたといふ。先生もえらかつたが、刀自もさうした賢夫人だつたと、森さんから聞いたことである。このやうな少年時代の縁故から、後に西家の依頼で「西周伝」を森さんが執筆されることとなつた。森さんは慎重を期して、まづ少部数を印刷して西家の知人に配られ、補訂を請はれて後、更に精撰したものを公刊された。それゆゑ、装幀もかはつてをる二部の「西周伝」を、先生及び森さんの記念として架蔵してをる。

（昭和二十七年四月、文藝春秋創刊三十年記念号の為にしるす。）

追記　大久保利謙氏によつて西周全集三巻が編纂され、その第一巻（七百十余頁）が出た。

（昭和三十五年三月）

新渡戸稲造

明治四十二年の春の竹柏会大会の折、新渡戸博士に講演を乞うたに、「ファウスト物語について」といふ題で話された。「敷島の道に心得のない私が、斯ういふ会に出ますことは、忠臣蔵の芝居に弁慶でも出るやうに、あまりに釣合のわるいことで……」と面白く前置をして、話を進められた。しかし博士は、敷島の道を心得られないのではなく、学生の会合とか結婚式などには、屢ゝ訓誡の古歌を引用された。話が自分のことに移るが、三村起一氏の結婚披露宴の時、いつも出掛けるまで仕事をしてゐて、当時は得やすかつた自動車でその日も築地の精養軒にいつたところ、「いや、こちらには、其の方の御披露はありません」とボーイがいふ。上野の精養軒に電話をかけて貰ふと、上野の方であつた。微苦笑しつつ再び自動車をやとひ上野へいつたに、すでに食卓が開かれて、しかも新夫人の歌の師といふので、媒妁の新渡戸博士の前に席があつた。席に着くと、やがて博士は祝辞を述べられた。その中に古歌の上句を引かれたが、話をきつて自分に向ひ、「この下句は何といひましたかね」と問はれた。幸ひ答はなし得たものの、重ね重ねの苦しさであつた。

また、時好倶楽部で桂川へ鮎漁にいつた汽車中、博士と隣席したに、最近のある国際的感想について、「かういふ歌を詠んだから」と十数首を示されたが、いづれも感慨のこもつた作であつた。

軽井沢にをつた或る夏の夕べ、霧の深い山荘に、博士を訪うたことがある。喜んで迎へくれられ、歌語りに時をすごし、さて帰らうとして玄関に出たところへ、夫人が帰つて来られた。博士は、自分を、歌の道に何十年をささげた人であるといふ風に夫人に紹介され、夫人の答を訳して聞かされた。それは、短い言葉であつたが、意味の深い言葉であつた。

追記　ブラジルに移住されて三十年に近い岩間春野夫人が、昭和三十三年来訪された。夫人は新渡戸博士の姪であられるが、祖父君新渡戸常澄翁開拓百年祭が十和田市三本木で行はれ、銅像が建つので帰国されたとのことであつた。

山田孝雄

最初の筆は、主題をはなれたことであるが、自分の長い生涯の中で、最も喜ばしかつた日が二日ある。その一日は「心の花七百号」にもかいた元暦校本万葉集十四帖本を初めて開きみる事を得た日、いま一日は、近衛家から京大図書館への寄託本を新村館長から許されて見るを得、琴歌譜一帖を発見した日である。後者の時は、帰京してすぐ上田万年博士を訪うたに、先客に山田孝雄《よしお》君がをられた。それで、記紀万葉にない十三首の古歌謡の発見を話したに、共に喜ばれたことであつた。

山田君には、「心の花」にしば〳〵寄稿を請うて、すぐれた論文をおくられたのであつた。

明治時代には、万葉の注釈書で活字になつたものは万葉集略解のみであつた。然るに大正・昭和の万葉研究には実に驚くべきものである。中でも山田君の万葉集講義はすぐれてゐるが、巻五まで五巻が出て、完成しなかつたことは遺憾である。

英訳万葉集の会議の日には、ある一語一句の解釈について、長時間、論議をたたかはしたこともあつた。

樋口一葉

平安時代の女作家の小説は、ある意味において歌の延長であつたともいへる。それはいづれも歌から入つて物語に及んだのであつた。近代の女流のうち、最も大いなる天才樋口一葉に於いても、平安時代の女作家と似た関係を見るのである。一葉の小説をその歌の延長といふことは、固より妥当でない。しかし、歌から文学的経歴に入つた女史の歌と小説とには、少くとも多少の関係が認められる。

一葉は、明治十六年十二歳の冬小学校を退き、その翌年十三歳の一月、父君の友なる和田重雄の門に入つて歌を学んだ。これがその文学的経歴の第一歩であつた。十五歳で萩の舎中島歌子の門に入り、田辺龍子（後の三宅花圃《くわほ》）、伊東夏子（後、田辺）と並んで、三才媛と称せられた。樋口家にある女史の遺稿について見ると、十三歳の春の詠草、即ち歌を詠み習つた最初の作と見るべきものの中に佳作がまじつてゐて、すでに歌才を示してをる。その一葉が、年と共に、また環境と共に、その作歌の進んだことは、次の数首によつても知られる。

人言のいとさがなきを聞けど、いひとかむもなかく\うるさしとて、
行く水のうき名も何か木の葉舟ながるるままにまかせてぞみむ

隣に酒売る家あり。女子あまた居て、客のとぎをすること、うたひ女の如く、あそび女に似たり。つらね文かきて給はれとて、我がもとにもて来る。ぬしはいつも変りて、其の数はかりがたし。

まろびあふはちすの露のたまさかはまことにそまる色もありつや

丁汝昌が自殺は、敵なれどもいとあはれなり。さばかりの豪傑を失ひけむと思ふに、うとましきは戦なり。

中垣のとなりの花の散る見てもつらきは春の嵐なりけり

一は、半井桃水氏とのことに就いてであらう。二は、かの「にごり江」の女たちをうたつたもの。三は、その時事観をつらぬく一識見を見るべきである。

一葉と自分とは同じく明治五年の生れで、一葉が幼い時、親類であるので裁縫の稽古にいつてをつた松永さんの主人正愛氏はわが父の歌の門人であつたので、自分が松永さんへ遊びに行つた折に逢つたことがある。

その後、自分は、歌の修行のため所々の歌会に出席するやうに父からいはれて、小石川安藤坂の左側なる萩の舎《や》歌会にいつた折、久々で一葉に逢つた。一葉は歌会の席の次の間で、机の前に坐つて、競点の歌のあつまつたのや、当座の歌合《うたあはせ》の巻の清書などをして、披講の始まる頃から席上に出た。小説家として其の名のきこえるやうになつた後も、歌会で折々逢つた。

明治二十九年六月、三陸地方に大海嘯があつて、博文館から義捐小説を出すとて、短歌の出詠を歌子さんに依頼したとおぼしく、一葉が代つて自分のもとに問合せの手紙をおこせた。それは、歿する五ケ月前のことであるが、当時も師のもとを折々訪うてゐたものと思はれる。その手紙が残つてゐないのはまことに遺憾であるが、後、時好倶楽部の会で、半井桃水君と隣席した折この事を話したに、一葉の書簡一通を贈られた。それは明治二十五年三月号の「武蔵野」に、「闇桜」の掲げられた前のである。

大正元年、一葉の十七回忌の折、記念にその歌集を刊行したいと、妹君邦子さんが、幸田露伴君の紹介状を携へ来られたので、自分は喜んで、その編纂のことに当り、「一葉歌集」一巻が出版され、十一月廿三日の法会の席上、来会の人々に配られた。自分の蔵してをる「一葉歌集」の扉には、その日、来会した次の人々の文字が書かれてある。「姉夏子十七回忌の日本願寺にて　邦子」、「泥酔して小石川の一葉女史の宅に如来と倶にあばれこみしことあり　大野洒竹」、「煙草代の借もある人　関如来」、「柳の芸者といはれたる馬場孤蝶」、「十年後には眉山の子にお父さんの逸話を語り聞かす人来島琢道」。

大正十一年十二月の「心の花」は「一葉女史記念号」を出した。それは、一葉の父母が甲斐東山梨郡大藤村の出身であるから、同村の人相謀つて露伴君に撰文を請ひ、一葉の記念碑を同年の秋建てたのであつた。その碑の文詞は、一葉の生涯を五百五十余字に簡明に叙し、「嗚呼女史、その文や鋒発韵流、その人や内剛外柔、命薄けれども徳薄からず、才名千載留まらむ。」と、とゞめられた名文である。碑の写真、碑文、及び、馬場孤蝶君の「人間を透観せる一葉女史」、戸川秋骨君の「文学者の国籍」、邦子さんの「姉のことども」、及び予の文等を掲げた。中でも邦子さんの追懐談は、幼時から記憶のよかつたこと、近眼であつたこと、小学校時代のこと、上述の松永氏のこと、「たけくらべ」のみどりや信如、「別れ途」の吉公などのモデルのあつたこと、源氏物語を愛読したこと等、等で、一葉文献として貴重なものである。

さらに歳月が流れて、昭和十一年七月、菊池寛君の撰文で浅草大音寺前に碑が建てられた時、その除幕式に列なり、また、帝国ホテルの演芸場で「たけくらべ」の演ぜられた時にも招かれていつたが故人と面識のある人だに殆ど無いことを寂しく感じた。帝展で鏑木清方君の一葉の画すがたを見たをりも、同様に感慨の切なるものがあつた。

附記一　かつて夏目漱石君が来訪された日の雑話の中に、東京府の官吏であつた一葉の父君と、夏目君の近親としたたしく、一葉との間に縁談が進んでゐたとのことを話された。一葉の日記にある渋谷三郎氏のことであつたらうか。どういふ近親であつたか、記憶がおぼろげであるが、書き添へておく。

附記二　一葉が「たけくらべ」を書いた龍泉寺町の一葉公園に、記念碑を建てたいからと、一葉公園協賛会長藤田善吾博士、幹事上島金太郎君の依嘱で、「紫のふりし光にたぐへつべし君ここに住みてそめしふでのあや」「そのかみの美登利真如らもこの園に来あそぶらむか月しろき夜を」の二首の歌を書き、昭和二十六年十一月廿三日の建碑式に列した。邦子さんの孫君が序幕の幕を曳かれた。

幸田露伴

今は昔といふべき年代のこと、駿河台に住んでをつた山田美妙君が、自分の小川町の家を訪うて、「神田御成道《おなりみち》の通りの幸田露伴といふ人に逢つて来た。それは『都の花』への寄稿がすぐれた作品であつたから、今、訪問して来た帰りである」と話された。それで「都の花」が出るとすぐに、まづ「露団々《つゆだんだん》」を読んだことであつた。後、「五重塔」、その他露伴子の小説の愛読者となつた。初めて向島に訪うたのも、其の時を忘れるほど古いことである。なんでも言問からさきの堤を右におり、折れまがつていつた所であつた。屢〻訪うて、西洋将棋を教はり、釣の話もいろいろ聞き、「何羨録といふ釣の本を探してをるが」といはれたので、農商務省水産局の知人から借り得て用だてたに、いたく喜ばれたこともある。また、「新小説」の編輯主任をしてをられた頃、春陽堂の楼上に訪うた。それは和歌の懸賞募集の選者を依嘱されたからであつた。（和歌の懸賞募集は、新聞では時事新報、雑誌では「新小説」が早かつたとおもふ。）

明治三十三年の竹柏会大会に講演を請うたに、快諾された。或ひは、これが最初の講演ではなかつたらうか。まづ初めに、歌、詩、俳句に、共通の点があるといふことを、おもしろく話された。また四十四年の大会には、「日本の古い文学の一つに就いて」といふ題目で、毘耶離《ビヤリ》国の長者のむすめ、月上女のことのかいてある「月上女経」と、竹取物語との類似について講演をしてくれられた。

小石川の表町に移転されてからも、折々訪うた。その頃、「石」の歌を多く詠んでをられて、その時ごとに話された。いつもは下の座敷であるが、ある日、初めて二階に通された。窓に近く「表町の榎」といはれる大きな榎が見えてをる。明窗浄几《めいさうじやうき》といふべく、机の上に数冊の本が置かれてある外、何も置いていない。床の間には、伯牙弾琴の図に詩の題してある拓本の掛物がかかつてをつた。自分はながめつつ、「面白い絵ですね」というたところ、「大方いつもこれがかけてあるよ。君は忘れたのか。君が南清から帰つて来た時、漢口の古琴台にいつたとて、土産にもらつたのを装幀したのだ」といはれ、自分は面を赤めたことであつた。明窗というたが、机のそばの障子のガラスに、墨でいろいろの字が書いてある。不思議に思つて聞くと、「あゝそれは、本を読んだ時、ふと心覚えをガラスに書いておく癖があつて」と笑つてをられた。

戦争後、疎開先の長野県の坂城から伊東に移られ、しかも病んでをられるとの新聞記事を見て、「近日見舞に伺ふから」といふ書状を熱海から出したところ、いつもは墨で巻紙の自筆の返事が来るに、代筆で、来訪されてもまだ逢へぬから、よくなつたらば知らせる、とのことであつたが、便りが無いので、或る日、突然に伊東なる松林館にいつた。宿の者に、「お逢ひせずともよいが」というたところ、年とつた女が来て、「幸ひ気分がよいので、お目にかかりますから」と云ふ。導かれて中二階にいつた。次の間附ではあるが、広くない一室の寝床の上に坐つてをられた。赤ら顔はいつもの通りであるが、髪も髭も手入をされぬままに長くのびて、仙人のやうな心地がした。自分は、「西行の『命なりけり』の歌のやうに、お互に命があつてお逢ひ出来たことが喜ばしい」といふと、暫らく沈黙してをられたが、「ム、、命なりけり有耶無《うやむ》耶《や》の関ぢや」と大きな力強い声でいはれた。「東京で焼けたものの中では、自分が特に工夫して作つた釣の道具や、多年あつめた釣の本が惜しい。君の世話で借りて写したあの本も焼けたよ」など話され、現代に就いても種々辛辣な批評を語られた。自分は、「今住んでをる熱海の西山は、字《あざ》を立石《たていし》といふほど石が多い、坂の上ではあるが、全快されたらば遊びに来られて、石の歌を詠んでほしい」というた。君は「あゝ、石の歌……何首詠んだかね」などいはれた。長座してはと思うたが「久々であるから」といはれて、なほ何くれと語りあつて辞した。其の後、しばらくして、千葉県の市川に移られたとのしらせがあつた。

　おもへば、かの松林館の一時間余が、多年交誼を忝うした先輩との最後の面談であつたかとおもうと、うらさびしく歎かはしい。

附記　那木の葉会から刊行した「鶯」の創刊号に、「石いろ〳〵」といふ題で寄稿せられた歌六首が掲げてある。それは、賀茂川の川原の石、砥石、道の砂利、蛇籠の石、蘭亭の石、ヴヰクトリヤ女王の宝冠を飾つたといふ宝石コヒノールが詠まれてをる。さすがに露伴学人の歌であるとおもふ。

日本学士院では、物故された会員の略歴及び業蹟を、総会の会場で、同じ学科の会員が述べる習はしとなつてゐる。幸田会員について自分の述べた文詞が、「日本学士院紀要」第六巻第一号に掲げられてある。

森鷗外

「国民の友」の「舞姫」を愛読し、「しがらみ草紙」をも読んでゐたが、その当時は未だ森博士と語る機縁が結ばれなかつた。それは、自分は未知の人を訪問するにたゆたふ癖があるからであつた。しかるに「めざまし草」を出された時、歌を送つたに、音信があつたので、初めて千駄木の邸を訪うた。明治二十九年三月某日のこと、玄関に近い書斎に通された。

博士は、石見津和野の出身、十一歳で父君に随うて上京、独逸語を学ぶ為に壱岐坂《いきざか》の進文学社に入り、通学の便利のため、郷土の先輩であり親戚なる西周先生の神田小川町広小路の邸に寄宿してをられた。西先生の夫人升子刀自は、亡父以来わが竹柏園の社友であるので、初対面のやうでなく、爾来親交が結ばれるにいたつた。

当時「めざまし草」に掲げる為に、観潮楼——団子坂から品川沖の汐が見えるので汐見坂といふ古名によつてつけられた——の楼上で、雲中語《うんちゆうご》のつどひがあつた。それは、学海・篁村・露伴・思軒・緑雨の諸家のあつまりであつたが、自分も員外として招かれて列席し、二三度筆を執つた。（学海翁は文のみをおこされた。）「めざまし草」なる自分の歌の非難の文が「帝国文学」に出た時、「鞆の音」を書いてその難を反駁せられもした。自分は、詩文や故事の出典などに就いて、屢ゝ教を請うたに、書斎の奥の方にある土蔵に行つて種々の書物を持ち来られ、その出所を指し示される。ある時、あまりに度々土蔵に行かれるので、もうこれだけわかればよいからといふと、「いや、君はそれでよいかも知れぬが、僕自身が知りたいのである」といはれた。孝子万吉の碑や、その他おもだたしい文詞の删訂を請ひもした。しかし、たまたまは相談をうけたこともある。山県公の小田原の別墅は、古稀の記念で古稀庵と名づけられたが、「小石川の椿山荘の記は、長三洲《ちやうさんしう》に嘱して漢文の額がかけてある。古稀庵のは、自分に国文で、と公よりの言葉であるから」とて草稿を示された。また、文部省の文芸委員会の委員としての分担で、「ファウスト」を訳された時は、一読してもらひたいとのことで、自分は喜んで毎夜のやうに千駄木を訪うた。その頃は新築された奥の室であつた。「君が読んで、文脈や用語のいかがと思ふところを指摘されたい」といはれる。「ここがわからぬやうであるが」といふ毎に、傍らなる原書を開いて、「かう訳してはどうであらう」といはれ、「まだどうも」といふと、幾度も訂正された。自分がファウストを卒業したのは、此の時のたまものであつた。

この奥の室で聞いた言葉、その他を二三記さう。ある日訪問すると、「君、今日も亦蛙を一疋のみこんだよ」といはれる。不審な面もちをしてをると、「あ、話したことがないかも知れぬ。外国の某が自分の著作に酷評をされた時、それには何ら答へないものの、生きた蛙をぐつと呑みこんだ気持であると書いてゐる。今日も自分の何々に対してつまらぬ評が何々に載つてをる」といはれた。当時森さんの発表された創作に対しては、かなりな悪評があつたのである。

ある時自分は、訳して雑誌に載せられる短篇小説のどれもが、すぐれた作品とおもふが、といふと「いや、すきだからではあるが、あちらの雑誌やいろ〳〵のものをかなり沢山に読んで、その中から選ぶからだよ。むかうのだつてまづいのが多い。また来月の雑誌に訳して出さねばならぬと思ふと、まるで、台所の者が今日のお総菜はと苦労するやうなものだ。しかし未知の若い人たちへの教へとはいはぬが、贈り物といはう、その為に毎月時間を費してをる」といはれた。

若くてすぐれた学生や学士を愛された。小山内薫君も学生時代に激励されたと聞いた。大久保栄《さかえ》君や木下杢《もく》太郎君が、医学と文学と両方の才人であつたのを喜ばれもした。その大久保君が外遊中に世を去つたことを、いたく惜しんでをられた。

鷗外全集第廿二巻の書簡篇には、自分に贈られた書簡三十通が載つてゐるが、多年にわたる交誼であるから、思ひ出は尽きない。

中にも、自分の企てた万葉学の基礎事業に就いて、博士が心をいたされたことは、「文芸評論」の「鷗外特輯号」に委しく記したので、ここには再録せぬ。

博士は、細心周密であつた。大正十一年四月の来書に、「帝諡考中……」云々といふのがある。それは、帝諡考を贈られた時、版を改めて長く世に残したいから、訂すべき箇所あらば、といはれたままに、心づいた点をいひ送つたに対しての返事であるが、此の書を寄贈された際、「これは百部だけ印刷したので、巻末に番号が記してある。君には特に三十一号を贈ることとした」といはれた。

書簡は数おほくかかれ、清痩ともいふべきすぐれた書風であるが、短冊とか額などを書くことは好まれなかつた。明治三十八年五月、第二軍々医部から寄せられた葉書に、「福陵　あめつちの若ゆる春のにひ草の緑のなかに石の馬たつ」とあつた。帰朝の後に短冊にと請うたに、万葉がきに書いて贈られたのを「短冊凌寒帖」の中に掲げてある。博士の短冊は、恐らくは十指を数ふるほども無いであらう。また、自分が鎌倉に小宅を営んだをり、命名と、そを額に認められむことを請うたに、さかさ川といふ小川に家が臨んでゐるからとて、「溯《そ》川《せん》学堂」と撰ばれた。大正十年五月の書簡に、「早晩勇ヲ鼓シテ書可申候」とあつたが、遂にそれが実行されなかつたことは遺憾であつた。（因に云ふ。博士の筆蹟としては、「舞姫」再版の序詩なる「世間留綺語、海外咏佳人、奄忽吾今老、回頭一関塵　丁巳孟春鷗外湛」といふ横物一幅を愛蔵してゐる。これは岡山高蔭君が椿山荘で同席して執筆を請ひ得たのを、君から譲りうけたので、「鏡草」の中に掲げてある。）

　自分が小川町にをつた明治二十九年に、歌誌「いさゝ川」を発行したが、その中に鍾礼舎主人――鍾礼舎はシグレノヤの万葉がき――といふ名での寄稿に、短歌を五行にかくとよいとの文がある。短歌五行がきの論の嚆矢といふべきであらう。その「いさゝ川」から進展した「心の花」には屢ゝ寄稿を得た。ここに森於《お》菟《と》博士の書かれた文詞を引用する。「心の花には父も度々筆をとつたやうで、ことに明治三十七八年役前後には、多くの長詩・短詩・訳文などを寄せた。創作小説にも、「朝寝」、「有楽門」、「大発見」、「牛鍋」の四篇が載つて居り、その初めの二つは腰弁当といふ変名で出た小品で、作としてはあまり価値のあるものとおもはれないが、「舞姫」、「うたかたの記」、「文づかひ」の独逸淹留《えんりう》記念の三部作と、明治三十年八月の「新小説」に出た「そめちがへ」以後、しばらく創作の筆を絶つた後、明治三十九年十一月の「心の花」に掲げられた「朝寝」は、それにつづいて、盛んな活動をする契機をつくつたもので、その意味で重要なものと思ふ」と。

「心の花」に寄せられた「営口で得た二書の解題」、「高瀬舟と寒山拾得」の原稿が保存してあるから、次に書き添へておく。

「営口で得た二書の解題」は、明治三十七八年役当時従軍された田山花袋君が、営口で古書肆を漁つて得た西洋の小説ハインツ・タヲオテの「死骸マリイ」と、アナトオル・フランスの「蜂姫」との二部の解題を、あちらの大きな紙にこまかく書いて、陣中からおくられたもの、「心の花」八巻六号に載せてある。

「高瀬舟と寒山拾得」は、美濃紙に毛筆で書き、消したり直したりしてある全くの草稿で、はじめに「近業解題」とあり、二著執筆の動機を書かれたもの。まづ、高瀬舟の名称の由来を考証し、作中の主人公が二百文の銭を持つた喜びと、自殺未遂の兄を死なしめた行為、即ち医学に所謂ユウタナジイを彼が行つたこととに興味を感じたとあり、しかして、医学者の立場からユウタナジイに対する意見が簡単に述べてあり、「寒山拾得」に就いては、寒山詩に対する令息の質問に答へられた事を書き綴つたのがそれであり、子供の質問に対する答へ方についての所感等が述べてある。両者で三千字ほどの短いものであるが、博士の遺著の中でも重要なものの解題で、「心の花」廿巻一号に載せてある。

明治三十九年四月の竹柏会大会には、「ゲルハルト・ハウプトマン」を講演してくれられた。桑木厳翼博士の森博士追憶談に、「竹柏会の大会に招かれて博士の講演を聴聞した。軍服姿のキチンとした態度で、長時間にわたり、何等のヤマもなく平板な調子で、併し極めて明晰な弁舌で、伝記から著作梗概を十分に講じ、為すべきことを為し了へたといふ風に、頗る満足気に講演を終られた。私はそれを見て、これこそ真の学者的態度であらう。このくらゐ心根を据ゑなければなるまいと思うたことである」と。当時まだ少年であつた於菟君は、「父はカアキー色の軍服姿で、殆ど二時間ばかりであつたと思ふが、その癖の右肩を少し上げた姿勢もくづさずに、熱心に演述したのであつた。最も感銘が深かつた」と書いてをられる。

追記一　名古屋の西村郁郎君は、鷗外遺墨蒐集の第一人者である。実によくあつめてをられる。故博士も喜びをらるることと思ふ。

高山樗牛

ある夜、日本橋本町なる大橋氏を訪うた時、座に眉目清秀の一紳士が在つた。紹介されて、その樗牛君であることを知つた。しかも両氏の間の談話によつて、君が仙台の高等学校教授を辞し、雑誌「太陽」のために専心執筆しようとして、その話に来られたことを知つた。今から思へば、実に君が生涯の一転機たる日であつたのである。用談はやがて終へて雑話にうつり、共に酒を酌んで相語つた。あたかも独歩や花袋の長詩の集なる「抒情詩」の刊行せられた時であつたので、その話などをしあつたことを記憶してゐる。

しかして、氏と自分とを親しくさせたには、氏の夫人里子さんが杉亨二博士の令嬢で、お茶の水の生徒であつた頃、自分の門に学び、故人となつた大塚楠緒子さん、また故大橋乙羽氏の未亡人時子さんと、三人うちつれて、土曜日ごとに来られたといふことも、少からぬ因縁となつたのである。

　君が大磯に病を養はれた頃、自分も、夏の盛りを同地に家を借りて住んで居たので、屢ゝ相往来した。その年の十月、鎌倉に移られてから長い手紙が来た。「……体の工合よろしき日には、処々旧跡古社寺を歴訪し、七百春秋の短きを弔ひ居申候。……日蓮上人の事蹟も、小生年来研究致度志望候ひしが、この度の卜居を幸ひ、出来るだけ調べ見むと、先日より高祖遺文録を読み初め、昨夜第十巻読了候。上人の文、殊に消息文は一種異様の文体にて、上人の性格そのまゝの気魄光焔、真に鎌倉文学の一偉観かと被存候。……又この地の美術の残品をも調べ見たき念願有之候。宅間法眼と称する仏師の作に秀でたるもの甚だ多く候。右は諸書に見えざる名称なれば、何人にやと後日の研究を待ち候。……秋晴の頃一日御散策如何に候や。当地は大磯より俗気も少く、心も落付き、観念の書窓にうつる月影もいとさやかに照りうつり申候。……」とあつたので、ある日長谷の寓居をおとなひ、史談美術談を聞いたことであつた。

　その後、君の実弟斎藤《さいとう》野《の》の人《ひと》と親しくなつた。野の人は、詩人として風格の高い人であつた。

追記　昭和十八年一月、清水市に渡辺氏を訪ひ、案内されて龍華寺に詣で、樗牛の胸像の前でそのかみを偲んだが、戦時中、供出させられたと聞いて残念におもうてゐたに、原型が残つてゐたので、再び鋳られてすゑられたとのこと、喜に堪へない。

国木田独歩

独歩君を知つたのは、徳富蘇峰翁に紹介されてからであつた。それは、自分が「国民の友」に残月楼主人、又は無名氏として詩を寄稿したり、国民新聞に磯辺千浪《いそべちなみ》といふ名で評林体の歌を送つたりした関係から、社員の新年宴会に招かれた折、その席上に於てであつた。後、矢野龍渓翁が雑誌を刊行されるにつき、編者として数回来訪された。ある時、君が平安時代の物語を味読してをられたことを知つて、且つ驚き且つなつかしく思つた。

君は痩形ながら、一身に気魄の満ちてをるといふ風であつた。亡くなられた後、親友であつた中央新聞社の田村三治氏から、君の若い日の手紙数通を示され、いづれでも望まれるのを贈らうといはれたので、長文の一通を請ひ受けた。それは、廿三歳の年、大分県佐伯の鶴谷館に教頭として聘せられて間もない時の手紙である。文中に、竹取物語のことが評してあるも面白く、又その思想にも、後の独歩の面影が見えてなつかしまれた。

後年、自分が日向を旅行して、佐伯附近を汽車で通つた時、案内をしてくれた同人が、ある海岸で沖の方の島を指ざしながら、「あの島蔭で若い独歩が、教師時代によく釣をしてをりましたので、今は独歩が島というてをります」と説明してくれた。明治の文豪の名が長く残ることを喜んだことであつた。

附記　矢野龍渓翁は、識見ゆたかに品格の高い人で、話してをつてもその詞に教へられるものがあつた。晩年に翁の外孫がをしへ子となつたので、文通をもした。

上田　敏

上田さんの名を初めて知つたのは、君が大学生の頃、読売新聞に当時同じく大学生であつた榊博士と、音楽会の批評を書かれたのを見た時である。初めて逢つたのも、上野の楽堂に於いてであつた。小川町の家を訪問されたのは夏の夕方で、大学の制服姿の君は、小花清泉君とともに来られた。うちつれて神田五軒町の橘糸重さんを訪うた。その時、鹿鳴館の慈善音楽会で、チーチェ夫人のソプラノを聴いた夜のことを自分が話したに、上田さんも聴きにいつてをつたとのことであつた。

その後、自分は、君を、下谷御徒町に、本郷西片町に、京都の岡崎に、帰京して住まれた白金三光町に訪問した。唯一人の令嬢で、源氏物語の玉かづらの姫君、すなはち「藤原の瑠璃ぎみ」といふ名によられたといふ瑠璃子さん（嘉治隆一氏夫人）が同人となられて以来、一層親しく交はるやうになつた。君は、純粋の江戸つ子で、風采は典型的な紳士であり、著書の序文の末に「東京上田敏」とあるごとく、横浜以西へは一度も行つたことのないうちに欧州に遊学され、京都大学創立後、同大学の教授になられたが、晩年は東京で終られた。四十三の若さで世を去られたことは、我が国の文芸史の上に最も大いなる損失であつた。

君が明治三十八年三月竹柏会の歌会で、イブセンの「海の夫人」に就いて談られたのは、わが国に於いて「海の夫人」を最も早く紹介されたものであらう。明治四十五年の大会の講演を快諾されて、京都からふりはへ上京し、「旧思想新思想」といふ題で述べられたが、その豊麗な修辞、ことに「永遠の旅人である人間は、生命の波に乗つて冒険の航海に出る、その船の舵となるものは誠である」といふ結語は、当時同人が屢ゝ語り出たことである。

君の談話は、常に人を魅する力があつた。外遊から帰られた時、竹柏園の小集会で、泰西の風景、人情等に対する、極めて趣味深い観察談を聞くことを得た。鋼鉄の如く底光りのする色をもつてゐる黒潮の流を過ぎてから、太平洋の青海波の模様のやうな波の美しさや、太白星の波に沈む時の壮観を語られ、大西洋の波と太平洋のとを比較して、太平洋のは大きくゆるく打つに、大西洋のはやや小さく鋭いことを説かれた。また、巴里のシャンゼリゼエの大通の端麗なさま、朝夕の色の変化が著しいノオトルダム寺院の建築、その他、風車、朱い屋根、清い淀に名ある和蘭、夢のやうなナポリあたりの景色など、親しくその地に行つてみる心地がした。

話が終つたあとで、「此度の旅行で最も深く感じられたことは何でありましたか」と問うた。その時君は考へて居られたが、暫くして、その快活な面わをやや曇らして、頗る感慨に堪へぬごとく語り出された。それは、「自分が巴里の博物館を訪うて、維新前、彼の地にものした吾が国人の一行が、彼の国で写した幾葉の写真を見た時、ふと、其の中の一葉に、自分の亡父の立つてをるのを見出だした。その頃は、父はまだ上田家の人とならなかつた時で、乙骨氏であつた。自分が十五歳の時に世を去つて、おぼろげに頭にのこつてゐる父、しかも若い時の面影が、さすがにそれといちじるく、海外万里の客となつて、ゆくりなく亡父の写真に接した時の感じ、これこそ、自分の最も感じたことであつた」と述べられた。二十余年の交はりの間、屢ゝ相語つたが、君の曇つた面ざしを見たのは、この時だけであつた。

大正五年七月九日、君の訃を白金に弔うて、夜ふけての帰さ、桑木博士、与謝野寛君、長田秀雄君と三光町を出て、電車道に向つた。雨もよひの空ながら月の光がかすかに洩れて、黙しつつうちつれて行く吾等の影をしづかに照らした。

附記　今は亡き瑠璃子さんが、一九三一年に巴里からジャルダン・デ・ブラントの博物館に、自分には祖父なるその写真が在つたのを見たとて、なつかしまれた長い手紙をおこされた。心の花第三十五巻十号に掲げてある。

明治三十八年二月の心の花に、「千朶木山房のまとゐ　一月二十一日の夕べ、森鷗外の君の誕生日をことほぐとて千朶木山房につどひし人々、大久保ぬしのかきたる絵葉書にかきそへて、戦地なる君のもとに寄せたる歌ども」として、上田敏、千葉鑛蔵、大久保栄氏、小金井喜美子夫人、及び予の歌が載つてをる。上田博士の短歌はめづらしい。「星影も異なる沙河の冬の空をしのばひ語るうづみ火のもと」。しのぶあまりに、詠まれたこととおもふ。

夏目漱石

夏目さんの小説は夙くから愛読してをつたが、大塚家の事から文通するやうになつた。

大塚保治博士は夏目さんの親友で、熊本から東京に来られるやうになつたのも、大塚さんの推輓であつたと聞いた。大塚夫人楠緒子《くすをこ》さんは、わが竹柏会の古い同人であつたが、不幸世を早くされたので、夏目さんと自分とが大塚家の事に関係するやうになつた。或る日牛込南町の夏目さんを訪うたに、所謂訪問日以外の日とて、用談の済んだ後は、ゆつくりと文芸談を語りかはした。「硝子戸の中」の構想を練つてをられた頃であつたとみえて、その日話されたことが、いくつも載つてゐる。その後吾が家に来られた時も、午前から夜までをられたことがあり、古筆の類やその摸本などを見て興がられ、中でも高野切や三跡切を、頻りにながめ入つてをられ、以前に歌を作つたことがあるなど語られた。大学の話が出て、図書館の教員閲覧室は気持がよかつたと云はれもした。博士会の話も出たりした。

市ケ谷の大塚家を二人で訪問した折、自動車をおりて狭い道を歩き歩き、夏目さんは度々時計を出して見られる。どうしたわけかと思つてゐるうち、ふと立ちどまつて、ポケットから散薬の包を出し、仰向《あふむ》いてそのまま服《の》まれた。驚いて問ふと、「薬をのむ時間を、厳格に守らなければならないので、途上でも水なしでのみつけてゐる」といはれた。

「明暗」が新聞に出てゐた頃、自分が湯河原の天野屋（もと本館、後に別館）に行つたに、宿の主人が書画帖を持つて来たのを見ると、夏目さんの句がある。聞くと、中村是公さんのもとに客となつて滞在中にかかれたとのことであつた。天野屋旧館の浴室の前の三角のやうになつた板の間、大きな鏡のあるところの様子が、「明暗」の中に実によく写されてをる。いつか其の話をと思つてをるうち、機会は永久になくなつた。

島崎藤村

藤村君の兄君島崎友弥氏は、「心の花」第三巻明治三十三年からの寄稿家であり、君の姪いさ子さんは、竹柏会に入つた。君が小諸にをられた頃の知人神津氏の夫人蝶子さんも、竹柏会の同人であり、君の小説「家」に出てをる女流音楽家も同人なので、小諸にたよりをしたことがあり、有島生馬氏からの話で、君の藤村会の発起人の一人に加はりもした。

昭和九年三月廿四日、幕末の歌人安藤野雁《ぬかり》の六十八回忌の当日、「安藤野雁集」を渡辺刀水氏の出版された記念の講演会が東京朝日の講堂で催された。その折自分は話をするために、野雁が中山道にさすらへてゐた頃、島崎家に宿つてゐたのであらうと思うて君に問合せたところ、「御申遣の、庭に松あり裏に竹藪あり、恵那山の見える家とは、わたしどもの故家でございます。父正樹《まさき》は重寛《しげひろ》とも申し、吉左衛門はわが家主代々の通称でありましたが、「山窓にねざめの夜半の明けやらで風に吹かるる雨のおとかな」などの歌を遺して居りますのも、その家でございます。今回御手紙により、安藤氏のごとき客人の御宿をせしこともあるを知り、めづらしく思ひました」との返事があつた。それからしばらくして、野雁の短冊が見つかつたからとて贈られた。短冊の裏に、「安藤野雁」とかいてあるのは、父君の筆とのことであつた。(父君、すなはち「夜明け前」の青山半蔵である。)

中央公論社から、自分の「万葉辞典」が出版せられたをり、同社の企劃部で、数氏の推薦文をパンフレットにして編むこととなつた。藤村君のところへも同社の記者が訪問したに、「推薦文は一切かかないが、佐佐木さんのならば書かう」というて一文を送られたので、自分は初めて麹町の君の邸を訪うてその厚意を謝したことであつた。

附記　藤村君が第十四回国際ペン大会にアルゼンチンに赴かれた前、同地に記念の歌碑をたてられる参考にと人麿、実朝等の歌の相談に手紙があつた。帰朝の後に公けにされた「巡礼」の中に、その記事があつたやうにおもふ。

与謝野寛

現代短歌全集に添へられた与謝野寛《ひろし》君の年譜を見ると、明治二十六年の条に「初めて坂正臣、大口鯛二、佐々木信綱、池辺義象、正岡子規諸家と知る」とあるが、君と初めて逢つたのは、落合君の浅香社《あさかしや》の歌会に招かれた席上であつた。しかして、君が二六新報の記者としての訪問をうけたことがあつた。二十九年、君が朝鮮より帰られて間もなく、上野公園の、当時、摺鉢山の下に在つた三宜亭で君の歓迎を兼ねた歌会が催された。その席上では、一本の巻紙に、各の詠んだ歌を次々と書きつけてゆくのであつたが、人々が書き終つた後、君がよい声で朗吟せられた。此の年帰られたのは、三樹君の明治書院の編輯部に入る為であつたといふ。その編輯所は、神田区小川町一番地の進徳館といふ学校の前に在つて、自分の住居とわづかに家数三軒ほどを隔てた向側にあつたので、折々に来往した。ある夜、斎藤緑雨君と同道して訪はれ、夜ふくるまで語つた思ひ出もある。

その年の夏、公けにされた「東西南北」には、後の出版記念会の祝の詞のやうな意味で、数人の序跋が寄せられてゐるが、自分も一篇を寄せたことであつた。

三十年には、君と共に新詩会を起した。その会の第一集が「この花」として、三十年三月に刊行されてをる。序文は与謝野君の執筆に成つたのであるが、会の成立等がよく知られるので、ここに掲げておく。

> 散文の詩、独り盛にして、韻文の詩の振はざるは、洵《まと》に文学の為に慨すべきなり。ここに、新体詩を研究し之が発達を図らむとて、同好の士相集まりて、一会を組織す。名づけて新詩会といふ。其の会員には、落合直文、佐々木信綱、宮崎湖処子、塩井雨江、武島羽衣、繁野天来、杉烏山、正岡子規、大町桂月、与謝野鉄幹の十人あり。一年四回相会して、この道の研究をなすと共に、相互の交情をも温め、或は、時にその作れる所の詩を集めて世に公にせむとす。会員にして、詩を出すと否とは、各自の意志に任かす。今、世に問ふところの詩集「この花」は、やがて、その第一集なり。あはれ、詩を好む大方の君子、願はくは高教を惜しむこと莫れ。

三十三年「明星」の創刊された春、大宮に花見を共にしたが、一号に載せられた花見漫画に就いて自分は、麹町一番町の君の宅を訪うて、抗議したことであつた。（晶子さんと結婚以前である。）明星の出た前々年に「心の花」を発行したのであるが、両誌の間に意見の衝突したことが数回あつた。

歳月が流れて、大正十二年、君の生誕五十年祝賀会が、帝国ホテルで盛大に催された。その折、自分は、君の左側の席を与へられたが、祝賀の詞を述べたが、落合君世に在られたならばと語つたことであつた。

昭和四年の夏、改造社の山本実彦氏に伴はれて、君夫妻が、鹿児島、宮崎を歴遊される前、当時の両県知事、北原白秋、斎藤茂吉君と共に、招かれて星が岡茶寮に会した。その折は、斎藤、北原両君の間に盛んな論議の応酬があつた。

昭和十年二月、吉田学軒翁の七十賀会の相談会に、新宿の旗亭で君と二回会つた。二回ともに君は非常な元気で、若々しく語られたのに、急に長逝されたことは、あまりにも夢のやうであつて、かつ驚きかつ歎いたことであつた。

君から贈られた書状は数通あり、また長文であつた。さきに西片町の蔵を掃除した時、こんな状をのこしてはと破つたことを覚えてゐる。今おもへば惜しいことであつた。

正岡子規

日本新聞社は神田雉子町にあつたので、小川町の自分の家から近かつた。社員の坂井弁《べん》君（後には久良岐《くらき》と号して川柳を専ら唱道された）が折々遊びに来た。ある日、子規君が和歌の方面にも力をいたしたいから、歌集を貸してほしいとの伝言をもたらしこられたので、座右にあつた俊頼《としより》の「散木弃歌集《さんぼくきかしふ》」、諸平の「柿園詠草《かきぞの》」を初めに、次に曙覧《あけみ》の「志濃夫廼舎《しのぶのや》歌集」を貸した。曙覧は福井の歌人としては、生前に藩主松平春嶽公の訪問をうけたほど有名であつたが、子規君の推賞によつて一般的に名高くなつたのである。また、田安宗武の「天降言《あもりごと》」をも用だてた。

君の「百中十首」の選を頼まれて選んだのが、日本新聞に載つた。これは、一人が百首中から十首を選ぶと、更に十首を足して次の人に頼まれたから、同じ歌は二度載つてゐない。

大町君、与謝野君等と共に、新詩会を興した時、不忍池畔の長駝亭に会が催されたに、子規君は、人力車に乗つて来られた。その際が初対面であつたと思ふ。落合君も出席されて快談せられた。

根岸なる諏訪家の歌会に招かれていつた日、ゆきがけに子規庵を訪ひ、床の上に坐つてをられた君と暫く語り合つた。上野の森の梢が見えたこと、入口の室《へや》の壁に木曾の旅の記念なる檜木笠のかけてあつたことなどが、目に残つてゐる。

亡父の十年の記念歌会を梅川楼で催した時、「故佐々木先生十年祭に懐旧といふ題にて　世の中に歌学全書を広めたる功にむくいむ五位のかゝふり　常規」といふ短冊を手向けられた。四五句は、いふまでもなく、万葉集十六の巻の歌によつて詠まれたのであるが、和歌であり、さういふ会のゆゑ、本名の「常規」と書かれたのである。

同じ時の落合君の短冊と並べて、先人五十年の記念に公けにした「竹柏華葉」に掲げたことである。

伊藤左千夫

犬山城にのぼり、木曾川で今宵はじめて催すといふ鵜飼を見て、夜遅く名古屋に帰り、東京の新聞を見ると伊藤左千夫《さちを》君の訃報が載つて居る。驚きと悼みにみちた胸には、数年前、南清の旅中、建業の雨花台にのぼつた帰途、菊池君から落合君の逝去を聞いて、かつ驚きかつ悼んだ事が思ひあはされて、いろいろ思ひ続けた。

鷗外博士は、明治四十年の三月、観潮楼で歌会を催された。その会ではじめて伊藤君と逢つたのであるが、「心の花」を石榑君と同郷で根岸派の森田義郎君が編輯してゐた当時は、しばしば寄稿されたので、初対面の心地がせず、胸襟をひらいて語りあつた。その会は、四十二年の夏まで継続した。歌会の夜は、いつも夜がふけて人通りの絶えた千駄木から本郷への通を、伊藤君や与謝野君と並んで話しつつ帰つて来た。伊藤君のしつかりした体格、重みのある中に愛嬌のあつた声音、それと、今日のぼつた天守閣の眺め、鵜飼のかがり火、おぼろげになつた南京の景、萩の舎主人の風姿などが、かはるがはる見え聞こえるやうで、旅人の眠は成らず、夏の夜のしらじらと明けそめるまで目覚めてゐたことであつた。

（大正二年七月）

島木赤彦

この一篇は、大正十五年三月、芝増上寺に於ける追悼会の談話の筆記である。

私は、歌壇人の一人として今日島木君の追悼会に列なり、君の霊に敬意を表したくてまゐつたところ、階段のところで斎藤茂吉君から、何か話をするやうにとの頼みを受けました。急に思ひ浮べ急に述べるといふやうなことに慣れてをりませぬが……。「世の中にあらましかばとおもふ人なきが多くも」と古人の歎いたやうに、昨年木下利玄君を失ひ、今年島木君を失つたことは、歌壇のためまことに歎かはしいことであります。

先般、下村海南君が歌壇の人々を招いて小集を催したいとのことで、その招待の人名を見ました。最初に島木君の名があつたので、自分は久々で君に話を聞きもし、又したいと思つてゐましたに、その会より前に幽明境を異にせられたことは、まことに残り多く思ひます。話をしたいと思つたのは、自分が近く読んで感動をうけた書の一つである、君の著「万葉集の鑑賞及びその批評」に就いてであります。万葉集の研究は一般的に進んで、種々の著述は刊行されたが、後世に残る書は少いやうに思はれます。かの書は、万葉研究史の上から見て、長く世に残り伝はる書であると思ひます。かの書のはじめに、この書の人麿、赤人、憶良観には、異議のある人が多いであらうと書いてあつたやうに思ふ。学問に従事してをる者は、時としておのがじし意見を異にすることがある。自分は君の挙げられた赤人の歌、また憶良観などについて、同じ考を持つことの出来ない点があるも、それはおのがじしの考の相違であるから、といふやうな話をしたいと思うてゐたのでありました。

自分は歌壇に在ることが久しいために、正岡君、伊藤君の葬儀にも列なりました。いふまでもなくいづれも「あらましかば」と思ふ人々であるが、正岡君は、創業の人として各方面に為さむとしたことを十分に為しとげられたと思はれます。伊藤君も十分になしとげられたかと思ふ。勿論、一日は一日世にをられたらば、それだけのものを、多く残されたにはちがひないが。島木君は、天がもし齢をかしたならば、なほ一層残されるものが多くあつたであらうと思ひます。

賀茂真淵の著書は、その大部分は五十歳から七十三歳までの間に為されました。学者の晩年は貴いものである。島木君が、かの書の後編をも書かれず世を去られたことは、まことに惜しく、「あらましかば」と思ふ情が痛切である。ここに君の霊に向つて、哀悼の意を表すると共に、忌憚なき言葉を述べたことを許されむことを望む次第であります。

与謝野晶子

今は昔といふべき頃、九段は中坂下の教会で催された文芸講演会に講話を頼まれ、大隈言道と野村望東尼の歌に就いて述べた。述べ終つて帰らうとして玄関に出た時、二階からおりて来た一女性に呼びとめられた。それが晶子さんであつて、望東尼の話を聞きに来たといはれた。自分は立ちどまつて暫くそこで話をした。これが初対面であつた。

その後、会の席上などで、度々逢つて語りもしたが、「新万葉集」完成の竟宴の会が、上野の精養軒で催された日、司会者から指名されて、選者たちはそれぞれ所感を述べたが、晶子さんは、自作の二首の歌を朗吟された。その声の若々しくうつくしいに感ずると共に、亡き夫君を偲ばれた情の深い其の作に感じた。晶子さんの朗吟を聴いたのはこの日が初めてであつたが、晶子さんと話したのは此の日が最後であつた。

北原白秋

北原白秋君とは、森さんの会で初めて知るやうになつて、明治四十一年の心の花三号に「若き喇叭」、七号、八号に「断章」、九号に「瞳の色二十篇」などを寄稿もせられた。

それからかなりの年月がたつて、下村海南君が朝日の副社長であつたころのある夕べ、新橋の某亭に若い歌人を招かれた。「部屋の隅に色紙がおいてあるから、歌でも絵でも肖像でも好きなものをかいてほしい」とのことでそれぞれ筆をとつた。やがて、北原君が「見給へ」というて示されたのは、白秋と署名された竹柏園主人の像であつた。下村君にたのんで自分がもらはうかというてをると、傍から斎藤（茂吉）君が、「一寸見せ給へ」というて前において、「春の日のてりかゞやける国原の大河の水は心ゆたけし」といふ歌をすらすらとかいて、「茂吉」と署名してくられたので、よろこんでよい家づととした。（昭和三十二年二月の「心の花七百号」の巻頭に写真が掲げてある。）

又十年余の歳月がたつた。山本君の「新万葉集」についてはは同君の条に述べてあるが、選を頼まれた人々にとつては盛夏である上に寄稿の数が多いので、実に一通りならぬ苦心であつたが、誰もが、わが道のためにと身もたな知らにつとめた。何回か数人づつの集まりがあつた。星が岡茶寮に会した夜、終りに近づいた頃、自分が北原君に対して何か冗談をいつたとみえ、低い声を出してののしられたやうである。自分は自分の言うたことを現に記憶してをらぬほどの事であつたが、翌月の君の雑誌の、君の文中に極めて激烈な言葉で自分のことがかいてある。驚いて、誤解であると書状をおくつたが、返事がなかつた。しばしたつて、君は眼があしく入院と聞いて駿河台の病院にいつたが、たしか夫人が出て来られて、面会謝絶であるからといはれた。その後、しばらくして隔世の人となられた。

自分も、もとより他に対して喜怒はもつてをる。しかし、まのあたりその情をもらしたやうなことは、幼い時代に一回あつたが、それ以外には全く記憶せぬ。星が岡のは今も遺憾に思うてをる。

斎藤茂吉

斎藤茂吉君は、いつ逢つても、その率直な性格に対して、新鮮な親しさを覚えるのが常であつた。

昔がたりとなるが、歌壇人の歌集の出版記念会が催された時、自分は、平素語りあふ機会の少ない人にもあへるから、つとめて出席するやうにしたが、斎藤君も、さうした会に比較的よく出席され、自分と隣席されることがしばしばあつた。特に、新万葉集の編纂の際には、数回席を共にした。また英訳万葉集の委員会には数年にわたつて、毎月何回かを、君も自分も殆ど欠席せず、学問のために忌憚なく論じあうて、一層の親しさを増したことであつた。

青山に君を訪問し、西片町に君の来訪された記憶はどちらも一二回で、用事があれば電話で話すか手紙を往復するかであつた。さうした関係で、君からの書状は多く来た。君の筆蹟は風格があつて、いつも克明な墨書であつた。ただ一度、山形県の疎開先から、「所労中ゆゑ」として、代筆でおこされた。書状以外では、亡父の五十年祭に手向けられた短冊、戯曲「静」が、歌舞伎座で先代の歌右衛門によつて上演された時、君を招待したに、観に来られて、その翌日おくられた色紙がある。また、君の「柿本人麿」による学士院賞授賞の祝宴が学士会館で催されたので、列席した直後、大阪の鹿田書店の書目によつて金槐集の写本を購つたところ、君も注文されたに、自分の方が早かつたので貸してほしいとの手紙が来た。その本は、古写本とはいはれぬが、江戸初期のかなり良い写本であつたから。君に贈呈した。その際におこされた短冊、それらを蔵してをる。

昭和十二年の初夏、自分のための祝賀のつどひが、芝の三縁亭で催された時、君は長い話を述べてくれられた。それは、自分の初期の作品に対する本格的な批評であつた。君はこの話のために、亡父の編纂した「明治開化和歌集」から自分の歌集「思草」に及ぶ歌を丹念に調べられ、「秋は秋なる」といふ歌の出典、また明治三十年に「めざまし草」に発表した「ささやくごとき水の音かな」の上句が三十三年に改作されてゐることにまで言及され、「天地のかくろへごと」という句に就いて委しく述べられ、更にさかのぼつて幼時の作にまで及んで、眼鏡ごしに上眼づかひにちらりと自分の方を見つつ、飄逸であり、しかも真剣な態度でいはれるので、自分は、微笑もし、傾聴もし、深思もさせられた。

同じ意味で、「余情」の「佐佐木信綱研究」に寄稿してくれられた「明治和歌革新者」の一文は、過褒のところもあるが、知己の言と喜ばしく思うたことであつた。

君に関する記憶で、最も印象に残つてをる一こまがある。それは、文学報国会の短歌部長を決《き》める相談の時であつた。君と窪田空穂君と自分とが、報国会の世話人を交へて赤坂の某所で逢つた折のこと、自分は「しかじかの著作に専心したいゆゑ、斎藤君に」と頼んだに、君は、「病院があるから」と云うて聴かれない。空穂君もまた、寒い時はかうかうであるからと引き受けられぬ。さういう押問答が続くうち、斎藤君は自分に向つて、「先生が死なれたら、私が引受けますが、それまでは駄目です」と言はれた。自分は返事もできず、苦笑するほかなく、遂に引受けることになつた。このやうなことも、今はなつかしい思ひ出となつた。

萩原朔太郎

人麿の歌によつて名高い讃岐の狭岑《さみね》島に、人麿の記念碑建立を思ひ立たれたのは、島に近い坂出市出身の中河与一君であつた。中河君から、その除幕式にと誘はれたので、瀬戸内海の景観をも見たく、赴くこととした。式に列つたのは、碑の筆者の川田順君をはじめ、萩原朔太郎君、前川佐美雄君、保田与重郎君、その他は幹子夫人門下の人々であつた。式がをはつて後、狭岑の島より少し離れた本島に宿り、翌朝は島の頂上から、内海の眺望を楽しまうと、松山へ登つた。つづらをりの路は遠いので、松群《むら》の中を押し分けつつ、近道を選ぶこととなつた。いかにも砂が深く、一足登つては二足さがるといふやうなところで、枝につかまりながら辛うじて行くのである。若い元気な人々は皆のぼりをへたが、萩原君と自分とだけがすつかりあとになつたので、先に行つた若い人々のうち二人がおりて来て吾々の手を曳いてくれた。かうしてやつとたどりついた頂上で、一行に加はることが出来た。さて互に顔を見合すと、萩原君の洋服には、松の枯葉がたくさん刺さつてゐた。自分は例の和服姿であつたが、汗を拭はうとして帽子を脱ぐと、枯松葉がはらはらとこぼれ落ちた。二人は思はず苦笑して佇んでをつた。詩人として、また詩論家としてすぐれた君と、この日の思ひ出がたりをしたいと思つてゐて、年月が過ぎたに、君は世を去られた。

君は、前橋の医師の家に生れ、若くして音楽を好み、マンドリンやギターの音楽会を主宰してをられた。たまたま雑誌に歌を投稿して、歌を愛するやうになり、更に詩に進み、ニーチェに傾倒して、立派な詩人となつたのであると、君と共に若くてマンドリンなどを奏した根本謙三君の話である。

土井晩翠

明治三十二年の秋、初めてみちのくに遊んだが、三十四年の四月、吉野臥城、吉岡郷甫、氏家信、佐藤秀信君などが新韻会を結ばれたので、再び仙台に赴いた時、晩翠君を青葉城に近いところに訪うた。旧家のこととて、古くからあつたといふ世界地図の金屏風の、玄関にあつたのが、目に残つてゐる。翌日塩竈への汽車で、扇渓にゆかれるといふ君と同車したに、君は、松島の美は大鷹森で望む夕日にあるといはれたので、舟を大鷹森にやつた。松島の果で金華山の方に近い。春の日が長いから、蕨などを折りつつ歌を考へてゐたに、山番が来て、こんな画をかきますと云うて画帖を示してくれたには感心した。漸く日が暮れそめたので、遠刈田《とほがつた》の山の方に沈む夕日が、百千の島々の上をこえてみえる景は、げにも天下の絶景というてもよいと思つた。山も暮れ、海も暮れ、四辺全く暗くなつた。陰暦十三夜の月は山を照らし海を照らしてをる。その島々の間を縫つて、舟は五大堂の方に近づいた。

土井君が、芸術院会員となられて、度々逢つた。東北人らしい、高校の多年の先生らしい話ぶりであつた。

富岡鉄斎

富岡桃華《たうくわ》君が、長野清良《きよら》の定本万葉集を蔵してをられると伝聞し、京都にいつた時、訪問した。折から小川琢治《たくぢ》博士が来談中で、三人でいろ〳〵話しあうたが、父君鉄斎翁に面晤の機会は得られなかつた。桃華君の二女冬野さんが入門された後、或る年の秋、正倉院の拝観に何日頃行くとやうのことを、詠草の端《はし》に書いて送つたに、翁から「奈良の帰りに寄つてほしい。一度逢ひたい、何日に待つ」との書簡が来た。その日に魁星閣を訪ふと、応接間に出られた桃華君の未亡人とし子さんは、「あやにく、さきほどから持病の胆石症が起りまして、今すやすやと寝て居りますので、暫くお待ち下さい」と云はれる。明日にでも又まゐりませうと云うたが、今朝から折角お待ちして居つたことゆゑ、と止められた。しばらくすると、春子老夫人が来られて、「目が覚めてお逢ひするから」といはれる。導かれて、幾間《いくま》かを通り過ぎ、一番奥なる、庭に面した画室に通された。そこに寝て居られた。自分は静かに黙礼した。右の目が少しわるいとのことであつたが、その目でじつと自分を見つめて居られる。病気に障つてはと黙つて居たに、突然大きな声で、「先生はまだ若い、これからぢや、道のために尽くされたい」といはれる。驚いたまま答の言葉をいふと、床の間の掛物を指ざされる。立つて見るに、加藤文麗筆の上田秋成の像であつた。また指ざされるので、とし子さんが立つて自分の前に置かれた。それは、大雅堂の妻玉蘭女史が、冷泉家から贈られたといふ紅木綿の前垂と、蓮月尼の手紙の巻物であつた。とし子さんは、「今朝から掛物を掛けかへたり、かういふ物をお目にかけようと出しておいたのであります」といはれた。

これが翁との初対面で、その後京都に赴くごとに訪問した。翁は、明治初年に和泉の大鳥神社の宮司であられたので、国学に造詣が深く、学問上種々有益なものがたりを聞くことを得た。其の折思うたことは、自分は多年多くの人々の知を得たが、初めて訪問する際に、とかくたゆたふくせがある。なぜ早く翁を訪はなかつたかと悔いたことであつた。当時、大阪朝日新聞の契沖全集の出版に携はつて居た為、屢ゝ京阪に赴いたので、いつも一、二時間の余裕を作つては翁を訪ひ、清談を聴くことを旅行の喜びとした。

或る時訪問したに、県門の人々の話のあつたをり、「千蔭は画が上手やつた、何というても本式に画を習うたのやから」といはれた。自分は、千蔭の画はほんの小品しか見てをらず、誰に師事したといふことも知らなかつたので、もしや翁の記憶の違ひではあるまいかと、ふと思つて、「素人画なのではありますまいか」といぶかしげにいつたところ、微笑しつつ他に話を転ぜられた。

翌晩帰京するので、明日の午後を約して帰り、次の日に行つたに、何かの話の中途で立たれて、庭に下り立ち、書庫の大戸をがらがらと開けられる音がした。御所からいただかれたといふ楓、桃華君が西湖から持ち帰られた梅をはじめ、藤、椿、青桐などの繁つてゐる物さびた庭を眺めてをると、数冊の本を持つて来られ、自分の前に置かれた。「寒葉斎画譜」とあつた。あけると、建涼岱の画集で「門人橘千蔭、豊島琳玉卿同校」とあつた。自分は思はずおもてが赤くなつたが、翁はそんなことには頓着なく、次の間から千蔭の盆踊の画を出して来られて、「よう描いたる。盆踊の画を頼まれた時は、これをお手本にするのや」といつて、いつものやうにやさしいゑみをたたへてをられた。昨日のあの時に示されなかつたのは、自分が顔を赤らめるであらう、明日来た時に見せようと思はれたのであつた。

その次に訪問したに、翁は三十六冊もある夫木抄を前にして何冊かをひろげて居られた。「何々といふ歌をさがしてゐるのやが」といはれる。自分は、「活版本ならば索引が添うてゐますが、しかし」といつてさがすと、幸にすぐわかつた。その時、翁は、「さすがに先生や」というて褒められて今度は面《おもて》おこしをしたやうな幼な気がした。

或る日の訪問の折、応接間に木炭画の富士の画の額が懸つてをる。聞くと翁の作であるとのこと。冬野さんの姉君弥生さんは、高等工芸の都鳥氏に画を学んでをつた。ある時、画紙に木炭でデッサンをしてをると、をりふし其処を通りあはされた翁が、「鳥渡《ちよつと》貸して見なさい、わしにも画ける」といつて其の木炭をとり、さらさらと富士山の絵を画紙全紙に画かれたのであるとのことであつた。

大正十三年の十二月、京都に行つた時、「竹柏園」といふ額の揮毫を請うた。自分は父の号そのままわが号としてゐるので、父が斎藤拙堂先生に「竹柏園」の三字を書いてもらつて、額として、遺したのにならひ、自分も翁に執筆を請うたに、快諾せられて、発つ日（五日）の朝贈られたので、喜び携へて帰京した。装潢師が額に仕立てて持つて来たのは、大晦日の昼頃であつた。然るにその夜、逝去の電報が届いたので、かつ驚きかつ歎いた。平素健康であられたから、十一月頃からは、依頼者の請ふままに、画幅に「年九十」とかかれたといふ。わが竹柏園の額も、「鉄斎時年九十」とある。いま一日長らへられたならばと歎かれた。翌年の正月八日、京都に赴いて弔問した。とし子さんも冬野さんもしをれてをられたが、応接間に、栄啓期が牛に乗つてをる図の半折が、表装をせぬまま掛けてあつた前で、二人がこも〴〵話されたには、「今年が丑年ですから、亡くなる二日前にかいたのであります。此の絵はいつものやうに力が満ちてをります。私どもは、九十はおろか、百までもと祈つてをりましたが、精神力が衰へて、鉄斎もあんなまづい絵をかくやうになつたと万一いはれてはつらうございます。世を去る二日前にかいた画に、いつもと少しも変らない気魄がこもつて居るのは嬉しうございます」と云はれるのを聞いて、自分は頭がさがつた。芸術家としては、最後まで旺盛な気魄がその制作にこもつてゐなければならぬと、再びその牛の絵を眺め入つたのであつた。

附記一　翁の邸には、玄関に曼陀羅窟といふ呉昌碩の篆書の額がかけてあつた。ある時翁に号の由来を問うたに、幾度か建て添へた上に、和洋とり混ぜのまだらな家であるから名づけたと言つて、笑つてをられた。

附記二　この邸は京都府に譲られ、府会議長の公舎に用ゐられてゐるとのこと。東隣は知事官舎（烏丸通）、南隣は府庁の役人の官舎で、府にとつては恰好の場処であるからと聞いた。かの洛北の詩仙堂や、松阪の鈴屋などのやうに、翁の邸、ことにその画室が、元のままの形で永く保存せられたならば喜ばしいと思ふ。

附記三　昭和三十年五月、薬師寺の歌碑除幕式に赴いた帰さ、富岡とし子刀自を訪うたに、田中訥言筆の大伴旅人像を鉄斎翁が若い頃模写された小品の画稿を贈られた。瓶子をもつた童子の前に杯を手にした旅人の酔態にはゆたかな品位がただようて居る。こよなき旅の記念と、帰宅後直ちに表装した。その写真は「作歌八十二年」にも掲げた。

附記四　翁の夫人春子刀自は、歌を嗜まれ、折々示されたが、昭和十五年一月、九十四歳で遠逝せられた。

勝海舟

鈴木重嶺《しげね》翁は、人柄のやさしいかたであつた。歌会は一月と十二月の発会と納会は靖国神社の近くの万亀楼《まんかめろう》の二階で、毎月は今川小路の玉川堂の裏の細長い座敷であつた。自分が十二歳の正月、父は何か差支へもあつたので、自分に代りに出よ、当座題や歌合のある日はその題などを苦心して詠むとよい、剣術に他流試合といふこともあるから、といはれるままに出席した。正月のこととて大勢の出席であつた。当座題を詠草にかいて翁の前に出したに、二首のうちのよい方に点をつけられ、隣席の立派な老翁に、「これは、歌人《よみ》の佐々木弘綱さんの子で、幼いながら歌をよみます」といはれたに、「それは感心だ。一寸詠草を見せよ」といはれたのでさし出すと、よまれて、御褒美に短冊をかいてやらうといはれ、「盛年不重来　一日再難晨……与信綱子　海舟散人」とかいて下さつた。短冊凌寒帖所収 自分はありがたくて、お辞儀をしてもとの席に帰ると、隣の人が、仕合せだよ、こんな席では、かいて下さる方ではない。鈴木先生がもと幕府に仕へて佐渡奉行までなさつた方ゆゑ、海舟先生は、正月だけは必ず御出席になる、との事であつた。家に帰つて話すと、父母の喜びは大きかつた。

一年の月日は早く流れて翌年の正月出席したに、海舟先生はやはり御出席であつた。席の前に行つて、「昨年はありがたうございました」というたところ、「日本人が外国へ行つてよんだ歌を知つてをるか」とのお言葉で、「万葉にある山上憶良の歌は存じてをります」と答へたに、「幕府の末に、アメリカから来たポーハタンといふ船にのつて大勢が行つた中には、歌を詠んだものもゐるが、わしは同じ時に日本でつくつた最初の蒸気船の咸臨丸といふのに乗つて荒い海をこえ、アメリカに近づいた時、月のよい夜であつたので、『月見れば同じ空なり大海原五百重千重雲たちへだつれど』と詠んだ。これはアメリカにいつた日本人のはじめての歌だ」とおつしやつた。自分は「ありがたうございます」とあつく御礼を申上げた。

年経て、古典科を卒業した後に、赤坂の先生の邸に伺つて、幕末時代の学者の話をお聞きしたことであつた。

乃木希典

明治三十九年、文部省の小学読本の中に編入すべき唱歌数篇の作詞を委嘱された。そのうちに、「水師営の会見」といふ題目があつたので、固より世にきこえた事実であるが、いやが上にも正確にと、森軍医総監の紹介を得て、赤坂の邸に将軍を訪うた。刺を通じて応接間に入ると、直ちに出で来られた。これ〳〵にてと述べたところ、しばらくだまつてをられたが、それは御辞退したい、自身のことなどを読本にとは恐縮であるからことわるといはれた。暫し話して帰らうとしつつ、この題目は文部省できめたのでありますから、誰かが又まゐるかとも思ひますからお考へおきを、というたに、一寸待つてくれといはれ、暫し考へてをられたが、さうきまつてゐるものならば、あなたにお頼みしよう。しかし間違ひがあるとよくない、当時の副官安原大尉がいま少佐になつてをるのと二人でお話をしよう、いづれ時日は手紙で、とのことであつた。

やがて、偕行社にて会ふべき由、いひおこせられたので行つた。会見当時の様をつぶさに語られ、安原少佐も折々詞をそへられた。固より小学生の料として、長さ、文字などの上にも制限があるので自分が特に将軍の直話によつて得た感銘、また知り得た事実を十分に歌ひ出だすことはできぬと思つたが、時間がたつたので、椅子から立たうとして、ふと、その庭には何か木がありませんでしたかと問ふと、棗の木がただ一本あつたのう、と云はれる。少佐は、ありました、弾丸《たま》の跡がおびただしうついてゐました、といはれた。それで、「庭に一もと棗の木……」としたのであつた。

その後、間もなく末松さんの城山の邸に観月の宴のあつた時、相会したに、虫の音の繁い庭園の木蔭に、少し曇つた月光を仰ぎつつ、旅順の荒あとに咲いてゐた撫子の花をあはれと愛でて詠まれた歌をかたられた。

其後に、親しく詞を交はしたのは、明治四十五年七月十日、天皇陛下、東京帝国大学に行幸の時、天覧所の天覧ををへて、便殿にいこはせ給うた時、将軍は二三の人々と共に室内に入り来られ、自分が説明し奉つた万葉古鈔本の前に立つて、暫く言葉をかはされた。

畏くも親しく御稜威に接しまつり、天顔のうるはしきを拝し奉つた陛下の、思ひもかけぬ御大喪儀を送りまつつたその日さへあるに、御あとを追うて、将軍夫妻が自ら刃に伏し給うたとの悲報を耳にした。ああ精忠無二なるわが将軍よ、温容は目にあれども、すでに世にいまさぬのは悲しいきはみである。

近衛文麿

近衛忠熙《ただひろ》公には自分が少年の頃、藤波家の歌会でお目にかかり、亡父の一年祭には、夏懐旧の短冊をも賜はつた。篤麿公は、外国に赴かれる前、麹町の邸で歌会を催されたが、若かつた自分も、その席末に列したことが数回あつた。

文麿君とは、不思議な初対面の思ひ出がある。或る年の夏、箱根からの帰さの二等車で、自分の前に、学習院の制服を着た二人の少年が坐つた。湯本土産であらう、木で作つてのびちぢみする玩具の蛇を頻りに動かしてをる。自分の方へも突きつけるやうにする。自分は蛇を好かぬので、気になつて仕方がない。そこで、「さういふものは、嫌ふ人もあるから、他人の前であまりいぢるのはやめられたらば」といつた。すると、いかにも素直にやめられた。翌年の春、弘田博士と飛鳥山に花見にいつた時、博士は「鳥渡失敬《ちよつと》する」といつて、彼方の花蔭に立つてをる学習院の生徒の前に行き、何か話して此方に来られた。ふと見ると、確かに去年汽車で乗り合せた、あの玩具の蛇の少年である。問ふと、近衛公の令息との答へであつた。文麿君であつたのである。

二十余年の後、自分は近衛家の蔵書から二度の学恩を受けた。その一は、万葉の古文献を諸家に請うて熱心に調査してゐた頃、社友の津軽照子夫人の紹介で、下落合なる近衛家を訪ひ、公夫妻に会つて来意を述べた。公は快く、執事を呼んで、数種の古写本や手鑑を、蔵から取り出してくれられた。それら貴重なものを見終つて、この他にも何か断簡のやうなものでもと問うたに、公は、執事に「あの、『虫喰《むしくひ》の歌書』といふ大きな箱を持つて来るやうに」といはれる。二人がかりで持つて来た箱の蓋を開けて見ると、如何にも虫喰の本や、ばらばらになつた断片ばかりである。「ゆつくりお調べなさい」というて公が引取られた後、執事と一緒にテーブルの上に次々に展げてゆくと、テーブルかけが埃をまき散らしたやうになつた。しかも、その底の方から出て来た一つの巻物を見て、驚いて目を見張つた。それには「万葉集目録」とある。其の名は知つてをるが、散逸した古書である。しかし、自分が記憶してをる、あの古書に引用された万葉集目録ではないやうであるが、同じく平安末期に作られた一種の万葉目録である。驚き喜んで、心しづかに巻末まで見終つた後、その旨を執事にいふと、公も出て来られた。その稀覯書であることを述べて、大学の国語研究室に借用し影写したいからというたところ、快諾せられた。

その二といふべきは、大正十二年の大震災後、近衛家では、蔵書の大部分を京大の図書館に寄託された。公は京大の出身であり、火災等の恐れの多い東京に置くよりはとの考からである。その後間もなく、自分は京都に赴いて、内藤湖南博士からその事を聞いた。直ちに京大に赴いて新村図書館長に閲覧を請ひ、全部を披見することが出来た。その時見出でて驚歎したのが、「琴歌譜」一巻である。後に精査すると、記紀万葉に無い古歌謡十三首が入つてをつた。それを初めて見ることを得た喜びは元暦校本万葉十四帖本を初めて見た日と共に、自分の生涯の「生ける験」ある日であつた。その外に古歌謡集があつて、承徳年間に書かれた本であるから、「承徳本古謡集」と名づけたが、其の中にも未知の古歌謡数篇があつた。

ある時、麻布の鶴見祐輔氏より、近衛公を招くから、とて陪賓によばれた。其の日、公は、京都の御室にある所有地に文庫を建てたい、といふことを語られた。それが今の陽明文庫である。

自分は、政治については全く疎い。公は賢明な政治家でありながら、性格的に弱いところがあられたのであらう。その晩年は、公のために惜しむべく、わが国のためには、実に、実に遺憾なことであつた。

附記　篤麿公には、上に記したごとく、麴町の邸に参上すると、若い方々四五人で、自分たちが月一回集まるこの会では特に勝手なことを詠んで評をする。よむやうにと結び字題を与へられた。評の時は、若いにまかせて勝手なことをいふと笑はれたり、時にほめてもくださつた。朝命でやがて欧州へ赴かねばならぬからと会の中止になつたことは残懐であつた。数十年後のこと、古書肆で短冊を見た中に「篤麿」といふのがある。喜んで購うて来て、ある日、好事家数人のつどひに持参すると、中の一人が笑ひ出して、「浄瑠璃坂ものだね」といはれる。聞くと、他のにせがきはよいのを傍らにおいて真似するに、牛込浄瑠璃坂のある男は自分勝手にかくから、似も何もせぬ、と笑はれたので残念であつた。後、桑名の竹内文平氏から散らしがきの懐紙一幅を、これはしかぐ〳〵の由緒のあるものといふて譲られ、喜び蔵してをつた。その後、徳川公の令嬢が詠草を持つて来られたので、祖母君は近衛篤麿公のはらからであられると聞いて、一見を請うた。然るに、祖母君はそれを文麿公に示されたところ、当時、総理大臣の劇職にをられたのであるが、「霞山公真蹟不肖児文麿敬観」といふ数文字を紙に書いて、返してくださつたので、幅に副へて秘蔵してをる。

バチェラー

ジョン・バチェラー博士の名と業績とは、チェンバレン先生から聞いてをつたが、はじめて会つたのは、自分が改造社の夏期大学の講演を委嘱せられて、札幌に行つた昭和二年の夏であつた。

門に二もとの柳のある、物静かな学者らしい家で、訪問をよろこび迎へられた老博士は、その書斎に導いて、多年のアイヌ研究の草稿を示され、また老夫人をも紹介された。博士の養女であるバチェラー八重子さんが歌を嗜まれるといふ話は、金田一京助君から聴いてをつたが、地方へ伝道に行つた留守とのことで会ふことが出来なかつた。（しかし、この日の訪問が縁となつて、アイヌ婦人の最初の歌集「若き同族《ウタリ》に」が竹柏会から出版されることとなつた。）

のち、上京された博士が西片町を訪はれたので、自分は、伊能忠敬自筆の蝦夷対地図、足代先生の同門とて亡父と親しかつた蝦夷探険家松浦武四郎の短冊、堀田正敦の蝦夷紀行、児山紀成自筆の蝦夷日記、山本蘭亭の蝦夷国風図会などをとうでて示した。

そのをり、座右にあつた短冊に一筆を求めたに、詩句をしたためられた後、「印肉を」と、いはれる。不思議に思つたが差しだすと、ポケットから、十字架を中心にして「ばちらのいん」とある小さい印を出して捺された。

その詩は、かのギリシヤの上代の女流詩人の句である。

汝の能ふかぎりの善をなせ
汝の能ふかぎりの多くの人々のために
汝の能ふかぎりの方法において

サッフオー

なほ、チェンバレン先生の追悼号に寄稿を請うたに、書簡を寄せられた。それは、「王堂チェンバレン先生」の中に掲げてある。

岩波茂雄

昭和二年のはじめであつた。岩波君が訪問されて、今度自分のところから、岩波文庫といふのを出す。それはかやう〳〵の主旨のもとにと、各冊の巻末にのせる文章を少しよまれ、それについて、まづ万葉集を出したい。万葉集は我が国の書物の中で、最も尊い書の一つであるから、是非第一巻にしたい。いついつまでに上巻の原稿をつくつてほしい、との意気込んだ話であつた。

自分は、万葉集の校訂といふやうなものは、そのやうにたやすく、いつまでにといふて出来るものではない。しかし自分には、といふて書斎にいつて部厚い原稿をもつて来て、これはよほど前から作らうとしてをる仮名まじりの万葉集である。一たん稿が成つたので、恩師木村正辞先生にこのやうに序文までかいていただいたが、なほかりそめに出すのはとためらうてをつた。さういうお話ならば、これから数ケ月すべてのことを擲つて作成しませう、と約束をしたことであつた。

幸に、この新訓万葉集上下二巻は版を重ねたので、猶つぎ〳〵の研究によつて版を新たにしたが、昭和二十九年に改版した「新訂新訓万葉集」は、外見は少しも変らぬが、新たに所々を訂し、寛永本の丁数をも掲げた。

この新訓万葉集が世に行はれ、引きつづいて白文万葉集二巻、分類万葉集一巻をも世に出すことが出来たのであつた。

山本実彦

山本君の創意になる文学書の円本は世にあまねく行はれたが、なほ、その宣伝の一として、北海道に夏期大学の講義を、あちらの学校の夏の休暇中に催したく、これこれの人に依頼をしたので、是非いつてほしいとのこと。

自分は幼少の時、伊勢から三河に渡る小蒸気船で、はげしい暴風雨にあつたので、湖水とか、川の流の舟はよろこんで乗るが、動揺のはげしい海は、好まないやうになつた。それで、明治三十六年の南清旅行以外には、欧米に二回、台湾に三回、外遊をすすめられ、満州には満鉄から招待されたが、遺憾ながら皆断つた。しかし、北海道なら行つて見たいと承諾した。

札幌での講義を終へて、バチェラー博士を訪ひ、金田一君に伴はれて白老村にいたり、狩勝峠まで行つて、幸に、すくなからず歌嚢をみたし得たことは、山本君の勧誘の故と喜んでをる。

ある時、旗亭に少数の客を招かれた時、将来の希望はときかれたので、自分は二十一代集のつづきを編纂したいと思うてをる。しかしこれは自分の発意ではなく、わが父の歌道に対する熱意であつて師なる足代弘訓翁が三条実万公の知遇を得たことがあるので、明治十年代に父は三条太政大臣に上書して、御企画あらむことを請うたことがある。自分も父の遺志をついで、続古今集以後元禄までを一巻、宝永より明治初年までを一巻、明治時代を一巻としたいといふ希望をのべたことであつた。

爾来いくばくかの時を経て、山本君が来られ、先生の話されたのとは規模もちがひ、かつ現在を主とした新万葉集をつくりたいから選者の一人になつてほしいとのことで承諾した。やがて立派に出来たのが新万葉集十余巻である。

山本君は戦争の終つた頃、熱海の来宮附近に家を借りてをられた。ある朝ふと道のべで逢つて話したのが、改造君（愛称）との長い別れであつた。

松浦武四郎

十一歳で上京した明治十五年の春、父に伴はれて神田五軒町に松浦弘《ひろし》（武四郎）翁を訪うた。翁は伊勢一志郡の人、ごく若い時足代先生の門に入られたとのことで、父は幕末に翁を知り、翁の有名な蝦夷日記の一冊に歌を題してもをる。折から病臥中であつたが枕もとにとほされ、父と昔話をされた後、「東京へくる途中、どんな歌をよんだか、これに」と半紙を出されたので四五首かくと、それを見てをられたが、「わしも歌は好《す》きぢや」というて、女中に北野天満宮のあの鏡の図を持つてこいというて示され、この北海道と樺太の図に、「いく年か思ひ深めし北の海みちびくまでになし得つるかな」と書いてほらせ、天満宮に奉納した。「わしは十六の時に伊勢を出て日本国中をまはり、北海道をあまねく探険し、いばらの中や、雪の上にも寝たりして、一生を北海道にささげたというてよい。人間は一つの事に一生を捧げるべきものだ。お前は、一生を歌にささげるつもりで勉強せぬといかぬぞ。今日の詞をよくおぼえてけ」といはれた。又、部屋の隅にかけてある画の掛物を指ざされて、「あれはおれの涅槃の図ぢや。樹の下にわしが寝てをる。あのお公家さんは岩倉公ぢや、かはいがつた犬も猫もをるのぢや」といはれた。

追記　後年、夏と秋と二回北海道に赴き、翁の足跡の地をふんで、翁を偲んだことであつた。

徳富蘇峰

三代の文豪蘇峰徳富先生を、若い頃から知ることを得たのは、自分の大いなる喜びである。先生の著作は夙く愛読し、後、国民の友に長詩「長良川」や、「花さうび」を寄稿し、国民新聞歌壇の選をも担当した。又、わが妻雪子が先生の姻戚になるので、逗子の老龍庵に一敬先生をおたづねした折、お逢ひしたに、わが国民全体が読むにふさはしい歌集を撰んでほしい、とのお話により、明治四十二年に、民友社から「国民歌集」を上梓した。また、竹柏会の大会や、祝賀会のをり〳〵には、度々講演を請ひもした。

昭和十九年十二月、自分は病後の静養をかねて熱海西山の山荘に移り住んだ時、まづ先生を伊豆山の晩晴草堂におたづねした。先生も、秘書や看護婦を伴うて、途中お休みになる為の三脚を携へさせておいで下さつた。妻雪子の逝《な》くなつた時には、一封の書に傷心の自分をはげまして下さつた。それは、儀礼的な弔辞といふものではなく、「かかる時、男子は自己の責務とする研学に直進し、もつて悲傷の心を忘れ慰すべきである」との切々の文章、自分はこの先輩の芳情に感泣しつつ、一族のものに読みきかせたことであつた。

先生は、「国民の友」時代に折々歌を詠んで示されたが、終戦後、門を閉ぢて籠居《ろうきょ》なさつた間に、抑へがたい憂憤の情を歌として折々に示された。後、それを撰びとどのへ、米寿を記念して、「残夢百首」を刊行された。最も感銘の深い作、やる方なき感慨を託された、すぐれた百首である。

佐々木弘綱

子が常に幸に思つてゐる二つの事、その一つは輝かしい明治の大御代に生を享けたこと、他の一つは、吾が父を父として持つたことである。

佐々木家は、宇多源氏の末流、近江蒲生郡にて和名抄にある篠笥《さゝき》郷（また狭々城・佐々貴ともかく）にをり、佐々木を姓とした。佐々木源三秀義の三男、三郎盛綱の子孫で、中祖従五位下佐々木左衛門尉定政は、織田信雄の臣となり、天正八年、瀧川一益とともに、北勢の残党を垂坂山に討つた時、病を得て三重郡小杉で歿した。爾来郷士として小杉に在つたが、父の祖父利綱《とし》は、医学を江戸に修め、儒学を京都に学び、号を独往といつて詩歌をもよくしたが、門弟の請によつて鈴鹿郡石薬師駅に居を移した。父の父は徳綱《のり》というて、京に上り、書博士加茂保孝《やすたか》に学んで書と歌とをよくし、享和三年刊行の東海道人物志にもその名が出てをる。父の母は、日本武尊にゆかりの深い武備《たけび》神社の祠官、田上《たがみ》筑前守等安の女で鳰子といつたが、父が七歳の五月寡婦となつたので、手一つで父を育てた。その頃の歌に、「夏の夜の短き夜半も子の為にこがひ糸とりいとまなの身や」とある。「女親の手に育ちて物知らぬよと、人となりて、世の人にな悔られそ」と諭されたといふ母の心遣ひは、必ずや吾が父の胸に深く沁みた事であらう。父は初め習之助時綱というた。十四歳の一月、名古屋に在つて書道を藩士に教へた伯父康《やす》綱の家の会にて、初めて歌を詠じ、十七歳の一年には千首の歌を詠じた。十八歳、「雅言俗解」を著した。（後補正して、雅言小解と名づけて出版した。）十九歳庄野の専順師に詞のやちまたを学び、和蘭語をも学んだ。二十歳の九月、山田なる本居派の碩学足代弘訓翁の門に入る事を許された。母鴝子は、足袋をつくり、綿をつむぎ、大豆小豆などの袋をおくつて、吾が子の月謝の一部に代へた。父も学資の乏しさに、多くの書を手写した。

　足代翁は外宮の祠官であつたので、その家には、吉田松陰とか、清水浜臣とか、志士学者も宿り、その寛居《ゆたゐ》塾の塾生には、生川《なるかは》春明、佐甲《さかふ》芳介後、近藤姓、御巫《みかなぎ》清直などがをつた。父は塾にあること数年、専ら歌学を修めた。翁は、「時綱に弘の字を与へる、代理として行け」と、尾張知多郡や、南勢五桂村などに遣らるるやうになつた。

　先生は門人の境遇や性質によつて研究の方針を示され、父には作歌と国文の書の俚言解をと示されたので、安政三年、源氏物語俚言解の空蟬の巻まで成つたに、その十一月翁がみまかられた。翌四年三十歳の一月、活語全図刊行。七月江戸に出て井上文雄に歌道を問ひ、黒川春村、間宮永好等の先輩と交はつた。南勢射和《いざわ》の名門で江戸店持の竹川家の日本橋の家に泊つて世話になつてゐたが、竹取物語俚言解二冊を版にしてやらうとのことで、竹川正柱の序、同政胖書（政胖は竹川家の五代で号を文心斎というた。七代政胖が有名な竹斎である）が出版された。同五年、大阪にいたり、伴林光平、萩原広道、中島広足等諸先輩に交はり、中にも広足の嘱をうけて、「類題千船集」初編二冊を万延元年に刊行し元治元年に二編、明治元年に三編を印行した。
やがて故郷に居を定めたに、石薬師を支配せる近江信楽《しがらき》の代官多羅尾《たらを》氏に聘せられて、国学を講じ苗字帯刀を免された。万延元年藤堂侯よりも召された。侯は文人墨客を愛せられ、父にも、津に移らずや、家士に列しよう、と勧められたが、父は多羅尾氏の好意を思うて辞した。この頃より門人多きを加へ、著書も次第に成り、刊行もされたのである。
世は移つて明治維新となつた。東京なる旧友の中でも、福羽美静子の如きは、頻に上京を促されたが、父は、今の世、人才は皆都にあつまる、自分などが田舎に埋れてをるのは、道の為であると考へて、二首の歌をおくつた。
和歌の浦に老を養ふあしたづは雲の上をもよそにみるかな
和歌の浦にわれだに一人のこらずば朽ちはてなまし玉拾ふ舟
父は、安政元年、妻園田須磨子をめとり、その女、景子は幼くて歌を詠じたが、八歳で世を去り、須磨子も失せたので、明治三年、神戸《かんべ》藩士岡元喜藤司の女光子を娶り、五年六月長男信綱が、十年九月、次男昌綱が生まれた。
同年十二月、鈴屋社歌会の監督をお頼まれして居を松阪に移した。十五年の三月、十一歳の予に、上野隅田の花を見せてやらう、東京のさまをもと、東海道の沿道に名家を訪ひ上京したところ、旧知の人々から、予の教育の為に東京に移り住む事を勧められたので、素志を黜して東京に住むことになつた。

その頃、東京大学文学部に、国語漢文を専修する古典科が設けられた。父は、官吏となる事は好まなかつたが、小中村博士の、国学を後にのこす為であるからとの勧によつて、同年八月その講師となり、物語を講じ歌を教へた。翌十六年東京大学編輯方にうつり、十七年東京師範学校御用掛を命ぜられたが、翌年冬、病を得たので、退いて、身を閑散の地におき、専ら著述をなし、かつ門弟を教へ、弟子は全国に及ぶ有様であつた。

二十四年五月、一月からの病は重つたが、なほ日々床上に筆をとり、足代翁家集は、歿する数日前に装幀が成つたのを見て、大いに喜んだ。歿したのは六月廿五日、齢は六十四であつた。辞世の作に

命あらば嬉しからましもしなくばそれもすべなし神にまかせむ

谷中の墓地、五重塔に近い地に葬つた。

四十一年十月廿五日、石薬師浄福寺の門前に、「和歌の浦に老を養ふ」の歌碑が、川村又助翁や、北野鈴鹿郡長の発起によつて成り、林三重県知事をはじめ、五百余人の参列のもとに除幕され、小学生徒諸子が、相沢三重師範学校長作詞の父をしのぶ唱歌を唱つた。爾来この十月廿五日に、町の年中行事の一として式が行はれてゐる。（六月は農繁期ゆゑ十月に。）

追記　父は若い時藤堂凌雲について画を学び、鈴鹿山に因んで、鈴山と号した。また、桜村の佐野氏にあつた梛の大木の若い一本を請ひ得て、那木園と号し、梛園ともかいたが、後、竹柏園と改め、斎藤拙堂翁に額の執筆をこひ、今も予の座右にかかげてある。なぎの葉ははなはだ強くて二枚重ねては力士も裂くことができぬといはれてをる。それで父は、師弟共研の意義を感じ名づけたとのこと。自分も明治の和歌革新時代に、新しい歌の会を興さうとした時、竹柏会と名づけ、また別名をも竹柏園主人を襲ひ用ゐてをるのである。

なほ、父の伝記については、昭和女子大学の「近代文学研究叢書」第一巻に、松本幸さんの書かれたのが最も精しいから参照せられたい。

附記　わが家は代々「佐々木」とかいてきたに、自分が明治三十六年渡清して上海についた時、白岩君から、支那人の家を訪問の時の名刺は紅唐紙で縦二十三・五糎、横十一・五糎の大きさとのこと。やがて出来てきたに、佐佐木信綱とある。「〻」の字はあれど「々」の字は漢字には無いと初めて聞き知つた。見た目がよいから、爾来著書の表紙などには佐佐木とかくやうになつたのである。

伊藤左千夫（いとう さちお）

元治元年、現在の千葉県成東に生れる。東京で牛乳搾取業を営む間、晩学で作歌を始めるようになり、新聞「日本」を通じて知った正岡子規の門に明治三十三年に入って短歌革新運動の一翼を担い、子規の歿後は中心的存在であった。歌の生命を「叫び」にあるとする論から、集中にそれが多いと見る「万葉集」を至高とし、終始その研究に専心しては、その歌調に作品もまた倣うところがあったが、他方で子規の提唱した写生文をこころみるうち、やがて小説に筆を染め、同三十九年に処女作「野菊之墓」を「ホトトギス」に発表したのが好評を以て迎えられた後、同四十一年には「隣の嫁」「春の潮」を同誌に掲げた。大正二年歿。

佐佐木信綱（ささき のぶつな）

明治五年、三重県に生れる。国学者佐佐木弘綱を父とし、歌を高崎正風に学んだ。共に携わった「日本歌学全書」の刊行途中の明治二十四年に弘綱が歿すると、後を継いで竹柏会を率いて「心の花」を主宰し、歌人として同三十六年に第一歌集「思草」を刊行するなかで、歌学史、和歌史と併せて特に「万葉集」の研究に精励する。大正十三年から刊行された「校本万葉集」の編纂に力を尽したのをはじめ、「評釈万葉集」（七巻）「万葉集の研究」（三巻）他の多数の著述によって、その学問の基礎を築き、早く昭和十二年に文化勲章を受章した。「山と水と」は戦後の八十歳のときの集で、その後も衰えを見せることなく歌の道に勤しんで同三十八年歿。

近代浪漫派文庫　17　伊藤左千夫　佐佐木信綱
二〇〇五年二月十二日　第一刷発行
著者　伊藤左千夫　佐佐木信綱／発行者　小林忠照／発行所　株式会社新学社　〒六〇七―八五〇一
京都市山科区東野中井ノ上町一一―三九　印刷・製本＝天理時報社／ＤＴＰ＝昭英社／編集協力＝風日舎

ISBN 4-7868-0075-9

◉近代浪漫派文庫刊行のことば

文芸の変質と近年の文芸書出版の不振は、出版界のみならず、多くの人たちの夙に認めるところであろう。そうした状況にもかかわらず、先に『保田與重郎文庫』（全三十二冊）を送り出した小社は、日本の文芸に敬意と愛情を懐き、その系譜を信じる確かな読書人の存在を確認することができた。

その結果に励まされて、専ら時代に追従し、徒らに新奇を追うごとき文芸ジャーナリズムから一歩距離をおいた新しい文芸書シリーズの刊行を小社は思い立った。即ち、狭義の文学史や文壇に捉われることなく、浪漫的心性に富んだ近代の文学者・芸術家を選んで四十二冊とし、小説、詩歌、エッセイなど、それぞれの作家精神を窺うにたる作品を文庫本という小宇宙に収めるものである。

以って近代日本が生んだ文芸精神の一系譜を伝え得る、類例のない出版活動と信じる。

新学社

新学社近代浪漫派文庫（全42冊）

1 維新草莽詩文集
2 富岡鉄斎／大田垣蓮月
3 西郷隆盛／乃木希典
4 内村鑑三／岡倉天心
5 徳富蘇峰／黒岩涙香
6 幸田露伴
7 正岡子規／高浜虚子
8 北村透谷／高山樗牛
9 宮崎滔天
10 樋口一葉／一宮操子
11 島崎藤村
12 土井晩翠／上田敏
13 与謝野鉄幹／与謝野晶子
14 登張竹風／生田長江
15 蒲原有明／薄田泣菫
16 柳田国男
17 伊藤左千夫／佐佐木信綱
18 山田孝雄／新村出
19 島木赤彦／斎藤茂吉
20 北原白秋／吉井勇
21 萩原朔太郎
22 前田普羅／原石鼎
23 大手拓次／佐藤惣之助
24 折口信夫
25 宮沢賢治／早川孝太郎
26 岡本かの子／上村松園
27 佐藤春夫
28 河井寛次郎／棟方志功
29 大木惇夫／蔵原伸二郎
30 中河与一／横光利一
31 尾崎士郎／中谷孝雄
32 川端康成
33 「日本浪曼派」集
34 立原道造／津村信夫
35 蓮田善明／伊東静雄
36 大東亜戦争詩文集
37 岡潔／胡蘭成
38 小林秀雄
39 前川佐美雄／清水比庵
40 太宰治／檀一雄
41 今東光／五味康祐
42 三島由紀夫

※白マルは既刊、四角は次回配本